EVE OF MAN

2

DES ILLUSIONS

Mise en pages : Pascale Darrigrand
Correction : Anne Rastoll
Couverture : images © Getty Images et Shutterstock.
design © Michael Joseph, Penguin Books Ltd.

Titre original : *The Eve Illusion*
Original English language first published in 2020 by Michael Joseph, Penguin Books Ltd, London.

1, rond-point du Général-Eisenhower, 31101 Toulouse Cedex 9, France

Dépôt légal : janvier 2021
ISBN : 978-2-4080-0858-1
editionsmilan.com

GIOVANNA & TOM FLETCHER

EVE OF MAN

2

DES ILLUSIONS

Traduit de l'anglais par Anne Delcourt

MILAN

Pour Buzz, Buddy et Max.

1/ MICHAEL

« Service restreint. »

C'est rien de le dire. Tout juste si je reçois assez à manger pour nourrir le rat qui partage ma chambre. Il faut lui rendre justice, au petit gars : cet endroit est censé être impénétrable, une forteresse d'acier, et il a réussi à se frayer un chemin sur près de mille étages pour tomber sur l'un des rares occupants de la Tour qui n'allait pas le tuer sur-le-champ.

Je suppose que c'est un mâle. À moins que ce ne soit l'Ève des rats, bouclée ici pour sa propre protection ?

Je lui jette un quignon de pain, même si je me demande pourquoi on s'obstine à donner ce nom à la saleté chimique qu'on a inventée après que le blé a crevé sur toute la terre. Le rat renifle les miettes et se détourne sans y avoir touché.

– T'as pas tort, dis-je en enfournant le reste dans ma bouche.

Je fais passer le « pain » avec une gorgée d'eau, mais il reste collé dans ma gorge.

Après ce que j'ai fait, je peux m'estimer heureux d'être en vie, *a fortiori* d'être encore ici et d'avoir gardé mon boulot. Je suis membre de la Garde ultime, l'unité d'élite des forces de sécurité. Notre mission exclusive est d'assurer la protection d'Ève. Non seulement j'y ai failli mais je l'ai mise directement en danger en la faisant monter dans cet ascenseur.

Dans un autre contexte, si Ketch et la moitié de l'équipe n'avaient pas été pris dans l'explosion du sanctuaire, j'aurais été… Enfin, Raton ici présent n'aurait plus d'ami dans la Tour.

Mais le fait est que l'EPO ne peut pas se passer de moi dans l'immédiat. La sécurité a été mise à mal et la situation est plus tendue que jamais, même si l'EPO n'est pas près de l'admettre. Ce ne serait pas conforme à l'image de façade que l'organisation présente à Central, au cœur affaibli de ce qui reste de notre monde. Je me dis parfois que tout ça n'est qu'un grand spectacle, une illusion. Et j'en ai sans doute trop vu maintenant pour qu'on me laisse partir.

Le labo.

Le sang.

Les expériences.

Ève.

Les poings crispés, j'enfonce mes ongles dans mes paumes jusqu'à ce que mes jointures craquent. Le visage d'Ève surgit comme un éclair dans ma tête. C'était notre première vraie rencontre. Je l'avais vue un nombre incalculable de fois dans mes fonctions de garde ultime, bien sûr, mais nos regards ne s'étaient jamais croisés. C'était la consigne, qu'on nous martelait depuis notre premier jour en poste. Elle était terrifiée, je le comprends, maintenant. Piégée seule avec moi dans la prison de métal de l'ascenseur.

Piégée avec un *homme*.

Qu'est-ce qui m'était passé par la tête ?

« *Qu'est-ce que vous allez me faire ?* »

Je secoue violemment la tête pour chasser ces pensées. Ce qui m'effraie le plus, c'est que je ne sais pas ce que j'allais faire. Je n'avais pas de plan. Je savais seulement qu'il fallait que je la sorte de cette pièce, que je l'éloigne de ce psychopathe de Potentiel qui venait de tuer mère Nina en la prenant pour Ève. Je devais la mettre en sécurité.

Avant que j'aie compris ce qui se passait, j'étais seul avec elle et...

La lumière de ma chambre s'intensifie brusquement, virant au blanc aveuglant, et m'arrache à mes souvenirs. Le hurlement des alarmes traverse les murs en béton et me vrille les tympans. Je bondis sur mes pieds.

Raton file sans demander son reste et ma porte s'ouvre en coulissant sur le garde Ryan.

– Turner ! braille-t-il d'un air pressant. Gardes ultimes, on a besoin de vous tout de suite !

– Mais je suis en service restreint ! crié-je pour couvrir le vacarme.

– Tu *étais*.

Il désigne sur mon torse nu le petit implant glissé sous ma peau à gauche de ma poitrine. La petite lueur rouge que j'y voyais ces derniers jours vient d'être remplacée par un bleu rafraîchissant. Me voilà de retour en service actif, sans aucune explication.

Il s'est passé quelque chose.

Attrapant un gilet au vol, je le passe au-dessus de ma tête tout en suivant Ryan dans le couloir, où mes collègues sont déjà en train de se rassembler. Ils me jettent des petits coups d'œil intrigués, auxquels je réponds par un haussement d'épaules. Ce revirement m'étonne autant qu'eux. Mais je suis content de les retrouver.

On monte dans l'ascenseur en forme de grosse boule métallique et on se tourne vers Ryan, notre commandant temporaire.

– Ceci n'est pas un exercice, nous dit-il. On a toutes les raisons de penser qu'il y a eu une intrusion dans la Tour. Je sais, ça tombe mal que je doive remplacer Ketch, mais on va devoir faire avec.

Il coiffe son crâne chauve d'un casque noir mat et un reflet fait scintiller l'emblème doré d'Ève sur sa mentonnière, qui se boucle et se resserre automatiquement.

L'ascenseur démarre, et je sursaute.

– Hé, mais on monte ! On est au neuf centième étage ! Elle s'est passée où, cette foutue intrusion ?

– Vous êtes arrivés au Dôme, nous annonce la voix robotique de l'ascenseur au bout de quelques secondes.

Tout le monde se regarde.

Le Dôme ?

Une intrusion dans le *Dôme* ?

Impossible.

Ryan hausse un sourcil en guise de confirmation et sort de l'ascenseur pour se diriger vers le Portique, la barrière invisible qui sépare le Dôme de la Tour. Je lui emboîte le pas. La puce dans ma poitrine vibre quand je traverse le rayon d'énergie qui scanne tous ceux qui le traversent, et paralyse quiconque n'est pas autorisé à entrer. Paralysie temporaire, certes, mais je ne m'approcherais pas du Portique si ma puce était encore rouge. Même mon copain le rat ne passerait pas.

J'ai le cœur qui bat à l'idée de me replonger dans l'action. Ryan balaye de la main une plaque fixée au mur, et une trappe dissimulée s'ouvre en sifflant. La Tour est truffée de ces dépôts d'armes cachés. Seuls les gardes haut gradés en connaissent les emplacements et y ont accès. Pour des raisons évidentes, il n'est pas question de laisser des armes tomber entre de mauvaises mains.

On enfile nos uniformes et on s'équipe en quelques secondes. On a répété ce scénario des centaines de fois.

– Gardes ! aboie Ryan.

– Prêts, commandant ! entonne-t-on de concert en se mettant en rangs.

Je m'aligne en deuxième position derrière lui. Certes, je serais à sa place s'il n'y avait pas eu l'incident de l'ascenseur, mais ce n'est pas le moment de penser à ça.

Des bandes de lumière rouge s'allument le long du couloir métallique pour nous guider vers le lieu d'intervention.

– Ils ont dû localiser l'intrus, dis-je.

Et on presse tous le pas.

– Urgence, assistance immédiate requise dans le Dôme, annonce une voix.

Toute l'équipe pique un sprint en suivant le couloir éclairé de rouge, tandis que les autres sont plongés dans le noir.

– C'est forcément une erreur, marmonne Ryan.

On a tous compris ce qu'il voulait dire. La lumière nous guide vers la zone du jardin.

La dureté du béton et du métal s'efface au moment où les portes se déverrouillent pour nous laisser pénétrer dans le monde d'Ève.

Nos armes émettent un petit déclic en passant automatiquement en mode non létal, comme chaque fois qu'Ève est à proximité.

J'en déduis qu'elle ne doit pas être loin.

On se glisse des coups d'œil. Je sais que les autres aussi ont le cœur qui bat, même si le mien bat plus fort. Ils ne connaissent pas Ève comme moi. Ils ne savent pas à quoi elle ressemble de près. Quel effet ça fait de se retrouver en face d'elle. Ce qu'elle...

– L'À-pic. Maintenant, ordonne une voix sèche que nous n'entendons pas très souvent.

Vivian Silva. Elle est là devant nous, exprimant l'impatience par tout son corps.

– Oui, mademoiselle Silva, répond aussitôt Ryan en nous faisant signe de ne pas ralentir.

Les yeux perçants de Mlle Silva nous observent au passage et je perçois chez elle une angoisse sous-jacente, qu'elle n'arrive pas à masquer entièrement sous ses traits durs.

Nos regards se croisent un instant, et je comprends que c'est le moment de me racheter.

– Nom de Dieu, siffle la voix de Ryan à mon oreille. On a un problème.

Je fonce entre les arbres sans me soucier des espèces végétales menacées qui meurent sous mes bottes.

Les gardes se sont rassemblés à l'entrée de l'À-pic – l'endroit préféré d'Ève dans le Dôme. Celui où elle peut contempler le monde et philosopher, sans soupçonner une seconde que tout ce qui l'entoure n'est que faux-semblants. Elle vit entre les murs de la prison la plus chère et la plus luxueuse qui ait jamais existé et elle ne le sait même pas.

Vingt-quatre heures sur vingt-quatre, sept jours sur sept, les écrans de réaliTV projettent tout autour du Dôme des images contrôlées par l'EPO (et plus exactement par Vivian Silva), qui masquent l'environnement pour le remplacer par un décor idyllique. Ève ne voit que le monde que celle-ci veut bien lui montrer : des couchers de soleil qui caressent les nuages pendant des heures et laissent place à des nuits constellées d'étoiles, assez claires pour projeter des ombres sur le béton. L'illusion parfaite d'une perfection illusoire. Tout cela pour faire vivre Ève dans l'espoir. Pour lui faire croire que le monde vaut la peine d'être sauvé. Il est vrai qu'elle est la seule à pouvoir le faire.

– Qu'est-ce qu'elle fabrique ? grommelle Ryan.

Je me fraye un passage au milieu des six gardes qui s'affairent devant la porte pour débloquer le système de fermeture piraté. Et, en collant le nez contre la paroi de verre, je les vois : Ève et Holly, la projection holographique qu'elle appelle une amie.

– Mais qu'est-ce qu'elles font ?

– Je ne sais pas, me dit Ryan, mais elle tient quelque chose dans sa main. Je croyais que les objets étaient interdits sur l'À-pic.

– Ils le sont, lui confirme Vivian Silva. Arrêtez de bayer aux corneilles et ouvrez-moi cette porte.

– Oui, madame. Garde Turner, garde Finn !

Ryan s'écarte et nous nous mettons à l'œuvre aussitôt. Tirant ma petite lame plasma de ma ceinture, je commence à taillader le joint qui ferme les portes hermétiquement. Mais il est si résistant que ça va prendre des heures.

– Pourquoi ces portes sont-elles verrouillées ? demande Ryan tandis que Finn commence à m'imiter.

– Tout le système a été corrompu, répond Vivian Silva, qui se tient quelques pas derrière nous.

– Corrompu ? Comment ça ? Je croyais que la protection physique et numérique placée autour du Dôme le rendait impénétrable.

– C'est le cas. Le système a été attaqué de l'intérieur, répond froidement Vivian Silva sans quitter Ève des yeux.

– Monsieur… dit Finn.

Il a cessé de scier le joint pour désigner un point sur l'À-pic.

Tout le monde suit la direction qu'il nous montre. Tout le monde voit.

– Non… murmure Vivian Silva.

Ève a levé le bras et j'entrevois dans sa main un cube multicolore, qu'elle jette dans les airs par-dessus l'À-pic.

Dans un grand silence, nous regardons le cube tournoyer et glisser doucement dans les airs avant de disparaître au loin. Mais nous savons tous ce qu'Ève a dû voir ensuite : le petit cube flottant sur un lambeau de ciel, comme suspendu dans le vide par une force invisible.

Elle se retourne pour crier quelque chose à sa compagne, avec les yeux écarquillés de quelqu'un qui vient de se réveiller d'un rêve. Ou d'un cauchemar.

Fini de jouer.

Ève sait.

– Brisez le verre ! nous ordonne Mlle Silva.

Tout le monde obtempère. Je retire mon couteau inutile du joint en caoutchouc pour sortir mon arme, dont j'abats la crosse sur l'épaisse paroi de verre.

Ève jette un coup d'œil dans notre direction et je suspends mon geste. Mon cœur s'arrête de battre et je me sens devenir écarlate à l'idée qu'elle me voie au milieu de cette meute de loups qui la traquent.

– Turner ! me crie Ryan. Recule !

Sortant de ma torpeur, je repère deux explosifs fixés sur la porte. J'ai juste le temps de bondir à couvert avant qu'une explosion n'éclate en me coupant le souffle.

Des débris de verre pleuvent du ciel artificiel. Et, au milieu de ce déluge, je vois Ève sauter.

Aussitôt, c'est le chaos.

Les gardes ultimes chargent dans le crissement du verre brisé. J'arrive le premier sur la bordure de l'À-pic, d'où je vois Holly se débattre contre un adversaire invisible. Quel que soit celui qui la pilote, il a été découvert.

Enjambant la rambarde, je baisse les yeux sur les nuages à mes pieds. Ryan m'a rejoint. On prend une grande inspiration, et on saute. J'ai beau savoir que ce n'est qu'un décor, il donne si parfaitement l'illusion de se jeter dans le vide que mon estomac remonte dans ma gorge.

Nous heurtons les écrans qui figurent le ciel et l'image se fige avant de clignoter. Ces panneaux n'ont pas été conçus pour être piétinés, encore moins par une escouade de gardes gorgés d'adrénaline.

Ryan s'élance derrière Ève alors que Franklin atterrit à côté de moi.

– J'ai besoin de renfort ! crépite la voix de Ryan dans mon oreillette.

Puis, scrutant l'horizon, je la vois : Ève, suivie de près par… Ève ?

Elles sont deux. Les gardes se divisent pour les pourchasser.

– Ce ne sont que des Projections ! nous hurle Mlle Silva depuis le haut de l'À-pic.

Je me relève tant bien que mal.

Il faut que j'agisse.

Il faut que je fasse mes preuves.

J'ajuste mon arme, dont le canon émet une faible lueur verte. Ève est encore trop près pour que sa fonction de tir soit débloquée.

– Je la tiens ! J'ai réussi ! reprend la voix de Ryan dans mon casque.

J'abaisse vivement ma visière en ordonnant :

– Localisez le garde Ryan !

L'écran illumine aussitôt sa silhouette. Il est à une trentaine de mètres, agrippé au pied d'Ève, mais elle lui écrase le visage et il lâche prise.

Quel crétin… Typiquement le genre de chose qui prouve qu'il n'a rien à faire à la tête de l'équipe.

Cela dit, moi qui attendais ma chance, je la tiens. Les autres continuent à poursuivre les fausses Ève mais la vraie est pile en face de moi. Elle court.

Je pique un sprint à travers le ciel.

Sentant le regard de Mlle Silva dans mon dos, je jette un coup d'œil par-dessus mon épaule, mais elle n'est plus sur l'À-pic. Le temps que je me retourne de nouveau, Ève a disparu.

– Là-haut ! me crie Mlle Silva d'une voix aiguë.

Elle est sur le ciel avec nous, maintenant. Wouah, elle sait courir !

Elle me désigne un trou noir à un endroit où un pan de ciel a été enfoncé.

Je l'atteins avant les autres gardes et Mlle Silva s'écarte pour me laisser passer. Il fait noir là-dedans. Je distingue le bas d'une échelle. Les pas d'Ève résonnent sur les barreaux au-dessus de ma tête.

Je commence à monter quand, soudain, une violente pression dans ma tête me fait lâcher l'échelle et je tombe, avant d'atterrir sur Matthew.

Un puissant courant d'air s'engouffre dans mon dos, tentant de s'échapper du Dôme à la suite d'Ève. Elle a ouvert la trappe.

Je bâille pour soulager la pression. J'ai mal aux tympans, mais je me plaindrai plus tard. Je repars à l'assaut de l'échelle. Mais lorsque j'arrive en haut, il est trop tard.

Mon casque perçoit le changement d'oxygénation quand je débouche dans l'air froid du monde réel. Je suis cerné par des nuages menaçants, qui stagnent au-dessus de nous comme s'ils attendaient le début d'une bataille sanglante. Une étroite passerelle métallique entoure le périmètre. Ma visière s'abaisse d'elle-même pour venir se verrouiller sur ma mentonnière. La pression se stabilise, l'oxygène est de retour.

– *Respirez normalement*, m'enjoint la voix artificielle.

– Localisez Ève, ordonné-je.

Des flèches translucides m'indiquent vers où tourner les yeux.

Elle est là, devant, sur la passerelle, et elle n'est pas seule.

Mon cœur s'arrête de battre.

C'est lui.

Le fils du professeur Wells. Le pilote avec qui elle avait un lien.

Bram.

Mais comment a-t-il réussi à revenir ? Il avait déjà accompli l'impossible en s'évadant de la Tour. Mais y entrer clandestinement ? C'est une autre paire de manches.

Je les poursuis, le bruit de mes pas résonnant sur la passerelle métallique. La chute sous mes pieds est si vertigineuse, si inconcevable que je ne m'en préoccupe même pas.

– Ciblez Bram Wells, dis-je dans mon casque.

Ma visière le marque d'un point lumineux.

J'ajuste mon arme, dont la fonction principale est toujours verrouillée pour protéger Ève. Je vise la silhouette luisante de Bram sur mon écran et j'appuie sur la détente.

Une boule d'énergie non létale traverse l'air dans sa direction.

Manqué.

– Drones déployés ! annonce Ryan dans mon oreillette. Ils sont bloqués.

Puis je le vois qui arrive depuis l'autre bout de la passerelle, barrant le passage à Ève et Bram.

Mais il est interrompu par la voix de Mlle Silva qui résonne puissamment dans l'air, figeant tout le monde.

Mon cœur bat à tout rompre dans ma poitrine et mon souffle est si haché que j'entends à peine les mots, mais je distingue la fin :

– Le Dôme est ta maison, Ève. C'est ton monde, à toi et rien qu'à toi. Il est parfait.

Ève se tourne dans ma direction. Mon arme est toujours braquée sur eux.

– Baissez vos armes ! crie Mlle Silva.

Tous les gardes ultimes obéissent.

Tout à coup, je sais ce qui va se produire. L'image surgit devant mes yeux comme une prémonition. Puis, revenant à l'instant présent, je vois les choses se dérouler de nouveau, pour de vrai cette fois.

Bram sort un gantelet d'un boîtier jaune qui l'attendait là, fixe un harnais autour d'Ève, et ils enjambent la rambarde d'un même mouvement tandis que la voix de Mlle Silva continue de tonner, bientôt remplacée par celle du professeur Wells.

– On fait quoi, Turner ? me murmure la voix de Ryan.

Il se rend compte un peu tard que le commandement n'est pas son fort.

Nous les avons perdus.

Ils s'embrassent.

Ils sourient.

Ils sautent.

Ils tombent à travers les nuages déchiquetés en laissant dans leur sillage un silence assourdissant, comme si le monde entier retenait son souffle.

La séquence passe et repasse dans ma tête, comme un enregistrement réglé sur repeat.

La bouche de Bram sur celle d'Ève.

La bouche d'Ève sur celle de Bram.

La bouche d'Ève sur...

Je chasse cette pensée. Je viens de voir l'être humain le plus important de la planète sauter de la tour la plus haute du monde, et je ne suis pas fichu de penser à autre chose qu'à ce baiser ?

Je me tourne vers les autres gardes ultimes. Leur regard se pose enfin sur moi, et je sens s'abattre sur mes épaules tout le poids de la responsabilité qui va avec l'uniforme. Comme si celui-ci m'intimait de les suivre par-dessus la rambarde, à travers les nuages.

Je sais ce que je dois faire, ce qu'on m'a appris à faire... ce que je veux faire.

Je ramènerai Ève.

2 / ÈVE

Je tombe avec lui à travers les airs. Je quitte le monde qu'ils ont construit pour moi, leur prison et leurs mensonges. Leurs jeux et leurs manipulations.

J'avais vu clair sur certains points, bien sûr, mais comment aurais-je pu mesurer l'ampleur de leur supercherie ? Comment aurais-je pu percer l'épaisseur du voile que Vivian Silva a maintenu toute ma vie devant mes yeux ?

Je savais que Holly était un artifice, conçu pour nous fournir, à moi, une amie et, à eux, la possibilité de comprendre le fonctionnement de mon esprit. Je savais qu'elle n'était pas réelle au sens classique du terme, mais j'étais heureuse qu'elle soit là.

Qu'il soit là.

Bram.

Malheureusement, cet attachement a causé ma perte. En guise de mise en garde, ils m'ont privée de voir mon amie. Au lieu de me réjouir d'avoir quelqu'un à qui parler, j'aurais dû voir ce que Holly était vraiment : un exemple de ce qu'ils étaient capables de faire. J'aurais dû comprendre que chaque aube, chaque crépuscule, presque toutes les belles choses qui faisaient vibrer mon cœur, n'étaient que des créations factices, imaginées pour me garder prisonnière dans leur cage dorée et me faire faire tout ce qu'ils voulaient.

Jusqu'à aujourd'hui, ma vie n'a été qu'un mensonge.

C'est difficile à accepter. Tout ce que j'ai connu était-il corrompu ? Les Mères, ces femmes âgées qui m'ont élevée, éduquée, habillée chaque matin, m'aimaient-elles comme elles le prétendaient ? Leurs motivations étaient-elles aussi pures que je l'ai toujours cru ? Ou faisaient-elles partie du récit, elles aussi ?

Je revois le visage ridé de mère Nina, une belle âme qui a donné sa vie pour moi, et je fais le choix de croire que les Mères étaient sincères. Douter d'elles me ferait trop mal.

J'éprouve un pincement de culpabilité en les imaginant dans la Tour et je me demande ce qu'elles vont devenir. Elles m'ont consacré plus de dix ans de leur vie, tout ça pour que je m'enfuie.

Est-ce vraiment ce que je fais ? M'enfuir ? Ou me suis-je lancée à la poursuite de la vérité ?

Ai-je eu raison de prendre la main que me tendait Bram et de sauter ?

Ce n'est que la deuxième fois que je le rencontre, et pourtant, je le connais – à travers Holly – depuis toujours.

Mais puis-je vraiment dire que je le connais ?

Ce n'est pas le moment de me poser des questions.

Les bras de Bram se replient autour de moi. C'est seulement maintenant que je me rends compte que j'ai fermé les yeux à l'instant où j'ai tourné le dos au passé pour me jeter dans ce qui se trouve en bas. J'ai le visage enfoui au creux du cou de Bram, un bras autour de sa taille et l'autre sur ses larges épaules. Mes jambes tremblent, enroulées autour des siennes.

Nous fendons le vent à une vitesse si paniquante que je n'ose pas bouger. Je me force juste à ouvrir les yeux. La tour monstre qui a toujours été « chez moi » continue à défiler. Curieusement, son apparence m'est étrangère. Je ne l'avais jamais vue sous cette facette. Cela dit, je n'en vois pas grand-chose ; elle passe dans un brouillard.

Nous tombons à travers une succession de nuages sans fin qui nous masquent la vue du sol et nous recouvrent de gouttelettes glacées. Je suis trempée.

Le monde est bruyant, le vent mugit tout autour de nous. Des éclairs rouges et blancs explosent dans une espèce de danse clignotante. Je n'ai jamais rien vu de pareil. C'est à la fois grandiose et terrifiant.

Enfin, nous sortons des nuages. Enfin, je le vois.

Le monde d'en bas.

La terre vers laquelle nous fonçons paraît vivante. Elle bouge et se soulève, se creuse et se bossèle. Ce n'est qu'en entendant des voix qui appellent, qui crient, qui hurlent, qui scandent une litanie, que je comprends que c'est une foule que je vois. Ceux du dehors, le public – tous ces gens dont on me dit que je suis la sauveuse. Ceux qui se sont réjouis de ma naissance. Ceux dont on m'a avertie qu'ils me feraient du mal si je les décevais. C'est ce que Vivian voulait que je croie. Dans l'immédiat, tandis que je suis précipitée vers eux, j'ai tout intérêt à croire qu'elle m'a menti.

Bram est secoué par un soubresaut et je resserre mes bras autour de lui. En tournant la tête, je découvre une machine noire qui vole à côté de nous en projetant un rayon de lumière rouge sur le visage de Bram. Il essaie de se tourner lui aussi pour nous protéger, mais c'est impossible. Il agrippe d'une main le mécanisme, quel qu'il soit, qui nous permet de descendre, et s'accroche à moi de l'autre. Leur machine nous traque. Où qu'aille Bram, elle le suit. Je ne sais pas si elle va nous tirer dessus, nous pourchasser ou nous protéger, mais la réaction de Bram me laisse penser que cette dernière hypothèse est la moins probable.

Malgré la résistance du vent, je parviens à frapper l'engin d'un coup de pied circulaire qui fait voler des fragments de verre et de métal. L'objet se met à tourner sur lui-même.

– Ouais ! lancé-je dans un cri de triomphe à un Bram tout étonné.

Au moins, les cours de karaté qu'ils m'ont fait prendre auront servi à quelque chose. Et je trouve assez ironique que ce soit à leurs dépens.

Encouragée, je lance un deuxième coup de pied, mais le tissu de mon pantalon se prend dans une pièce du mécanisme de vol.

J'ai beau secouer la jambe comme une folle, rien n'y fait. Loin de se détacher, l'engin se met à tirer sur mon pantalon. Il est d'une force étonnante pour une machine aussi petite, et menace de m'éloigner de Bram.

Je crie son nom.

Une autre traction de la machine sur ma jambe et nous sommes entraînés vers la Tour. Sa surface métallique se rapproche à toute allure.

Encore une traction.

Puis une autre.

Nous sommes secoués en tous sens, comme les poupées de chiffon avec lesquelles on jouait, Holly et moi, quand on était petites.

La traction suivante m'arrache à l'étreinte de Bram. Nous battons des bras pour tenter de nous raccrocher l'un à l'autre. Nos regards se trouvent et je vois ma peur se refléter dans ses yeux.

Je tombe.

Mais pas dans une chute mortelle. Rattrapée par le harnais, je reste en suspension juste en dessous de Bram.

Saisissant le tissu de son pantalon, je me démène pour refermer les bras sur la jambe de Bram. Je respire en m'efforçant de penser calmement. Même si je parviens de nouveau à repousser cette machine, cela ne l'empêchera pas de revenir à la charge, bien qu'elle ait sans doute été conçue pour ne pas me faire de mal, comme les armes de Ketch et de mes gardes.

De nouveau je ramène les jambes vers moi, mais cette fois je vise les propulseurs, encore et encore. Si je n'ai pas la force de me libérer, j'en ai assez pour briser l'engin. Enfin, ses lumières s'éteignent et son poids inerte vient reposer contre ma jambe. Il peut bien rester là. Au pire, je ne risque que quelques bleus.

Bram m'aide à remonter en me hissant. Le cœur battant, je m'accroche à lui, les bras autour de son cou, le visage enfoui dans ses cheveux. J'ai l'impression que nous nous étreignons ainsi depuis des heures. Le monde ralentit et s'estompe, nous laissant dans notre bulle.

Mais nous tombons toujours.

Soudain Bram rejette la tête en arrière, en plongeant ses yeux bruns dans les miens avec une intensité proche de la panique. Il me crie des instructions, mais je ne l'entends pas. Les bruits d'en bas s'amplifient à mesure que nous approchons du sol. Il me semble qu'il me demande de me dépêcher au moment de l'atterrissage, à moins qu'il ne me dise de ne pas avoir peur, je ne sais pas trop.

– Je n'entends pas !

Même ma propre voix se perd au milieu des cris, des explosions et des sirènes.

Il réessaie. Il est inquiet.

– Je sais que je n'ai rien à craindre avec toi ! dis-je dans son oreille en espérant qu'il me comprendra.

Puis je vois qu'il fronce les sourcils en avançant la bouche d'une manière qui m'est très familière.

Je ne peux pas m'empêcher de sourire. Bram. *Mon* Bram. Tout comme elle était *ma* Holly. Ils ont beau être très différents, c'est fou ce que je retrouve d'elle en lui.

Je me rappelle la première fois que j'ai vu Holly, mon excitation de rencontrer quelqu'un de mon âge qui courait dans les jardins du Dôme. Et je me rappelle parfaitement la première fois que je l'ai rencontré, lui, lorsqu'il a tiré en arrière Michael, le pauvre garde de sécurité, avant de l'assommer.

J'ai su qu'il était Holly à l'instant où je l'ai vu.

Je suis tellement perdue dans mes pensées que je suis choquée en découvrant qu'il ne nous reste que quelques secondes avant de toucher le sol.

Tout à coup, nous percutons la foule. J'en ai le souffle coupé. Un tissu lourd s'abat sur moi et me plonge dans le noir.

Des mains me saisissent. Je sens que celles de Bram sont tirées en arrière.

Il y a des cris, mais je n'entends pas les siens.

– Bram !

J'essaie de ne pas le lâcher, mais je ne peux pas résister. On m'arrache à lui. Je hurle en donnant des coups de pied, mais cela ne sert à rien. Il y a trop de monde à repousser.

– Bram !

Je l'ai perdu.

3 / BRAM

Ève !

Nous heurtons violemment la mer de gens et des mains nous séparent. Le harnais qui nous sanglait se détache et nous tombons entre les corps haletants jusqu'au sol froid et humide.

Je voudrais désespérément l'appeler, m'agripper à elle de toutes mes forces pour ne plus la lâcher, mais je sais que je ne dois pas. Je ne dois pas attirer l'attention sur nous.

Pas maintenant.

Tenons-nous-en au plan.

Je me laisse entraîner dans la bousculade.

Quand la foule qui attendait nous a vus sortir de la couverture de nuages, le cri étouffé de milliers de personnes a traversé les airs en sifflant pour nous accueillir. Nous avions réussi… l'impossible. Elle était là, en train de tomber du ciel comme un ange descendant vers eux en réponse à leurs prières.

C'est maintenant que nous avons atterri que le véritable défi commence.

– Où est-elle ? crient des voix.

– Je l'ai vue !

– C'était Ève !

– Elle est en vie ?

Dans le mouvement oscillant de la foule, j'ôte le gantelet qui m'a permis de ralentir notre descente et je secoue la main pour réveiller mes sensations. Maintenant qu'Ève est au milieu d'eux, je suis oublié, je n'existe plus : elle aurait aussi bien pu tomber des nuages toute seule. Personne ne se préoccupe de moi.

J'en profite pour scruter les visages qui m'entourent à la recherche du sien. Elle est forcément là. Ça a forcément marché.

Nous nous trouvons dans la partie la plus dense du rassemblement, entre deux gratte-ciel qui s'élèvent vers la tour colossale, des constructions trapues en béton ornées de l'inscription « WELLS INNOVATIONS » en épaisses lettres métalliques. Aucune recherche esthétique, aucun graphisme, rien que de l'utile. C'est mon père tout craché.

Je suis pourtant devant la façade nord de la Tour, l'endroit que j'ai indiqué dans mes instructions aux Libéréveurs. Mais où sont-ils ?

Soudain quelque chose arrête mon regard.

Un visage familier au milieu de la masse qui tangue.

Helena.

Elle m'aperçoit et hoche la tête. Son visage est tendu par l'inquiétude, mais je connais la force inébranlable qui se cache dessous. Je savais qu'elle y arriverait.

Elle disparaît brusquement, remplacée par une lourde silhouette qui déboule vers moi en écartant la foule de ses bras gros comme des troncs.

Chubs.

Je reconnais d'autres visages parmi ceux qui s'approchent : les Libéréveurs. Ils m'ont reconnu, eux aussi. Ils sont tous là, du moins ce qu'il en reste.

Pour Ève.

M'ayant rejoint, Chubs se campe dos à moi, en me ménageant un peu d'espace pour me laisser retrouver mes esprits avant d'affronter la suite.

– Tu es prêt ? me demande-t-il par-dessus les voix tonitruantes. Ils vont arriver d'une seconde à l'autre.

À cet instant, des centaines de drones noirs armés tombent des nuages, semblables à celui qui nous a traqués, Ève et moi.

Ils s'immobilisent et font du surplace au-dessus de nos têtes en bourdonnant.

– Votre attention, citoyens de Central, retentit la voix perçante de Vivian Silva tandis que son visage anguleux s'affiche sur toutes les tours environnantes. Nous venons de subir une grave violation de la sécurité. Ève, notre précieuse sauveuse, est parmi vous, et sa vie est en danger.

Et merde.

Des cris d'effroi s'élèvent de la foule.

– Le dernier espoir de l'humanité doit être protégé à tout prix, poursuit Vivian. On ne peut laisser personne lui faire de mal. On ne peut pas la laisser s'échapp... se faire enlever. Nous vous demandons de rester calmes et immobiles le temps que nous scannions la zone. Si certains parmi vous savent où se trouve Ève, qu'ils se fassent connaître immédiatement.

Mon visage est soudain illuminé comme si le rayon d'une torche m'avait découvert dans le noir.

Au bout de quelques secondes, lorsque mes pupilles ont eu le temps de s'adapter, je m'aperçois que c'est le cas de toute la foule. Depuis les drones, d'énormes projecteurs balayent tout le secteur d'une lumière blanche aveuglante.

Je prends une grande inspiration avant de murmurer à Chubs :

– Prêt.

– Tu es sûr ? me demande-t-il sans me regarder.

– ... Non.

– Bon, on se retrouve à la Tanière, dit-il.

Puis il écarte les gens qui nous entourent afin que je devienne clairement visible, ainsi que la fille qui se tient à côté de moi.

Ève.

– ELLE EST ICI ! rugit Chubs à tue-tête.

Silence.

Pas un cri.

Rien qu'un grand silence de sidération.

Les têtes se tournent, jusqu'à ce que tous nous regardent. Ils l'observent, ils absorbent sa beauté. Il ne s'agit plus d'un écran de réaliTV mais de la vraie Ève en chair et en os, debout au milieu d'eux.

Levant lentement le bras, je lui tends la main sans quitter les drones des yeux. Elle la prend, et des picotements courent sur ma paume comme une charge électrique qui me remplit d'énergie pour l'évasion. Qui me donne de la force.

– Cours, Ève !

Dès notre premier mouvement, les drones se remettent à descendre et le chaos se répand dans la foule. Chubs nous fraye un passage en écartant les badauds hystériques.

– Tenez le rythme ! nous lance-t-il.

Nous faisons de notre mieux pour le suivre, mais les gens commencent à opposer une résistance.

– Lâche-la ! m'ordonne une voix sur ma droite.

Le type porte un sweat-shirt à l'effigie d'Ève. Il m'agrippe et me tire pour me séparer d'elle et mon genou percute ses côtes. J'entends un craquement, il recule, et nous repartons derrière Chubs.

– Ils arrivent ! Deux intercepteurs, nous signale-t-il en désignant la tour de l'EPO.

En jetant un coup d'œil derrière moi, je repère deux gros véhicules noirs en approche au-dessus de la cohue.

– C'est bon, je les vois ! crié-je à Chubs.

Les aéroglisseurs blindés de l'EPO sont bien plus rapides que les bateaux de Central. C'est parfait pour contrôler la foule. Moins parfait pour les fuyards.

Une explosion retentit au niveau du sol et une étincelle projette une traînée de fumée vers le ciel. Le missile des Libérêveurs rate l'intercepteur, mais frappe un des drones. Des braises luisantes retombent en pluie, créant un vent de panique.

– Lancement de la phase deux ! dis-je à Chubs, qui change aussitôt de trajectoire.

Je jette un coup d'œil à Ève, qui avance à grands pas d'un air déterminé. Les gens reculent sur notre passage, comme repoussés par une force invisible. Le pouvoir d'Ève est contagieux et je suis son exemple pour fendre la marée de ses adeptes.

– On y est presque ! crie Chubs. À vous de jouer !

Devant nous, la foule se clairsème. À peine avons-nous franchi les grilles de l'EPO que nous devons piler net.

Je manque perdre l'équilibre. Là où le béton s'arrête, c'est l'eau qui prend le relais.

– Par ici ! nous lance Chubs.

Il soulève une bâche noire qui recouvre un bateau léger.

– Joli bateau, dis-je.

– C'est un hydrofoil. On l'a chouchouté, ce petit voyou. Allez, montez ! fait-il en me tendant une oreillette.

Ceux qui nous entourent battent en retraite à l'approche de l'intercepteur. Personne n'ose défier l'EPO.

– Restez calmes. Vous êtes maîtrisés, nous informe la voix robotique de l'engin volant.

Ses rayons provoquent une paralysie temporaire chez tous ceux qu'ils touchent en fouillant la foule autour de nous.

– Filez ! nous crie Chubs d'un ton impérieux en me poussant à l'avant de l'hydrofoil.

Ève saute sur le siège derrière moi et passe les bras autour de ma taille.

Je tourne la commande des gaz et le moteur vrombissant nous catapulte dans l'étroit canal, plus vite que je ne m'y étais attendu.

– Bon sang !

Une gerbe d'eau jaillit à l'arrière de l'engin.

Il est rapide, mais pas discret. L'intercepteur nous a repérés et vire brusquement, relâchant les gens de leur immobilité pour piquer sur nous.

La course-poursuite commence.

L'hydrofoil fonce à une vitesse délirante, au point que la coque plane au-dessus de l'eau plus qu'elle ne flotte sur la surface. Et plus j'accélère, plus il se soulève.

Je glisse un coup d'œil vers Ève, dont le regard résolu reste fixé sur l'eau devant nous.

– Bram, tu me reçois ? crachote une voix dans mon oreillette.

Je hurle pour couvrir le vent :

– Je t'entends ! C'est toi, Saunders ?

– Ouais ! Je vais te guider ! Contente-toi de suivre mes instructions.

On sillonne pleins gaz les canaux de dérivation de la Tour sous les yeux des milliers de personnes qui nous regardent depuis les passerelles.

– Concentre-toi, Bram, me dit Saunders alors que je frôle une paroi. Ces canaux n'ont pas été prévus pour être navigués. Il y a des obstacles partout.

– Sans déconner !

Un drone apparaît sur ma droite et me braque avec son rayon laser. D'ici deux secondes, je serai étourdi.

Je vire à gauche à presque quatre-vingt-dix degrés en projetant un geyser d'eau salée sur la berge. Il engloutit le drone, qui est forcé de se poser.

Saunders applaudit.

– Un de moins ! On se charge des autres. Toi, occupe-toi juste de piloter.

– Et les intercepteurs ? Où sont-ils ?

– On en a perdu un dans les nuages et l'autre est en train de te rattraper.

Et, en effet, je vois par-dessus mon épaule les lumières rouges clignotantes de l'intercepteur qui se rapprochent. Il nous colle au train.

– Prends le prochain canal sur ta gauche, me dit Saunders dans l'oreillette. Il mène dans un tunnel.

– Et au bout du tunnel, on sera arrivés dans Central ?

– Oui, mais c'est super étroit.

– Étroit comment ?

Pas de réponse.

Tout de suite après le tournant, je mets les gaz à fond. Je n'ai pas le temps de jouer la prudence.

L'intercepteur vire aussitôt en coupant le virage et se retrouve au même niveau que nous. Je distingue un garde ultime aux commandes à travers la vitre. Il me fait signe de m'arrêter.

L'imbécile.

Il se déporte vers nous pour essayer de me pousser contre la paroi en béton. Tirant sur le levier de frein, je ralentis pour la première fois afin de nous ramener en contact avec l'eau.

– C'est pas le moment de ralentir ! braille Saunders. Il te colle !

Alors que j'accélère, je sens la présence des drones derrière nous et je repars à fond pour glisser l'hydrofoil sous l'intercepteur.

Je slalome sans arrêt pour ne pas leur fournir une cible fixe. Ils n'utiliseront pas d'arme létale, pas avec Ève à bord, mais leur arsenal contient assez d'armes pour nous neutraliser sans nous tuer.

Un éclair grésille sur l'eau sur notre gauche.

Il n'est pas passé loin.

– Bram, tu arrives à l'entrée du tunnel ! me prévient Saunders. Une fois dedans, fonce droit devant !

– Je le vois. Merde, pour être étroit... !

L'intercepteur vire de nouveau pour repasser au-dessus de nous. Il gagne du terrain. Les drones s'écartent pour lui faire de la place. Le garde accélère en frôlant la surface.

– Gare à vos têtes en entrant ! me précise Saunders.

Je baisse la tête et Ève m'imite. L'intercepteur se redresse à la dernière seconde tandis que l'hydrofoil se faufile dans le tunnel étroit comme un boyau. Le fracas des drones qui se crashent sur l'arche résonne sur les parois.

– On a réussi ! lancé-je triomphalement dans le noir.

Ève continue à s'agripper à moi tandis qu'on remonte l'étroit tuyau, et je ne peux pas m'empêcher de sourire.

Enfin, on débouche de l'autre côté dans la rivière de Central, dans le monde extérieur. L'hydrofoil s'engage en dansant sur le courant. J'inspecte la rivière.

Personne.

Je jette un coup d'œil derrière nous dans le tunnel. Rien. Ils nous ont lâchés.

– Vous êtes ressortis ? me demande la voix crachotante de Saunders.

– Ouais, c'est bon !

– On a perdu le contact dans le tunnel.

– On les a semés.

– On est environ à huit cents mètres de vous, m'informe-t-il. On arrive.

– OK, grouillez-vous.

Je repère un petit embarcadère en bois, l'endroit idéal pour amarrer l'hydrofoil et prendre la capsule des Libéréveurs. Mais quand je veux tourner la commande des gaz pour éteindre, je m'aperçois que mon bras ne m'obéit plus.

Je mets toutes mes forces à essayer de le soulever ; rien à faire. Je suis coincé, pétrifié.

Paralysé.

– Restez calmes, retentit la voix robotique depuis le ciel. Vous êtes maîtrisés.

4 / MICHAEL

Je la tiens.

Incroyable. Elle est là, juste sous mes yeux.

C'est ma chance. L'occasion de me racheter. Je peux ramener notre sauveuse en sécurité.

– Restez calmes, tonne la voix de synthèse sous l'intercepteur.

L'injonction s'adresse aux fugitifs, mais je la prends personnellement. *Reste calme, Turner.*

Je me force à ralentir ma respiration et j'agrippe la colonne de direction en planant au-dessus de leurs têtes.

Je vais devenir un héros. Michael Turner, le sauveur de la sauveuse.

– Restez calmes.

... *OK.*

Je jette un coup d'œil aux silhouettes raides qui s'affichent sur mon écran. Leurs corps rouges brillent d'un éclat brûlant sur le bleu froid de la rivière.

– Reconnaissance faciale, ordonné-je.

Les scanners de bord se mettent à bourdonner. Mon pouce plane au-dessus du système de com, prêt à appeler les renforts, mais je veux d'abord avoir confirmation. Je ne peux pas me planter. Je dois être sûr de mon coup.

– Match à cent pour cent : Bram Wells, m'informe l'assistant de bord.

Puis il y a un blanc.

– Et ? Et elle ? demandé-je, le cœur battant.

Un vrombissement aigu se déclenche dans la cabine. Une alarme, immédiatement complétée par une annonce.

– Véhicule non identifié en approche en provenance du sud.

Non, pas maintenant !

Je fais demi-tour en maintenant mes prisonniers en état de paralysie temporaire. J'ouvre la porte de la cabine, je brandis mon arme d'une main et je fais descendre l'intercepteur jusqu'à leur niveau.

Le visage d'Ève est dans l'ombre de celui de Bram, mais ses longs cheveux flottent derrière elle, figés dans un courant d'air qui a disparu.

Je m'approche encore pour me poster en face de lui, dans son champ de vision. Mes mâchoires se crispent. Je n'ai pas oublié notre dernier face-à-face.

Il m'a vu.

Il doit vivre un cauchemar.

Soudain un moteur rugit et l'eau de la rivière est prise de remous à l'approche d'un bateau. Non, pas un bateau… une sorte de véhicule en verre, un prototype, à en juger par son allure. L'eau se reflète sur l'avant qui fend le courant. L'arrière est recouvert d'une toile masquant les choses ou les gens qui se trouvent dessous.

Il arrive sur nous plus vite que je n'aurais cru et projette une sorte de salve explosive avant que j'aie pu réagir. Un tir. Quelque chose heurte le nez de l'intercepteur, et le réacteur s'éteint. L'assistant de bord lance une nouvelle alerte.

– Avertissement. Baisse critique du niveau d'énergie.

L'appareil perd de sa puissance et mon estomac remonte dans ma gorge tandis qu'il tombe en vrille vers la rivière. Je laisse tomber mon arme sur le plancher de la cabine pour reprendre à deux mains la colonne de direction, qui reste désespérément inopérante. Le système d'urgence prend le relais et je suis plaqué brutalement contre mon siège. Des coussins d'air se forment sous l'appareil pour amortir la chute et m'empêcher de percuter l'eau.

Le système de pilotage automatique stabilise l'intercepteur, mais l'engin ne répond plus et se contente de planer à trente centimètres au-dessus de la surface, uniquement maintenu par l'alimentation de secours.

Je me baisse pour reprendre mon arme.

– J'éviterais, à ta place, me lance une voix depuis la rivière.

Suspendant mon geste, je tourne lentement la tête vers la capsule en verre qui danse sur l'eau derrière l'hydrofoil. Ève et Bram s'étirent, encore engourdis par leur paralysie temporaire.

– Laisse tes mains en vue, si ça ne t'ennuie pas, reprend le même gars, un complice de Bram.

Il braque une arme sur moi, et pas n'importe laquelle : un pistolet de l'EPO, jumeau du mien. Sales voleurs. Deux hommes surgissent de sous la toile de camouflage pour le rejoindre. L'espace d'une seconde, avant que la toile retombe, j'ai le temps d'entrevoir ce qui se cache à l'arrière de leur capsule : un homme sanglé dans une sorte de harnais, le visage dissimulé sous un drôle de masque.

– Qui êtes-vous ?

Personne ne répond.

– Vous travaillez pour qui ? Les Libéréveurs ?

– On dirait bien, non ? me répond l'homme avec un petit sourire ironique en désignant Ève, sans ôter son index de la détente.

Son pistolet est toujours braqué sur ma tête.

– Où est-ce que vous l'emmenez ?

Je cherche plus à gagner du temps qu'à obtenir des réponses.

Des éclats de rire retentissent sur la capsule.

– T'as toujours pas compris, hein ? réplique le bouffon qui continue à rigoler derrière son pistolet. Allez, chef, on peut lui montrer ?

Bram se lève tandis qu'Ève reste assise.

– Chef ? dis-je, stupéfait. C'est *toi* qui commandes cette bande ?

Ses copains l'aident à monter à bord de la capsule. Trois gars à l'avant, plus Bram et l'homme masqué… ils sont trop nombreux. *Tu aurais dû appeler les renforts, imbécile.*

Tout à coup, je m'aperçois qu'Ève me dévisage. Nos regards se rencontrent.

– Ève… dis-je d'une voix un peu étranglée. Ève, vous faites vraiment confiance à ces types ?

Elle continue à me fixer sans répondre, tandis que l'hydrofoil danse sur la rivière au gré de la marée.

– Turner ! me lance Bram. À qui devrait-elle faire confiance, selon toi ? À ceux qui l'ont gardée enfermée toute sa vie ? Ou à ceux qui viennent d'ouvrir sa porte ?

– Eh bien, je ne l'ai pas vue la franchir.

Ève me fixe toujours sans bouger.

– Ne partez pas avec eux, Ève. On peut vous protéger.

– Turner… Michael, c'est ça ? reprend Bram.

Je hoche la tête.

– Michael, tu es l'une des rares personnes sur cette terre qui aient rencontré Ève. Tu lui as parlé face à face. Mais tu ne t'es pas arrêté là, je me trompe ? Dis-nous, Michael, est-ce qu'elle t'avait demandé de poser les mains sur elle quand tu l'as traînée, hurlante, dans l'ascenseur ? C'est ça que tu appelles protéger quelqu'un ?

– C'était une erreur, la pire de ma vie, et j'essaie justement de la réparer. Je ne vous ferais jamais de mal, Ève.

C'est à elle que je parle, et je suis sincère.

Mais c'est encore Bram qui me répond.

– Erreur ou pas, c'est ce qui s'est produit, et je suis bien placé pour savoir quel effet Ève a sur les gens qui l'ont rencontrée, qui l'ont vue… qui l'ont *touchée*. Tu n'as plus arrêté de penser à elle, pas vrai ? ajoute-t-il en secouant la tête avec pitié. Elle t'obsède, comme elle en a obsédé des centaines avant toi, qui n'ont pas su la protéger.

– Ce n'est pas ça, dis-je en serrant les dents.

Je glisse un coup d'œil sur mon pistolet, à moins d'un mètre de ma main.

– Tu serais mort avant de le prendre, gronde le complice de Bram, qui a suivi mon regard.

L'un des deux autres murmure quelque chose à l'oreille de Bram, qui lui répond par un hochement de tête.

– On doit y aller. Dis au revoir à Ève et oublie-la. Ce n'est plus à toi de la protéger.

Le moteur de la capsule se met à gronder et ils font demi-tour avant de repartir par où ils étaient venus…

En laissant Ève assise sur l'hydrofoil.

À quoi ils jouent ?

– Ève ? dis-je en essayant désespérément de comprendre ce qui se passe.

Ils sont partis. Sans elle.

– Ève !

L'hydrofoil est secoué par les remous créés par le sillage de la capsule.

Je ramasse précipitamment mon pistolet. Il se passe un truc anormal. Je scrute rapidement les alentours. La rivière est déserte.

Rien que nous deux.

Moi.

Et Ève.

Mon cœur cogne dans ma poitrine. *Reste calme.*

Tout à coup, Ève bouge.

– Ça va ? demandé-je en sortant un pied de l'intercepteur tout en regardant l'eau trouble qui nous sépare. Il y a une bonne distance entre mon appareil et l'hydrofoil, mais avec l'adrénaline que je sens affluer dans mes veines, je sais que je peux y arriver.

– Ne bouge pas, j'arrive.

Puis je la vois sourire.

Et son sourire devient un rire. Mais un rire sans joie, un rire moqueur.

Je me tiens à la portière, le cœur battant.

Soudain elle disparaît, puis réapparaît dans un clignotement. Alors j'additionne deux et deux et je comprends que je me suis fait berner. Comme nous tous.

Ce n'est pas la vraie Ève.

C'est une foutue Projection.

L'homme qui se tenait sous la toile ne portait pas un masque mais une visière, une visière de pilote. C'est ce truc qui a dû diffuser les Projections d'Ève tout à l'heure sur l'À-pic.

Elle clignote de nouveau, la connexion s'affaiblissant à mesure que la capsule s'éloigne.

Avant de disparaître pour de bon, elle m'envoie un baiser d'une main et me fait un doigt d'honneur de l'autre.

Puis elle n'est plus là.

5 / ÈVE

Je suis ballottée sur une épaule. Toujours sous une couverture, toujours dans le noir. Mais on me porte plus délicatement qu'au début. Ils me tiennent. Je suis à eux. Ils doivent savoir que je n'essaierai pas de m'enfuir.

Celui qui me porte avance en grognant et marche apparemment dans l'eau. Il projette de grandes éclaboussures à chaque pas.

Mon cœur cogne dans ma poitrine. L'adrénaline me tient prête à me battre, à courir, à faire tout ce qu'il faudra. Mais je ne sais rien de ce qui se passe. Je ne sais pas si je dois continuer à crier en donnant des coups de pied pour me libérer et me retrouver à la vue de tous, où je serais peut-être plus en sécurité, ou s'il vaut mieux que je me laisse faire. Je ne sais pas qui sont ces gens. Je ne connais pas leurs intentions. Et je ne sais pas davantage comment la foule réagirait si je me montrais maintenant.

Je suis perdue.

Je ne suis pas armée pour cette situation.

– Votre attention, citoyens de Central ! tonne une voix.

On s'arrête et j'en profite pour prendre une rapide bouffée d'air. Même si le tissu étouffe le son, j'ai reconnu cette voix tout de suite. Vivian Silva. Il n'y a rien d'étonnant à ce que son pouvoir se fasse sentir ici aussi.

Je me demande si je pourrai un jour me libérer d'elle.

Autour de moi, tout le monde se tait.

– Nous venons de subir une grave violation de la sécurité, reprend Vivian d'une voix plus froide que jamais. Ève, notre précieuse sauveuse, est parmi vous et sa vie est en danger.

Les cris d'incrédulité, d'angoisse et de désespoir qui s'élèvent me font tressaillir.

Mais Vivian les fait taire en poursuivant :

– Le dernier espoir de l'humanité doit être protégé à tout prix. On ne peut laisser personne lui faire de mal. On ne peut pas la laisser s'échapp… se faire enlever.

J'ai senti mon porteur se raidir.

Je me demande ce qui va arriver. La réponse dépend entièrement de la situation dans laquelle je suis maintenant. Ai-je été repérée et enlevée sur un coup de tête ? Tout ceci fait-il partie du plan ? S'agit-il de mon équipe de sécurité qui a réussi à me récupérer et qui tente de me ramener discrètement ? De me rapporter comme une marchandise volée ?

Les bras de l'homme se resserrent sur moi tandis que la tension monte dans la foule. J'entends des murmures soupçonneux. Des théories se mettent déjà à circuler.

Tout à coup, quelqu'un attrape mon pied et tire, et je lâche un cri d'effroi. Il y a une bousculade, puis mon pied est libéré et j'entends l'impact d'un poing sur un corps, suivi d'un grognement et d'un bruit d'éclaboussure. Des voix retentissent quelque part au loin ; quelqu'un crie qu'il m'a vue. Je me crispe en entendant les engins de tout à l'heure recommencer à nous survoler, pétrifiée à l'idée qu'ils me repèrent et que la foule me découvre.

Mais le chaos n'éclate pas, du moins pas autour de moi. J'entends un remue-ménage au loin. Je ne comprends pas ce que ces voix disent, mais elles fournissent une diversion. Mon porteur me bascule d'une épaule sur l'autre en se préparant à repartir et je n'oppose pas de résistance. Je ne sais même plus si j'en ai envie. Et on commence à s'éloigner en zigzaguant de ce qui semble clouer les autres au sol.

Je ne bronche pas. Je joue le jeu.

Je me dis qu'au pire, c'est toujours mieux que de me retrouver brusquement exposée devant des milliers de gens.

En réalité, je suis terrifiée.

– On y est presque, marmonne une voix qui semble s'adresser à moi.

Je suis stupéfaite, non par le caractère rassurant de la phrase, mais par la voix elle-même. C'est une voix de femme. J'ai beau avoir passé ma vie entourée par les Mères, je ne m'attendais pas à en trouver une ici, et, curieusement, cela me réconforte. Au fil des années, les Mères m'ont confié des bribes de leurs vies et de ce qui les avait amenées auprès de moi dans le Dôme. Les descriptions que Vivian m'a faites de ce qui les attendait dehors si elle les renvoyait étaient terrifiantes. Or voici une femme, forte et efficace, qui m'emmène loin de ceux qui ont « veillé » sur moi jusqu'ici.

On me retourne et on me porte vers le bas.

– C'est bon ? Tu la tiens ? demande la femme tandis que d'autres mains s'emparent de moi.

La couverture se soulève assez pour que j'entrevoie le rebord du bateau sur lequel on me dépose, ainsi que trois paires de boots noires solides et détrempées.

– OK, reprend la femme. Direction : Ben !

Assise sur le plancher, secouée par le roulis, je les sens qui s'affairent autour de moi. Un moteur vrombit et le bateau démarre en me projetant en arrière. Au bout d'un moment, le rythme se stabilise et on avance tranquillement.

Je n'étais jamais montée sur un vrai bateau – je n'en avais même jamais vu – et même si je l'avais fait, à la lumière des derniers événements, je douterais maintenant de la réalité de l'expérience.

Un bateau.

J'en ai entendu parler dans des livres, j'en ai vu naviguer sur des bouts de film. Mais je n'aurais jamais pu imaginer la caresse du vent sur ma peau, cette ruée de sensations qui m'assaillent. Même assise dans un recoin, la vue à moitié masquée, je savoure la sensation de liberté de cet instant.

– Ève ! me crie la femme pour se faire entendre par-dessus le bruit de l'eau, du vent et du moteur.

Elle pose la main sur mon genou et s'accroupit pour me permettre de voir son visage ridé et criblé de taches de rousseur malgré le tissu qui me recouvre. Elle n'exprime pas la douceur et la gentillesse, comme mère Nina, mais une force sereine tout aussi engageante.

Nos regards se croisent pour la première fois et elle soupire de soulagement.

– Il n'y en a plus pour longtemps, me dit-elle.

– Où va-t-on ?

– Quelque part où ils ne te retrouveront pas, répond-elle en levant les yeux vers la Tour qui disparaît derrière nous.

– Qui êtes-vous ?

– On va tout t'expliquer. Mais j'ai besoin que tu restes cachée encore un petit moment. Il y a des yeux partout et on ne veut pas éveiller les soupçons.

– Mais pourquoi vous m'aidez ? Qu'est-ce que vous attendez de moi ?

Elle ébauche un sourire.

– Rien. Nous voulions juste te rendre ta liberté… Tu es libre, Ève. Dans l'immédiat, je ne demande rien de plus.

6 / ÈVE

– La voie est libre ! lance une voix alors que le bateau s'immobilise au bout d'une éternité.

Des mains se replient sur mes bras, m'aident à me relever et à quitter le bateau pour la terre ferme.

– Prévenez-les et repartez, ordonne la femme. Revenez plus tard, quand il fera noir.

Le moteur ronronne avant de s'éloigner.

Avant que j'aie pu paniquer à cause du silence qui nous entoure, j'entends quelque chose bouillonner à nos pieds. Quelque chose qui monte à la surface de l'eau.

– Viens. Attention aux marches.

La femme me fait descendre un petit escalier en me guidant par le poignet.

– Tu peux retirer ça maintenant, me dit-elle en ôtant doucement le tissu sous lequel j'étais cachée.

Après tout le temps passé sous cette épaisse couche de tissu noir, la lumière me blesse les yeux. Puis je découvre que nous sommes à l'intérieur d'un monument superbe. Le fer et la pierre s'y associent pour créer quelque chose d'à la fois puissant et délicat. Je reconnais cette construction, symbole historique d'un passé révolu.

« Ben »… Big Ben. Bien sûr. Un souvenir remonte dans ma tête. Un jour, j'avais demandé à mère Nina de me parler de son enfance. Je n'arrêtais pas de lui poser des questions sur sa vie avant la Tour.

« Il y avait toujours quelque chose à faire, quelque chose à aller voir, m'avait-elle répondu ce jour-là. On se promenait dans les parcs, dans les musées, ou le long de la rivière, en admirant les attractions et les monuments : le Shard, la grande roue, le palais de Westminster, Big Ben… »

Je me souviens que ce nom m'avait fait rire et qu'elle m'avait donné des détails sur la grande horloge.

Et me voilà dedans, à l'intérieur de Big Ben.

À côté de nous, oscillant dans l'eau au centre de la tour, il y a un autre engin de transport assez étrange, en forme de sphère. En prenant une grande inspiration, je perçois aussitôt que l'air ici est différent. Il n'est pas pompé de l'extérieur par des bouches d'aération. C'est de l'air naturel, épais et chargé d'humidité.

Je me rends compte que la femme m'observe, me détaille comme je détaille tout ce qui m'entoure.

Je la regarde, pour de bon cette fois. Je n'avais jamais rencontré une femme comme elle. Elle a quelque chose de rude, les cheveux coupés très court, des mains calleuses et gercées, des muscles ronds et puissants. Aucune des Mères ne ressemblait de près ou de loin à la femme qui se tient devant moi. Et je réalise seulement maintenant le point commun qui réunissait toutes les Mères : elles étaient douces et délicates. Fallait-il qu'elles correspondent à une certaine image pour être recrutées ?

Enfin, Vivian était différente. Il n'y avait rien de délicat en elle. C'était une guerrière, froide et dure comme l'acier.

Heureusement, cette femme-ci n'a rien de comparable avec Vivian. Elle respire le sérieux et la franchise, mais un sourire chaleureux illumine son visage lorsqu'elle remarque que je l'observe. Ses épaules se relâchent, son corps se détend. Je suis là. Son plan a marché. Car je suis sûre maintenant que tout ceci faisait partie d'un plan soigneusement orchestré. Rien dans l'attitude de cette femme ne donne l'impression que j'ai été enlevée par hasard, dans le feu de l'action.

Elle paraît réellement soulagée. Ce n'est sûrement pas rien de kidnapper la seule fille née sur terre depuis cinquante ans.

– Comment vous vous appelez ?

Parmi toutes les questions qui se bousculent dans ma tête, celle-là n'est pas plus mauvaise qu'une autre. Autant commencer par découvrir qui elle est.

– On ne devrait pas rester là, me presse-t-elle en commençant à descendre les quelques marches menant à l'engin flottant.

– Attendez. Répondez-moi.

Je n'avais pas prévu de parler d'un ton aussi ferme, mais au moins, c'est efficace. Elle hésite, un pied en suspens au-dessus de la marche suivante.

– Helena, me dit-elle en reposant le pied.

Je suis brusquement frappée par le souvenir d'un cours de littérature. Holly était avec moi, il y avait des livres étalés tout autour de nous et nous lisions une pièce de Shakespeare sur les amours contrariées de deux couples : *Le Songe d'une nuit d'été*. Helena. Tout à coup, je leur en veux de m'avoir bourré la tête de fictions sans jamais me donner la moindre information sur le vrai monde.

Helena se baisse pour presser un bouton sur la paroi de la sphère et une porte s'ouvre en sifflant. Je vois un homme à l'intérieur, qui ne prend pas le temps de sortir pour nous saluer.

– Je vais t'aider à monter, me dit Helena.

Elle pose une main autour de ma taille et me soulève pratiquement par-dessus les marches. Puis elle saute pour me rejoindre en faisant tanguer le véhicule. La porte se referme et l'homme effectue les contrôles de routine : il vérifie que la porte est bien scellée et annonce notre arrivée dans une sorte d'émetteur. Puis nous nous enfonçons dans l'eau bouillonnante, que je distingue vaguement à travers une vitre trouble.

De nouveau, je sens le regard d'Helena sur moi.

J'essaie de réprimer une montée d'angoisse.

– On va où ?

– Dans la Tanière. C'est notre base. Là où on travaille et où on dort. Là où on vit.

– C'est un endroit sûr ?

– On s'y est installés peu après ta naissance et c'est chez nous depuis. Ils n'ont jamais ne serait-ce que soupçonné qu'on puisse se cacher ici. Bien sûr, ça ne veut pas dire qu'ils ne le découvriront jamais, mais pour l'instant, on est tranquilles. Soit on est très malins, soit ils s'y prennent mal.

Je hoche la tête.

– C'est chez toi aussi dorénavant, si tu le souhaites. Tu auras toujours ta place parmi nous. Ça, il faut que tu le saches.

– Mais qui êtes-vous ? Pourquoi m'aidez-vous ?

– Nous sommes les tiens. Tes défenseurs, tes militants… tes loyaux sujets, me répond-elle en souriant. Nous sommes les Libéréveurs. *Libér-Ève-eurs*. C'est moi qui ai trouvé le nom, il y a longtemps, ajoute-t-elle fièrement. Tout ce qu'on veut, c'est que tu aies la liberté de choisir. Et le seul moyen pour cela, c'est que tu aies les éléments en main, que tu connaisses les faits. Ça ne risquait pas d'arriver avec les autres, là-bas.

Elle ne cherche pas à dissimuler le mépris qu'ils lui inspirent.

– Oui, je commençais à m'en rendre compte, dis-je en me demandant ce qu'elle sait des derniers événements de la Tour.

– La venue de Bram est la meilleure chose qui nous soit jamais arrivée.

– Vous connaissez Bram ? m'exclamé-je si vivement qu'elle sursaute. Il est avec vous ?

Elle fronce les sourcils.

– Tu ne savais pas ? Tu n'as jamais entendu parler de nous ?

– Non !

Je me sens un peu idiote. Je repense au moment où nos pieds ont touché terre après notre saut. Bram m'a crié quelque chose que je n'ai pas compris. Essayait-il de m'expliquer ?

– Alors il sait que je suis là ?

– Bien sûr. Cette évasion était son idée.

– Ça veut dire qu'il va venir ?

Son visage se crispe une seconde.

– J'espère. Ça dépend de la façon dont ça s'est passé là-haut. L'essentiel, c'était de te sortir de là. C'était la première étape pour faire bouger les choses.

– Mais...

Je ne sais pas quoi dire. J'ai déjà perdu Bram une première fois, pourtant, mais mon cœur se déchire à l'idée de subir de nouveau cette épreuve.

– Bon, il est temps d'y aller, dit Helena. Et tu auras bientôt des réponses à tes questions.

Alors seulement, je me rends compte qu'on s'est arrêtés.

– D'accord.

J'essaie de reprendre mes esprits. Helena a raison. Il ne s'agit pas de moi, ni de Bram. Tout cela est bien plus vaste que nos petites personnes. Je me lève d'un bond en vacillant un peu. Il est temps que je comprenne ce qui se passe.

Cet endroit ne ressemble à rien que je connaisse. Je suis habituée aux grands espaces ouverts, plantés d'arbres et de buissons – même s'ils ne sont pas naturels. Moi qui vivais tout en haut de ma jolie Tour, je me retrouve dans les profondeurs enfouies sous la ville, à suivre des passages mal éclairés dans une atmosphère moite et étouffante. L'air est chargé d'humidité et les murs suintent. Mes vêtements sont plaqués sur ma peau comme s'ils y étaient collés à la glu.

Helena s'arrête devant une porte. Elle me regarde, ouvre la bouche pour parler, se ravise. Puis elle serre les lèvres, incline la tête, pousse sur la poignée et franchit la porte.

Et je découvre une salle immense, incroyablement haute de plafond, dans laquelle environ deux cents personnes se tiennent dans un silence complet. Je vois des femmes âgées parmi les hommes.

À notre entrée, beaucoup agrippent les bras ou les mains de leurs voisins dans une réaction d'incrédulité. Ils ne se serrent pas les uns contre les autres comme dans un réflexe de peur, non, ils s'appuient juste les uns aux autres pour se soutenir. Et tous me regardent avec une intense curiosité. Je remarque leurs vêtements négligés, leurs boots épaisses, leurs visages gris de crasse.

– Elle est libre ! lance une voix de stentor quelque part dans la foule.

Des rires et des acclamations explosent.

La salle est imposante, de celles qui semblent avoir assisté à de nombreux événements historiques. Je me demande tout à coup s'il y en a déjà eu un d'aussi important que celui-ci.

– Laissez parler Ève ! crie une autre voix au milieu du vacarme. On veut entendre ce qu'elle a à dire !

– Laissez-la tranquille ! réplique quelqu'un tandis que tous se taisent déjà pour m'écouter.

– Elle ne doit rien comprendre à ce qui se passe ! lance une femme.

– Je parie qu'elle sait que les autres ne pensaient qu'à leur intérêt !

– Ils lui ont volé ses droits en la forçant à vivre là-bas !

– Ils la manipulaient comme un pion !

Les cris se multiplient. La colère monte. Pas contre moi mais contre l'EPO. Contre les membres de cette organisation invisible que je n'ai jamais rencontrés, mais qui décidaient seuls de mon éducation.

Je suis assaillie par la honte. J'ai toujours vécu dans l'ignorance, sans jamais remettre en cause ce qu'on me disait. On ne m'y reprendra pas. À partir de maintenant, mes décisions et mes actes n'appartiendront plus qu'à moi.

Helena lève les bras. La foule s'apaise et les cris font place à un silence respectueux.

– Ce soir, c'est le moment de fêter ce que nous avons accompli aujourd'hui ! lance-t-elle. Demain, on discutera.

La foule accueille sa déclaration par des murmures et des hochements d'approbation. C'est impressionnant de voir une femme inspirer autant de respect et imposer naturellement son autorité auprès de tous ces gens, sans avoir à répandre la peur, comme j'ai vu Vivian le faire si souvent.

Puis les regards se portent vers un point derrière moi et tous poussent des acclamations. Un groupe d'hommes jeunes vient de franchir la porte. Ils lèvent des poings triomphants, puis se tournent vers moi pour me saluer. L'un d'eux, au visage tout en longueur, traverse la foule en se dirigeant droit sur moi avec un sourire soulagé, ouvre les bras et les replie sur moi.

– Oh, dis-je, désarçonnée.

– Pardon... je suis Saunders, déclare-t-il en riant tout en rougissant de son erreur. On se connaît. Euh, enfin, je te connais. Il y a deux ans, j'étais...

Quelques secondes me suffisent à comprendre ce qui nous relie. Je regarde ses yeux, et je les reconnais.

– Tu étais l'une de mes Holly, dis-je.

Son air radieux confirme ma supposition. Mais mon attention est attirée par la personne qui est en train d'entrer.

Je ne peux pas m'empêcher de sourire à mon tour. Nos regards se croisent et tout disparaît autour de nous.

7 / BRAM

Le vacarme est assourdissant. On me félicite en m'assénant de grandes tapes dans le dos, on m'engloutit dans les accolades. Des bribes de phrases me parviennent :

– On a réussi !

– Elle est libre !

– C'est fini !

– Ce n'est que le début...

Et maintenant, que fait-on ?

Je me fraye un chemin à travers la foule dans notre grande salle caverneuse enfouie sous l'eau. Je n'ai pas besoin de demander pour savoir où elle est : au milieu de la pièce, bien sûr, au centre de l'attention, attirant tous les autres comme le soleil maintient ses planètes en orbite.

Elle a trouvé sa place au centre de notre univers.

– Laissez-le passer, le pauvre ! lance Helena en me rejoignant d'un pas vif pour me prendre par la main.

Je passe les bras autour de son cou dans un geste spontané, et ce geste relâche toute ma tension.

– On a réussi.

– *Tu* as réussi, jeune Bram, me chuchote-t-elle.

– Très bien, ta nouvelle coiffure, dis-je en admirant sa coupe à la garçonne.

– Bah, ça m'aide à passer pour un homme dehors. Autant éviter de me faire remarquer. Ce n'est pas tous les jours qu'on voit une femme quasi-septuagénaire d'un mètre quatre-vingts capable de botter le cul des gens dans les rues de Central.

Je souris.

– Je ne te dirai pas le contraire.

– Maintenant, me dit-elle, tu ferais mieux de l'arracher aux griffes de ces sauvages avant qu'elle décide de retourner auprès de l'EPO.

En levant les yeux, je vois Saunders serrer Ève dans ses bras.

Mais quel idiot…

– OK, c'est bon, on va lui laisser un peu de tranquillité, dis-je en me rapprochant d'Ève. C'est valable pour toi aussi, Saunders !

– Oh, pardon, désolé !

Il prend un air embarrassé et s'écarte, me laissant face à face avec Ève.

Elle plonge ses yeux dans les miens. Je sais ce qu'elle est en train de faire. Elle cherche les yeux de la seule personne en qui elle ait réellement confiance : Holly.

– Je suis là, dis-je.

Elle hoche la tête.

L'instant se prolonge, et il y a une drôle de gêne dans l'air qu'il n'y avait jamais eu entre nous. Pas quand j'étais Holly. Soudain, je prends conscience du silence qui nous entoure et des regards qui convergent sur nous, je sens leur attention, leurs attentes à tous.

Merde. Il va falloir que je dise quelque chose.

J'inspire à fond.

– Alors, on fait quoi, maintenant, Bram ? me lance une voix depuis le balcon.

– Hmm… Je… n'en sais rien.

Super. Grands talents de meneur.

Je recommence.

– On sait que l'EPO va réagir violemment. Ils vont fouiller Central de fond en comble. Le plus sage est de ne pas bouger d'ici et de cesser tout mouvement en surface. On a tout ce dont on a besoin pour vivre en autonomie. Ève est à l'abri ici. Je décrète Central zone interdite jusqu'à nouvel ordre. Tant qu'on ne disposera pas de nouvelles informations, je veux que tout le monde fasse profil bas.

Voilà qui était un peu mieux.

– Mais la question n'est pas seulement de savoir ce qu'on veut, lance Helena en se tournant vers Ève.

Celle-ci inspecte la foule, puis fait un pas en avant.

– Bonjour. Je m'appelle Ève, annonce-t-elle d'une voix un peu tremblante.

Des acclamations et des rires explosent partout dans la salle.

– Pourquoi ils rient ? me chuchote-t-elle.

– Je crois qu'ils n'ont pas besoin que tu te présentes, dis-je en souriant.

Je lève les mains et le calme revient.

– Je ne sais pas bien qui vous êtes, reprend Ève. Je ne suis plus trop sûre de quoi que ce soit, en fait...

Tout le monde se tait.

– ... mais j'ai le sentiment d'être au bon endroit, avec les bonnes personnes.

Ils applaudissent. Ève les a déjà conquis.

Ils la bombardent de questions et je vois la panique monter dans ses yeux.

– OK, OK, on se calme, les gars ! crie Helena pour tenter de ramener l'ordre. Ève a besoin de repos. Comme nous tous ! On aura tout le temps pour se raconter nos histoires et parler de ce qui s'est passé aujourd'hui. Dans l'immédiat, laissons-lui un peu le temps de s'habituer à vivre ici avec nous.

La salle s'anime aussitôt, chacun essayant de se faire entendre.

– Vous feriez bien de filer, tous les deux, ou vous ne vous en sortirez jamais, nous souffle Helena en s'efforçant d'apaiser la cacophonie.

Je hoche la tête en prenant Ève par la main, mais elle ne s'y attendait pas et la retire vivement.

– Pardon ! lâche-t-on tous les deux en même temps.

On rit d'un air gêné et j'ajoute, en jetant un coup d'œil sur le bazar ambiant :

– Sérieusement, c'est à moi de m'excuser. Ce monde est nouveau pour toi. J'en suis conscient.

Elle me répond par un sourire.

– Suis-moi, dis-je. C'est par là.

Alors que je me tourne vers la porte, ses doigts se glissent dans les miens et mon cœur tressaille dans ma poitrine, comme si c'était lui qu'elle venait de prendre.

Je l'entraîne hors du chaos moite de la grande salle, dans les couloirs étanches de notre planque enfouie sous la terre. Chubs nous suit, masquant notre départ aux yeux de la foule derrière sa silhouette massive.

– Je veux juste être sûr que vous sortiez de là sans être embêtés, me précise-t-il.

– Merci.

– Au fait, moi, c'est Chubs, ajoute-t-il à l'intention d'Ève en inclinant la tête.

– Et moi, Ève.

– Oui, répond-il en souriant, tout en contemplant son visage comme s'il se trouvait devant une œuvre d'art.

– Hum-hum, fais-je. On y va ?

Je me remets en marche tandis que Chubs reste derrière pour faire barrage en cas de besoin.

– On est où ? me demande Ève.

– Dans un monument submergé de la ville d'autrefois. La plupart des bâtiments ne servent plus que de soubassement à Central, qui a été construit dessus, mais il reste quelques bijoux cachés comme celui-ci. C'est une chance que les Libéréveurs aient mis la main dessus les premiers.

Je suis le réseau sinueux des tunnels en enjambant les tuyaux et les pompes qui rejettent l'eau de la rivière vers l'extérieur.

Jetant un coup d'œil vers Ève, je la vois qui observe tout cela.

– Je sais que c'est spécial ici, dis-je. Il fait chaud, et sombre, et humide…

– Mais c'est la vraie vie. J'adore cet endroit.

Nous poursuivons notre chemin.

– Comment tu fais pour t'y retrouver ici ? me demande-t-elle. C'est un vrai labyrinthe !

– Grâce à ça, dis-je en désignant le mince tuyau bleu qui court au-dessus de nos têtes. C'est le seul moyen de s'orienter dans la Tanière. Il a fallu que je le comprenne assez rapidement. Mais je ne connais pas encore tout le bâtiment.

– Et on va où maintenant ?

– Ils ont aménagé une chambre pour toi ici il y a déjà très longtemps, dis-je en baissant la tête pour traverser un rideau en plastique transparent.

– Je vois.

Je ne l'avais jamais vue comme ça. Incertaine. Nerveuse. Même un peu effrayée.

– On y est presque.

J'ouvre une porte qui donne sur une salle immense, dont le plafond se perd dans les hauteurs. Les portraits des tableaux accrochés aux murs nous observent dans leurs cadres moisis, et la lumière froide des projecteurs parsème le vaste espace caverneux de grandes flaques sombres qui le baignent dans une ambiance étrange.

– Oh ! souffle Ève.

– Ne vous inquiétez pas, ce n'est pas celle-là, la rassure Chubs en entrant. C'est juste après. Moi, je reste ici.

Il lui désigne une porte, elle le remercie et nous traversons la grande salle.

– Qu'est-ce que c'est, cette salle ? me demande Ève à mi-voix.

– Ça s'appelait le Parlement, autrefois. C'était ici qu'on décidait du destin des gens.

– Une sorte d'EPO du temps passé, alors.

– Si on veut. Maintenant réduit à une épave engloutie, habitée par des rebelles en lutte contre ceux qui veulent décider de notre destin.

– Ça me plaît, dit-elle en souriant.

– À moi aussi.

Je lui ouvre la porte pour la laisser entrer. Au passage, elle jette un coup d'œil sur la petite plaque fixée dessus, affichant le mot « Garde-robe ».

Cette salle-ci est plus petite que la précédente, mais tout aussi imposante.

– Mais… c'est un… ?

– Un trône, oui. J'ai oublié de te signaler que ce monument était autrefois un palais. C'est peut-être un peu beaucoup ? ajouté-je en riant.

– Juste un tout petit peu.

– On ne sait jamais, tu pourrais y prendre goût.

– Voyons… « La reine Ève », ça ne sonne pas mal, hein, Holly ?

Puis après une pause :

– Pardon. Bram.

– Pas de problème. Il va te falloir un peu de temps. C'est nouveau pour nous.

À l'instant où les mots sortent de ma bouche, je saisis ce que ce « nous » a d'étrange, lorsqu'il unit la personne la plus importante de la planète… et moi.

– C'est peut-être une question idiote, mais comment on allume ? me demande-t-elle. Il y a de la lumière ?

Je me dirige vers le mur pour lui désigner un petit interrupteur en bronze. Je l'actionne, et la salle se réchauffe à la lueur des ampoules.

– Wouah, fait Ève, épatée par ce mécanisme d'un temps ancien.

– Éclairage vintage. Tout est d'origine. Fourni complet avec salle d'eau intégrée.

Je montre le plafond d'où des gouttes d'eau tombent dans un seau.

– Je prends, dit Ève en riant.

Elle inspecte la salle, ses yeux s'arrêtant au passage sur le lit fait au carré, qui dépasse derrière un rideau de chambre d'hôpital dans un coin.

– C'est une solution temporaire, dis-je. Je sais ce que ça fait de quitter un endroit pour un autre. C'est traumatisant. En tout cas, ça l'a été pour moi quand je suis arrivé ici.

– J'ai tellement de questions à poser !

– Je sais. Il y aura un temps pour ça. Mais pour l'instant, tu as besoin de repos.

– Tu seras où, toi ? me demande-t-elle avec un soupçon d'inquiétude.

– Juste à côté, si tu as besoin de moi. Chubs monte la garde devant la porte, tu n'as rien à craindre.

Elle hoche la tête et s'avance de quelques pas tandis que je repars vers la porte.

– Bram ?

Je m'arrête, sachant déjà ce qu'elle va me dire.

– Tu veux bien rester avec moi ? murmure-t-elle en me regardant avec espoir.

Je ne peux pas lui refuser le réconfort d'une présence. Pas ce soir.

– D'accord, dis-je à mi-voix en refermant la porte.

8 / ÈVE

Des murs. De hauts murs majestueux s'élèvent fièrement autour de moi, un peu oppressants. Cette salle est d'une beauté imposante, malgré les grandes bâches en plastique suspendues ici et là pour la protéger de l'inondation. Je me sens toute petite, effrayée et tendue. J'ai l'habitude de vivre entourée par la nature : un jardin luxuriant d'un vert vibrant regorgeant de fleurs et de couleurs et une vue omniprésente sur le ciel. Des couchers et des levers de soleil superbes. Ou plutôt leur image.

Il y aurait de quoi rire si la vérité n'était pas si démoralisante.

Je voudrais qu'on me dise la vérité sans fard. Qu'on m'explique simplement ce qui se passe et ce que je suis censée ressentir.

– Qu'y avait-il de vrai, Bram ?

Je suis surprise moi-même par la vulnérabilité dans ma voix. Mais je peux me laisser aller avec lui. J'ai confiance en lui. Il a gagné cette confiance année après année sans jamais me trahir. Il a risqué sa vie pour revenir me chercher. Il m'a déjà vue au fond du désespoir, même si c'était toujours à travers les yeux de Holly. Si je ne peux pas partager les doutes qui me rongent avec lui, je ne pourrai jamais le faire avec personne.

– Comment ça ? me demande-t-il.

– Là-bas. Dans ma vie. Y avait-il quoi que ce soit de vrai ?

Je me sens faible et épuisée, tout à coup. Depuis combien de temps n'ai-je pas dormi ? On doit être au moins au milieu de la nuit. C'est impossible à dire compte tenu de l'obscurité dans laquelle ils vivent ici. Mais fatiguée ou pas, j'ai besoin de savoir. Tout le monde me demande d'attendre jusqu'à demain pour tenter de donner un sens à tout ça, mais c'est une torture de ne pas savoir si je peux me pencher sur un seul de mes souvenirs avec tendresse, ou si je dois tout rejeter en bloc.

– Je sais qu'ils m'ont menti et manipulée pour orienter ma vie. Mais est-ce qu'il y avait quand même un minimum de sincérité quelque part ? Ou est-ce qu'on m'a volé ma vie dans sa totalité ?

– Les liens que tu avais avec les autres étaient réels.

– Même si tout le monde savait que je n'étais qu'un pion ?

– Tu n'étais pas la seule. On était tous des pions là-bas, Ève.

– Mais au moins, vous, vous le saviez. Moi, parmi tout ce que j'ai pu dire, faire ou ressentir, je ne sais même plus ce qui venait vraiment de moi et ce qui venait d'eux.

Bram inspire profondément en promenant les yeux tout autour de la salle, comme s'il allait y trouver des réponses.

– Je pense sincèrement que c'était vraiment toi, avec *tes* émotions. Je ne peux pas faire autrement parce que le contraire impliquerait que mes émotions n'étaient pas réelles non plus. Et ça, je refuse de l'admettre.

Mes yeux se posent sur sa bouche, remontent jusqu'à ses yeux noirs. Je rougis.

– Je ne crois pas au principe d'une vérité unique, Ève, reprend-il en se levant. À propos de mon père, par exemple, je peux dire ce que je veux, remettre en cause ses motivations autant que je voudrai, au fond, je sais qu'il a ses raisons pour agir comme il le fait. Je suis sûr que dans sa logique, il est persuadé de bien faire.

Je regarde cette salle qui a été aménagée pour moi, toutes ces textures, ces motifs et ces tissus nouveaux, renifle l'odeur étrangère et peu agréable qui flotte dans l'air. Toute l'incertitude liée à cet environnement inconnu. Malgré ce qu'a dit Helena, je ne suis pas chez moi ici. Pas encore. C'est trop différent de tout ce qui m'est familier. Trop froid. Trop inhospitalier.

– Est-ce que j'ai vraiment fait le bon choix ?

Je me mords les lèvres et les larmes me montent aux yeux.

– Oui, me dit-il sans hésiter.

– Alors pourquoi je me pose toutes ces questions ? Pourquoi je regrette à ce point une vie qui n'a jamais existé ?

Ma gorge se noue.

– Tu préférerais être de retour là-haut ? Sans rien savoir de la réalité ? me demande-t-il doucement.

– Non. Non. C'est juste que tout est si embrouillé…

– Crois-moi, moi aussi, il me reste beaucoup à apprendre. Et on va devoir naviguer à vue, étape par étape. Mais on y arrivera, ensemble.

Je ne sais pas s'il parle des Libéréveurs ou rien que de nous deux, mais ce dernier mot me galvanise. Puis je pense à Holly, et je sais de quoi j'aurais besoin dans l'immédiat.

– Tu ne pourrais pas être elle ? Tu ne pourrais pas être ma Holly ? J'ai besoin de mon amie. J'ai besoin de quelque chose de familier à quoi m'arrimer pour ne pas me noyer.

– Tu ne dois pas avoir peur des gens d'ici, Ève. Tout ce qu'ils veulent, c'est te rendre ta vie.

– Une vie que je ne savais même pas être censée avoir, dis-je sans pouvoir masquer mon amertume.

Me laissant glisser du lit, je m'assois par terre en tailleur.

– S'il te plaît. Viens t'asseoir avec moi.

Il s'exécute et je sens son bras frôler le mien. Voilà, c'était ça qu'il me fallait, même si son contact me donne quelques palpitations.

J'inspire lentement, profondément pour me recentrer, je ferme les yeux et je laisse l'apaisement se frayer un chemin en moi.

Au bout d'un tunnel sombre, je vois l'endroit qui me sert toujours de refuge.

Et soudain je suis de retour sur l'À-pic. Levant la tête vers le soleil étincelant, je me prélasse dans sa chaleur et dans la caresse du vent. Un sourire flotte sur mes lèvres. Je laisse mes pieds pendre dans le vide en pliant et en étirant les orteils dans mes bottines noires à lacets, comme j'aime tellement le faire au cours de danse. Le tissu de ma robe claque et s'enroule dans le vent.

Elle change de position à côté de moi pour m'informer de sa présence. Mais je sais qu'elle est toujours là quand je viens ici.

Je me tourne vers elle avec un grand sourire, et elle me sourit à son tour.

– Tu passes une bonne journée ? me demande-t-elle.

– Tu devrais le savoir, non ?

Je prends un petit air ironique qu'elle imite aussitôt. Nous savons l'une et l'autre que c'est de l'impertinence de parler ainsi, de sous-entendre que je n'ai pas vu cette Holly-ci de la journée, alors que Holly était avec moi en cours une heure plus tôt. Mais on ne résiste pas. J'aime bien quand on fait ça, et je sais qu'elle est heureuse d'être ma préférée. Depuis toujours.

– Pourquoi es-tu revenue ? me demande-t-elle.

– Comment ça ?

– Tu m'as quittée, répond-elle d'un ton factuel.

– Non ! Je…

– Allez, Ève, avoue que je ne te suffisais pas. Que cet endroit ne te suffisait pas.

– Mais si !

Je cherche les mots pour lui exprimer combien elle compte pour moi.

– Tu doutes de toi-même ? Tu doutes d'eux ? reprend-elle lentement en plissant les yeux pour lire mes pensées sur mon visage. Sinon, pourquoi serais-tu revenue ? Tu rêvais de t'enfuir d'ici, et maintenant que c'est fait, tu reviens en courant. C'est idiot, Ève.

– Tu dis n'importe quoi.

– Ah oui ? Je te connais, Ève. Je te connais par cœur.

– Qu'est-ce que tu veux dire ?

– Va rejoindre les autres. Tu nous as déjà laissés une fois, tu n'as qu'à recommencer.

Elle hausse les épaules comme si mon départ lui était indifférent.

Je secoue furieusement la tête.

– Mais, Holly, non…

– Est-ce que tu nous aimes ?

C'est toujours sa voix, mais elle vient de derrière moi. En me retournant, je découvre une deuxième Holly, affichant une moue plus menaçante qu'attristée. Presque démoniaque.

– Oui, dis-je dans un souffle.

– Je ne la crois pas, dit une troisième voix derrière moi.

Alors que je vais protester, un coup violent s'abat dans mon dos et je bascule en avant. Je tends les bras instinctivement pour me retenir, pour me rattraper à quelque chose, mais je ne peux pas.

Je tombe lourdement sur les écrans qui diffusent le décor créé pour moi. Ils clignotent sous le choc et passent du bleu au noir. De quelque chose au néant.

– Ne les laisse pas t'arrêter, Ève, me dit la troisième Holly.

Elle se dresse devant moi en levant le pied bien haut. Je ferme les yeux en serrant les paupières, m'attendant à ce qu'il s'écrase sur moi de tout son poids. Mais je n'entends que le bruit sourd de son pied qui frappe le sol tout près de ma tête.

Rouvrant les paupières, je vois une fissure se former du bout de mes doigts jusqu'à mon menton. Je me relève en vitesse pour m'enfuir, mais il est trop tard.

Le ciel s'écroule sous moi, m'emportant avec lui.

– Non ! Non ! NON !

Je hurle en battant l'air de mes bras pour trouver une prise.

Je tombe.

En filant vers ma mort, je lève les yeux et je vois leurs visages. Des dizaines de Holly qui me fixent toutes du même air satisfait.

Elles se réjouissent que je disparaisse.

9 / MICHAEL

Je me dirige vers l'épais panneau de verre sous la pluie battante, poursuivi par les cris qui fusent à l'extérieur du périmètre.

– FUMIER !

– TRAÎTRE !

– ASSASSIN !

Et ce n'est qu'un échantillon poli des apostrophes qu'ils lancent dans mon dos tandis que je reviens du monde extérieur.

– L'ENFER ? NON ! MIEUX : L'EPO ! répètent-ils en cadence tandis que je fais scanner mes rétines à la porte.

Un petit bip retentit et l'entrée de la Tour se révèle devant moi, dans le sifflement de l'air purifié qui s'échappe. J'entre, écrasé par la taille de cette porte surmontée de trois lettres colossales : EPO. Illuminées, bien sûr. On ne va pas s'encombrer de subtilités. Cette ville nous appartient, et le moins qu'on puisse dire, c'est qu'on aime le rappeler.

La paroi de verre se referme hermétiquement derrière moi, faisant taire le tumulte de la foule. Je reste un moment adossé au mur dont le béton froid, étrangement, me réconforte.

– Les armes sur le plateau, grommelle Vinaigre, l'agent de sécurité de l'entrée.

On l'appelle comme ça parce que… Enfin, le surnom parle de lui-même. Inutile de préciser qu'on ne compte pas sur lui pour nous faciliter la vie. Mais aujourd'hui, je perçois une note d'amusement dans sa voix.

Il sait que mon intercepteur s'est fait abattre.

– Ce n'était pas ma faute, dis-je en levant les yeux au ciel.

– Je m'en doute, Turner, comme toujours. Comme toujours.

Je passe dans le scanner corporel. Rien à signaler. Alors que je remets mon arme et mes menottes à ma ceinture, je commence à remarquer les murmures qui résonnent dans le grand hall. Des murmures indistincts, à l'exception d'un mot qui me frappe plusieurs fois les oreilles : « enfuie ».

– Elle est partie, alors ? marmonne Vinaigre sans un gramme d'émotion.

Il n'a pas le droit d'avoir d'opinion, mais sa totale absence d'intérêt vis-à-vis de cet événement de portée mondiale ne paraît pas feinte.

Je hoche la tête.

Ma poitrine bourdonne. Ma puce s'est mise à vibrer sous ma peau. Glissant un coup d'œil sur mon uniforme trempé, je vois une lueur ambrée s'allumer sur ma poitrine. C'est un ordre.

– Elle vous attend tous là-haut, m'explique Vinaigre, visiblement content de pouvoir annoncer cette nouvelle.

Je donne une tape sur ma puce.

– Tous les gardes ultimes sont priés de se rendre dans le Dôme dès leur arrivée pour y attendre Mlle Silva, m'informe la voix habituelle dans mon oreillette.

Au point où ils en sont, ce serait aussi simple de nous mettre un implant. Une bande de lumière ambrée de même teinte que ma puce trace un chemin de mes pieds jusqu'à l'ascenseur. C'est le trajet que je dois suivre. Maintenant que j'ai réceptionné le message, je n'ai plus qu'à obéir.

– « Suis la route de brique jaune[1] », commente Vinaigre en pointant de sa grosse main une baguette magique imaginaire vers mon trajet désigné.

– Je penserai à réclamer un cerveau à Silva pour toi, dis-je avant de hâter le pas le long de la bande de lumière.

1. Conseil que la sorcière du Nord donne à Dorothée dans *Le Magicien d'Oz* pour lui indiquer le chemin de la Cité d'Émeraude.

Ma puce émet un doux petit clic à chaque pas que je fais dans la bonne direction. Si je m'en écartais, elle m'avertirait par des alertes plus énergiques. Et si je prenais une tout autre direction, le petit appareil enverrait directement un avertissement à l'EPO avant de me balancer une décharge à laquelle même les gros abrutis les plus coriaces de l'escadron ne pourraient pas résister. En résumé, une fois qu'on a reçu un ordre, on s'y tient.

J'attends l'ascenseur.

– Alors, t'en as encore crashé un ? me demande Ryan en secouant son crâne rasé à l'instant où il arrive à côté de moi.

Je le sens nerveux sous le commentaire railleur. Moi aussi, j'ai une sensation de moulinet dans le ventre. Ça ne m'empêche pas de protester :

– « Crashé », non. Bon, OK, mon bilan de pilotage des intercepteurs n'est pas au top, mais on ne les sort que pour les opérations à risque ! En même temps, c'est à ça qu'ils servent. Cette fois, il a été désactivé par les Libéréveurs.

– C'est cela. Les Libéréveurs ! fait-il en haussant les sourcils.

– *Oui*, les Libéréveurs. J'ai vraiment cru que je la tenais, Ryan. J'étais à *ça* !

– Et qu'est-ce qui s'est passé ?

– C'était une...

Notre conversation est interrompue par l'arrivée de l'ascenseur. On prend le train express jusqu'au sommet : pas loin de mille étages en à peine quelques minutes.

Nos yeux sont de nouveau scannés. L'accès au Dôme est sévèrement contrôlé. Du moins il l'était tant qu'Ève y vivait. Il se pourrait que les choses changent. Et pas qu'un peu.

Juste au moment où la porte va se refermer, elle se rouvre brusquement, et deux hommes lourdement armés entrent à l'intérieur.

Des soldats.

– Vous êtes qui, vous ? lâche Ryan en portant la main sur son pistolet.

Seuls les gardes ultimes sont habilités à être armés dans le Dôme. Qui que soient ces types, ils doivent bénéficier d'une autorisation spéciale dont je n'ai jamais entendu parler, sans quoi ils n'auraient jamais pu pénétrer dans la Tour.

– Silence, ordonne le soldat de droite. Et gardez vos mains en vue.

Ryan me jette un coup d'œil, mais avant qu'on ait pu tenter quoi que ce soit, le type le plus proche de moi sort de sa poche une espèce de petit disque métallique.

– On ne bouge pas ! aboie-t-il.

Il brandit son appareil sous mon nez et la plaque noire me balance une lumière aveuglante dans l'œil.

Encore un scanner rétinien ?

– Mais qu'est-ce que c'est que ce bordel ? dis-je en levant les mains pour me protéger le visage.

– Protocole d'urgence, répond l'autre connard d'une voix de robot.

FLASH !

Il vient de faire la même chose à Ryan.

Leurs visages sont masqués par des visières partiellement dépolies, qui doivent afficher toutes sortes d'informations sous leurs yeux à l'instant même.

– C'est bon, décrètent les types mystères en hochant la tête.

– Préférez-vous qu'on soit seuls, monsieur ? demande l'un des deux à quelqu'un qui se trouve à l'extérieur de l'ascenseur.

– Non, ça ira très bien.

J'ai reconnu la voix instantanément : le professeur Wells, notre grand magicien en personne.

Montant dans l'ascenseur, il se campe entre les deux soldats et je comprends que ces deux types sont sa garde personnelle. Depuis l'évasion spectaculaire de son fils, il a amené le niveau de sa sécurité au même cran que celui de Silva. Globalement, les gens ont trouvé ça un chouïa exagéré et jugé que notre maître faisait une petite crise de paranoïa. Mais compte tenu de la situation, je commence à me dire qu'il n'avait pas tort.

– Monsieur…

Ryan et moi le saluons en baissant le nez.

Tout en faisant mine de nous ignorer, il nous jette un petit coup d'œil furtif et semble assimiler tout ce qu'il a besoin de savoir sur nous en une fraction de seconde. Comme s'il pouvait cerner nos pensées les plus intimes d'un unique battement d'œil.

– L'ascenseur va démarrer. Veuillez vous tenir prêts, nous informe une voix féminine alors que la porte se referme.

Et nous filons instantanément à la verticale en fendant le centre de la tour démesurée.

Je fixe le visage de Wells. Ses rides creusent de profonds sillons sur son front, signe qu'il a dû beaucoup le plisser. Pas étonnant : ça ne doit pas être de tout repos de porter le poids de cet endroit sur ses épaules avec Mlle Silva comme patronne. Je ne peux pas imaginer ce qu'on ressent quand le destin de l'espèce humaine dépend de la réussite de son propre travail.

Je surprends sur ses traits une expression familière, que j'ai vue il y a peu sur un autre visage tendu : celui de Bram, son fils. Il y a une ressemblance, un air de famille difficile à identifier. Ça vient peut-être des yeux, de la façon dont ils retombent un peu à l'extérieur en donnant au visage un air mélancolique. Ou de la manière dont les muscles de ses joues saillent quand il serre et desserre les mâchoires.

Je me demande s'il pense à Bram et je me rends compte que je n'observe pas simplement un homme, mais un père dont le fils est dehors dans un monde violent, et dont il ignore s'il est encore en vie.

Moi, je le sais.

– Monsieur…

C'est sorti tout seul. Merde, qu'est-ce que je fous ?

Ses gardes me font face aussitôt.

– Tout va bien, leur dit le professeur Wells. Oui, Turner ? poursuit-il sans me regarder.

– Vous connaissez mon nom ?

– Il figure sur votre uniforme.

Je ne l'ai pas vu le lire. Ce que je suis con.

– Oh, oui, bien sûr.

– Cela dit, je n'oublie jamais un visage, et je vous suis attentivement depuis votre rencontre peu glorieuse avec Ève.

Il parle toujours sans me regarder, comme si chaque mot qu'il prononçait ne faisait que le distraire de ses pensées.

– Vous voulez quelque chose ?

– C'est, euh... Enfin...

Je croise le regard de Ryan, qui articule silencieusement « Stop ! Stop » du fond de l'ascenseur.

– Je voulais juste... C'est juste que j'ai vu votre fils dehors. Bram.

Silence.

L'ascenseur est arrivé au Dôme.

– Je n'ai pas de fils, me réplique calmement Wells avant de quitter l'ascenseur, ses gardes sur les talons.

Je me retrouve seul avec Ryan.

– Tu. N'es. Qu'un. Crétin, me dit-il en décomposant sa phrase pour être sûr que je comprenne.

Je soupire.

– Exact.

On sort à notre tour et l'ascenseur se referme avant de repartir.

– Il serait temps que tu te décides à jouer à des jeux un peu moins dangereux, me souffle Ryan tandis que nous suivons nos chemins lumineux le long des couloirs extérieurs du Dôme.

– Ouais, ouais, je sais.

Et c'est vrai. Je sais que je marche sur une mince couche de glace depuis quelque temps.

– Écoute, Ketch nous manque à tous, reprend Ryan. Et l'ensemble de l'équipe sait que c'est toi qui aurais dû le remplacer, normalement.

– Ouais, ben je suis pas Ketch. Et c'est pas quelqu'un de facile à remplacer. Je ne voudrais pas être à ta place.

Ryan soupire.

– Quoi ? dis-je.

– T'as vraiment besoin de demander, Turner ? Quelqu'un a réussi à s'introduire dans le Dôme, à enlever la personne la plus importante de la planète, à la faire descendre jusqu'en bas et à s'enfuir avec elle. J'occupe la fonction de commandant en chef de la Garde ultime, l'unité qui a été spécialement entraînée pour empêcher précisément cela. Je suis carrément dans la merde.

Ryan se masse les tempes.

– Oh.

C'est tout ce que je trouve à dire. Il a raison, il est carrément dans la merde. Nous continuons notre chemin luisant dans la végétation du Dôme. C'est rempli de gens qui n'ont normalement rien à faire ici, des orchestrateurs de la réalité d'Ève qui devraient être dans leurs planques, occupés à créer leur illusion. Voilà qu'ils sont sortis de leurs tanières pour étudier les indices au sol, analyser en détail l'itinéraire de l'évasion.

Ryan hausse les sourcils en franchissant les portes en verre fracassées de l'À-pic. Le crissement des tessons sous nos pieds alerte quelques blouses blanches.

Ils ne font pas de commentaires.

Nous non plus.

J'ai le sentiment de commettre une effraction en entrant ici, et je ne dois pas être le seul. Que cet endroit soit réel ou non, nous sommes chez Ève.

Nos lignes lumineuses finissent par croiser celles de nos camarades de la Garde ultime, qui nous mènent à la zone du jardin supérieur.

– Content de vous revoir, capitaine, me dit Hernandez.

Tout l'escadron se tourne vers moi pour me saluer.

– Ouais, et quelle journée pour faire son retour ! commente Reynolds.

Sa remarque est suivie d'un petit silence.

Drôle de journée, en effet. Nous avons tous consacré des années à protéger quelqu'un qui n'est plus là. Nous avons échoué et nous en éprouvons tous de l'angoisse.

– Ça fait du bien d'être de retour, dis-je. Je regrette juste que ce ne soit pas dans d'autres circonstances.

– Et nous donc, marmonne Ryan.

Et mes six équipiers hochent la tête de concert.

On est une famille : Ryan, Franklin, Reynolds, Hernandez et les jumeaux Murphy, Finn et Ewan. Bien sûr, il y en a eu d'autres qui ne sont plus avec nous, qui ont donné *leur* vie pour protéger *la* vie en général.

– Comment va ton frère ? me demande Franklin.

– Ça a déjà été mieux, dis-je franchement. Mais il est en vie.

Je revois par flashs des images de ma première visite à Ketch à l'étage des soins médicaux six cents mètres plus bas, où l'odeur de sa chair brûlée et de ses plaies à vif m'a littéralement retourné l'estomac.

– Tant mieux. Je n'en attendais pas moins de lui. Dis-lui que le nouveau chef fait n'importe quoi, blague Reynolds.

– Gaffe ! menace Ryan. Je peux te suspendre sur-le-champ, je te rappelle.

Un silence tendu s'abat sur nous sans crier gare et l'on retombe dans l'angoisse collective sur la raison qui nous amène ici.

– Écoutez… (Je reprends ma respiration.) Avant qu'on aille écouter ce que Mlle Silva a à nous dire, je tenais à m'excuser.

– Tu ne vas pas te ramollir ? me lance Finn.

– On n'a rien à te reprocher, ajoute son jumeau.

– Ouais, vous dites ça mais… ma rencontre avec Ève est tombée à un moment où elle était fragile, où elle se posait des questions sur son avenir. Je ne peux pas m'empêcher de me dire que ce qui s'est passé entre nous a pu jouer sur les pensées qui l'ont finalement menée à partir.

– Ne vous flattez pas, monsieur Turner. La porte est ouverte. Quand vous serez prêts, messieurs…

La voix de Mlle Silva a tranché l'air comme un couperet.

Merde.

Les gardes ouvrent de grands yeux pour me signifier que je suis mal barré et mon estomac me remonte dans la gorge.

– Quand est-ce que j'apprendrai à la fermer ? marmonné-je à Ryan tandis qu'on se dirige vers le jardin du haut.

Le secteur du jardin, l'espace le plus vaste du Dôme, abrite en temps normal des milliers de plantes, d'oiseaux et autres spécimens de la vie sauvage. La plupart de ces espèces sont en danger et certaines ont totalement disparu dans leur milieu naturel depuis que le réchauffement climatique a détruit leur habitat. Ève y venait souvent pour admirer les fleurs et les oiseaux.

Mais il est vide, désormais. Fini les battements d'ailes, à part ceux que nous sentons dans nos estomacs.

– Entrez et mettez-vous en rang, et pas un mot, nous demande – ou plutôt nous ordonne – Mlle Silva.

Elle se tient parfaitement immobile sous l'ombre dense de la végétation. Seules ses épaules se soulèvent et s'abaissent lentement tandis qu'elle prend une grande inspiration.

– « Par la présente, je jure solennellement de mettre mon corps, mon esprit et mon être entièrement au service de la Garde ultime et d'assurer toutes les exigences de ma position en son sein. » Cette phrase vous rappelle-t-elle quelque chose ?

– Oui, mademoiselle Silva, aboie-t-on à l'unisson.

Bien sûr que nous nous souvenons du serment prêté lors de notre entrée dans l'Organisation de prévention de l'extinction. Ce moment a changé nos vies. Entrer à la Garde ultime était mon rêve.

– Nous avons subi une catastrophe aux proportions incommensurables, reprend-elle avec un calme glaçant, et vous avez failli en tous points à votre serment.

Aucun de nous ne bouge. Nous n'osons même pas nous regarder.

– Vous n'avez pas trahi l'EPO, vous ne m'avez pas trahie, moi, vous avez trahi Ève. Elle comptait sur vous pour assurer sa sécurité. Pour la protéger. Pour empêcher précisément les événements qui se sont produits ces douze dernières heures. Commandant Ryan, souhaitez-vous faire une déclaration au nom de la Garde ultime ? Avez-vous la moindre explication à fournir pour justifier l'incompétence crasse dont vos hommes ont fait preuve sous votre commandement ?

Ryan s'avance aussitôt en croisant ses mains tremblantes dans son dos.

– Mademoiselle Silva, cette fuite a été planifiée et exécutée avec une grande rigueur. Nous avons été...

Elle lève la main pour l'interrompre.

– Une fuite ? Il n'y a pas eu de fuite. Il s'agit d'un enlèvement. D'un rapt. Nous avons fourni tous les outils technologiques nécessaires pour qu'Ève vive en sécurité, pour que personne ne puisse l'enlever, or vous avez laissé un individu seul pénétrer nos défenses et kidnapper sous notre nez l'être humain le plus important de la planète. La sécurité d'Ève était de votre responsabilité.

– Oui, mademoiselle Silva, aboie-t-on de nouveau.

– NON ! Pas la vôtre, rugit-elle en nous désignant avec une brusquerie qui fait glisser quelques mèches de cheveux platine sur son visage. *La vôtre.*

Son index fin et pointu se braque sur notre commandant.

– Veuillez accepter mes excuses, mademoiselle Silva. Cela ne se reproduira pas, bredouille Ryan.

– En effet.

Elle claque des doigts et deux soldats armés surgissent de l'ombre derrière elle en visant Ryan de leurs pistolets.

À la vue d'inconnus armés à l'intérieur du Dôme, nous tressaillons tous dans un réflexe pour prendre nos armes. Nous avons été formés pour réagir ainsi, au point que c'est devenu une seconde nature.

Impassible, Vivian Silva regarde d'un œil froid Ryan qui s'agenouille avec des larmes dans les yeux.

– S'il vous plaît ! implore-t-il. Nous avons fait tout notre possible.

Mais c'est inutile. Déjà les hommes armés s'avancent, et je les reconnais à leur visière partiellement dépolie : les deux gardes qui escortaient le professeur Wells dans l'ascenseur.

– Commandant Ryan, vous êtes en état d'arrestation, soupçonné de haute trahison, déclare l'un des soldats à Ryan avant de le menotter. Vous êtes accusé d'avoir délibérément négligé vos responsabilités afin de favoriser l'enlèvement par la violence de la sauveuse de l'humanité.

L'autre sort une petite boule noire de sa poche et passe le pouce dessus, et la force exercée par les menottes oblige aussitôt Ryan à se relever.

Puis le premier soldat lui attache les chevilles par une grosse chaîne argentée.

– Mademoiselle Silva, je jure que je n'ai pas trahi ! Je me rachèterai. Je vous en prie ! Je vous en prie !

Le deuxième soldat passe de nouveau le pouce sur la boule noire et la chaîne oblige Ryan à s'éloigner.

– S'il vous plaît ! Non ! Ne les laisse pas faire ça, Turner ! hurle-t-il tandis que les soldats l'emmènent.

L'adrénaline bouillonne dans mes veines et je dois faire appel à tout mon self-control pour ne pas prendre mon arme et éliminer les soldats qui l'encadrent.

Mais je me retiens.

Pétrifiés, nous regardons notre camarade se faire traîner vers un sort inconnu, jusqu'à ce qu'il ait disparu. S'y opposer ne mènerait à rien. Pas ici. Nous sommes dans le monde de Vivian Silva.

Je me force à prendre quelques longues respirations entre mes dents serrées.

Mlle Silva attend que les cris de Ryan s'arrêtent. On les entend encore pendant ce qui paraît être une éternité avant qu'ils ne se taisent enfin. Ses gardes ont dû monter dans l'ascenseur.

– De toute évidence, un nouveau changement de commandement s'impose, déclare-t-elle platement. Turner, vous devenez officier en chef de la Garde ultime. Est-ce clair ?

Je reste sans voix.

– J'attends.

– Oui, mademoiselle Silva. Je vais mener les recherches pour les retrouver et je ramènerai la sauveuse chez elle.

Ça ressemble à ce que je suppose devoir dire. Ma voix n'était pas très ferme, malgré tous mes efforts pour prendre un air assuré.

– Vous n'aurez pas besoin de mener les recherches, réplique Mlle Silva avec l'ébauche d'un sourire satisfait.

– Excusez-moi, mademoiselle Silva, je ne comprends pas.

Elle fait claquer sa langue, irritée par ma stupidité.

– Ce sera inutile car nous avons ici des traîtres qui savent déjà où elle se trouve.

Puis elle ajoute après un petit soupir :

– Leur extorquer cette information devrait être nettement plus simple que de fouiller toute une ville, non ?

Elle laisse ses mots faire leur effet.

« Leur extorquer cette information. » Elle m'a tout l'air de parler de torture.

– Messieurs, vous pouvez disposer.

– Oui, mademoiselle Silva ! crie-t-on avant de nous éloigner, sous le choc.

10 / ÈVE

Je suis réveillée par un coup frappé à ma porte.

Je n'ai pas arrêté de me réveiller. Je suis restée des heures les yeux grands ouverts à ruminer sur ce que je craignais de voir en les fermant : des gens essayant de s'emparer de moi, me tirant rudement dans toutes les directions, ou Vivian me ramenant en me traînant jusqu'à la Tour pour m'y enfermer et me condamner au confinement à vie. Plus de mensonges. Rien que le silence et la solitude. Plus de Holly. Plus de Mères.

Heureusement, alors que l'angoisse menaçait de me submerger, mon esprit s'est enfin apaisé et a laissé le sommeil me gagner. Je l'ai senti monter doucement, calmer mon corps et mes pensées.

La présence de Bram m'a aidée, bien sûr. Il a passé la nuit à côté de moi à me tenir la main. Il m'a fourni un soutien en empêchant mon esprit de me faire croire que j'étais ailleurs. Il m'a rattachée à cette salle, m'a retenue en place, en sécurité, ou à ce qui y ressemblait.

Un nouveau coup est frappé à la porte, qui s'ouvre lentement. Bram passe la tête par l'entrebâillement d'un air endormi et entre avec deux bols. Il a des traces noires sur la figure. Malgré le contexte, mon estomac fait un petit salto quand ses yeux se posent sur moi.

– Salut, croasse-t-il.

– Salut.

Je souris en repoussant mes cheveux de mon visage. La vision de Bram dans ses vêtements de la veille, les cheveux en bataille, me rappelle que je ne me suis pas vue dans un miroir depuis le grand saut. Et je m'inquiète de mon apparence, tout à coup, ce qui est assez ridicule dans les circonstances.

– Bon, je vais devoir être honnête avec toi, me déclare-t-il. J'aurais dû te prévenir avant.

– À quel propos ?

– La bouffe, répond-il d'un ton d'excuse. Tu vas peut-être regretter d'avoir sauté. Prête pour le petit déjeuner ?

Je ris en prenant le bol. Il est rempli de quelque chose de visqueux et de verdâtre qui me donne un haut-le-cœur.

– Oui... ajoute-t-il. J'ai réagi comme toi la première fois.

– Tu plaisantes ? Tu comptes vraiment me faire manger ça ?

– C'est tout ce qu'on a.

Il ne sourit plus.

– Des algues de rivière. Horrible. Carrément répugnant.

– Il n'y a vraiment rien d'autre ? insisté-je, espérant encore qu'il s'agit d'une mauvaise blague.

– On n'est plus dans la Tour, Ève. Il n'y a pas de bananiers ici. L'environnement ne leur permettrait pas vraiment de prospérer.

– Très drôle.

Je commence à remuer l'épaisse bouillie verte avec ma cuiller.

– Je devrais me présenter à l'entrée de la Tour et exiger qu'on me laisse revenir rien que pour les bananes.

– Le mieux, c'est d'en avaler le plus possible d'un coup. De limiter le nombre de bouchées au maximum.

– Merci du conseil...

Il est déjà en train d'engloutir son bol, allant jusqu'à racler les feuilles collées aux parois avec sa cuiller. Rien ne doit se perdre.

Mon estomac gargouille tandis que je fixe ma bouillie à moi.

– Super. Quand on m'apporte de la vraie nourriture dans le Dôme, je n'ai pas faim. Et maintenant qu'on me fourgue cette horreur, je suis affamée.

– C'est la loi de Murphy.

– Tu sais, j'ai réfléchi, dis-je en posant mon bol sur mes genoux. Mon père… Je veux le retrouver.

Le simple fait de prononcer ces mots renforce encore mon désir. J'avais trois ans la dernière fois que je l'ai vu. Ce moment m'a laissé des souvenirs très flous, ainsi qu'une cicatrice en forme de croissant de lune sur le poignet, une petite surface de peau rêche sur laquelle je passe le doigt à l'instant où je parle.

Et si ce moment-là a eu pour conséquence d'exclure définitivement mon père de ma vie, je rêve encore de lui presque toutes les nuits. Parfois je suis dans la chambre le dernier soir, celui où on nous a séparés. Parfois on marche dans les champs avec ma mère et ils rient tous les deux. Je me suis toujours demandé ce que j'avais hérité de lui, si je lui ressemblais physiquement ou si nous avions des traits de caractère communs, bien que j'aie grandi sans lui. La grande question de l'inné et de l'acquis.

L'idée de le retrouver me remplit d'excitation. Bram manifeste moins d'enthousiasme.

– Je sais qu'il est là, quelque part, et qu'on m'a menti, Bram.

– C'est vrai, mais…

– Je sais bien que ta relation avec ton père n'est pas terrible…

– Elle est non existante, rectifie-t-il.

– Oui… dis-je d'un air désolé. Mais j'ai besoin de retrouver le mien.

Bram inspire à fond. Il me prend mon bol pour le poser avec le sien sur la table de chevet et s'assied sur le lit à côté de moi.

– Ève… dit-il en regardant ses mains.

– Il faut que j'essaie, Bram. J'en ai besoin.

– Je suis désolé. J'aurais dû te le dire hier…

Il passe une main dans ses cheveux ras.

– C'est la première chose que j'ai faite en arrivant ici. Non seulement parce que c'était important pour toi, mais parce que c'était le seul moyen d'être sûrs de la vérité.

– De quoi tu parles ?

– On l'a retrouvé, Ève. Mais il n'est pas ici pour le moment.

– Où est-il ? Qu'est-ce qui s'est passé ? Où est-il ? Il ne voulait pas me voir ?

– Oh si, me répond Bram en me regardant d'un air peiné. Mais... il est retourné dans la Tour.

J'en ai le souffle coupé.

– Quoi ? dis-je tout bas.

– C'était son idée, reprend-il doucement. On avait besoin de créer une diversion, de détourner leur attention et leurs équipes de toi. Ton père était inflexible. Si tu savais tout ce qu'ils ont fait pour le tenir loin de toi, Ève ! Après l'avoir chassé quand tu étais petite, ils ont fait croire au monde qu'il était fou et ils l'ont banni, pour l'empêcher de convaincre qui que ce soit du contraire. Mais Ernie a retrouvé sa voix. Il est retourné droit à la Tour pour les obliger à réagir. Pendant qu'ils se concentraient sur les moyens de le briser, ils ont baissé leur garde et on en a profité pour te faire sortir. Ton père s'est sacrifié pour te permettre de t'échapper, Ève.

– Je ne comprends pas pourquoi il ferait une chose pareille, dis-je en passant les doigts sur ma cicatrice.

– Parce que tu es sa fille et qu'il t'aime, tout simplement. Il avait le sentiment de t'avoir abandonnée à ton sort. Et il ne voulait pas échouer une deuxième fois.

– Il n'avait pas besoin de se racheter ni de se faire pardonner. Il aurait suffi qu'il soit là.

– S'il était resté ici, tu serais encore là-bas.

Un silence tombe entre nous. Je ne peux pas reprocher à mon père d'avoir agi comme il l'a fait. Il s'est comporté en père aimant. Et même si je ne suis pas encore mère – même si je ne dois jamais en être une –, j'aimerais croire que je ferais passer les besoins de mon enfant avant les miens.

– C'est quel genre de personne ?

– C'est quelqu'un de foncièrement gentil. Il est tout ce que j'aurais aimé trouver chez un père.

– Tu crois qu'il m'en veut pour la mort de ma mère ?

Ma question sort dans un débit un peu précipité, mais j'ai besoin de savoir.

– La réponse est un non catégorique. Ça le détruit qu'on t'ait raconté ça.

Je le crois.

– Il est retourné là-bas, dis-je pensivement. C'est dingue qu'il ait fait ça pour moi, après tout ce temps…

– Il a fait ce que beaucoup d'entre nous ont déjà fait sans hésitation, et ce qu'ils vont continuer à faire. C'est ce qu'on fait pour ceux qu'on aime.

– Ma vie n'a pas plus d'importance que celles des autres, dis-je en essayant d'ignorer que mes battements de cœur s'accélèrent.

– Dit la sauveuse de l'humanité.

– Ne m'appelle pas comme ça.

Je lui jette un regard noir. Cette étiquette qu'on m'a collée me met soudain en colère. Elle n'a jamais rien fait d'autre que me mettre à part, m'isoler. Loin de me donner le sentiment d'être quelqu'un de mieux que les autres, elle n'a été qu'un poids.

– Oh, allez, fait Bram.

– Non. Non ! crié-je en me levant et en agitant les bras pour souligner mon propos. Si je suis ici, c'est uniquement parce que d'autres ont donné leur vie pour moi. Comment la sauveuse de l'humanité pourrait-elle se réjouir de ça ? Où est la logique là-dedans ?

– Tu sais bien que ça ne se limite pas à ça.

– Mais si, justement ! C'est très simple. Ma mère est morte parce que je suis née. Je ne veux pas que mon père meure pour que je puisse continuer à vivre.

– C'était son choix.

– Mais ce n'était pas le mien, dis-je en haussant le ton. Tu me connais mieux que n'importe qui. Tu sais que je n'aurais jamais quitté la Tour si on m'avait dit qu'il y était. Si *tu* me l'avais dit, ajouté-je en me rappelant que c'est lui qui m'a poussée à sauter tout en sachant parfaitement où se trouvait mon père.

Il baisse le nez en soupirant.

– Il faut que je retourne le chercher, dis-je.

Il relève la tête pour me fixer d'un air incrédule. Il s'apprête à parler, mais referme la bouche et respire à fond.

– On a tous risqué notre vie pour te faire sortir de là, déclare-t-il lentement. Ernie savait ce qu'il faisait. Tu n'y retournes pas.

– Qui est-ce qui décide ça ? Toi ? Tu es mon commandant ? Tu veux dire que j'ai quitté une prison pour une autre ? Au moins, ici, ça en a l'allure.

– Ève ! Tu n'es pas la seule à avoir un proche enfermé là-bas.

– J'y retourne.

– Ta vie a trop d'importance.

– À quoi ça sert d'avoir une vie si on ne peut rien en faire ? J'aurais cru que tout l'intérêt d'avoir retrouvé ma liberté était de pouvoir décider de mon propre avenir, non ?

Quelque chose passe dans un éclair sur son visage. L'espace d'une seconde, je vois Holly, et je sais qu'il comprend.

Il comprend, mais ça ne lui fait pas plaisir.

11 / BRAM

Ce n'est pas possible, elle n'est pas sérieuse.

– On a tout risqué. Ça n'a pas été simple de rentrer en douce et de te sauver, tu peux me croire, dis-je en m'efforçant d'expliquer une évidence.

Elle penche la tête sur le côté.

– Me *sauver* ? Excuse-moi, tu m'as déjà entendue dire que j'avais besoin qu'on me sauve ? C'est comme ça que tu me vois ? Comme une pauvre princesse de conte de fées sans défense ? Une faible fille qui a besoin de quelqu'un pour voler à son secours ?

Je la fixe en avalant un fragment d'algue resté collé dans ma gorge.

– C'est bon ? Tu as fini ?

– Non, me répond-elle sèchement.

Je soupire. Je me croirais sur l'À-pic en train de l'écouter déverser ses frustrations à Holly. Je la connais. Le mieux est de la laisser vider son sac. J'attends qu'elle reparte pour un tour, comme l'aurait fait Holly.

– On n'est plus sur l'À-pic, là, me signale-t-elle.

Merde.

– Eh oui. Tu crois me connaître, Bram, mais tu oublies que je te connais tout aussi bien.

On se dévisage un moment, mais je sais qu'elle n'en a pas terminé.

– Tu ne peux plus te cacher derrière Holly. Et tu ne peux plus te défausser sur l'EPO. Ce qui se passe ici, tout ce que font ces Libérêveurs, c'est ta responsabilité.

Je m'apprête à répliquer, avant de me raviser : elle a totalement raison.

– Ève, tout ce que tu viens de dire est vrai.

J'y ai mis toute la sincérité dont je suis capable, mais quelque chose sonne faux.

Elle hausse les sourcils.

– Je suis sérieux ! m'exclamé-je. C'est ma faute, et je suis désolé. Je n'en avais pas pris conscience, mais ce n'est pas toi que j'ai sauvée de la Tour… c'est moi.

Je me parle autant à moi-même qu'à elle, et le fait de formuler cette vérité à haute voix ne fait que la rendre plus percutante.

Elle me prend la main et c'est comme si du courant circulait entre nous. Autrefois, je croyais que la combi de pilote et les gants cinétiques fournissaient une représentation fidèle de la réalité, mais ils ne sont rien comparés à la puissance du contact physique.

– On a sauté tous les deux, dis-je. On s'est libérés.

Elle sourit.

– On s'est libérés l'un l'autre.

Soudain un coup sourd fait trembler la porte sur ses gonds.

– Oui ?

– C'est Chubs, me répond une voix.

Je lève les yeux au ciel et Ève sourit de nouveau.

– Est-ce que je peux… ?

– Oui, oui, entre ! répond-elle sans le laisser finir.

Il ouvre la porte, nous voit debout côte à côte et détourne les yeux d'un air gêné, comme s'il venait de nous surprendre dans un moment d'intimité.

– Désolé, dit-il en fixant le plancher.

– Pas de problème, Chubs, dis-je. Qu'est-ce qu'il y a ?

– Les drones ont regagné la Tour. D'après la rumeur qui circule sur la rivière, tous les engins de recherche ont fait demi-tour. On est tranquilles pour le moment, apparemment.

Il sourit en haussant les épaules.

– Ils ont arrêté les recherches ?

Mon cerveau bascule directement de l'euphorie liée à la présence d'Ève à la réalité inquiétante d'une tactique inattendue de l'EPO.

– Ouais ! fait Chubs en riant. Maintenant, on va pouvoir se détendre un peu, accorder une pause aux veilleurs de la rivière et rappeler les éclaireurs de la Tour.

– Non, dit Ève par réflexe.

Le regard de Chubs me quitte pour se poser sur elle avant de revenir sur moi.

– Non ?

– Ce n'est pas normal. Ils mijotent quelque chose.

Elle me regarde les sourcils froncés, comme si elle cherchait une donnée qui nous aurait échappé.

Chubs attend ma réaction.

– Je pense qu'Ève a raison, dis-je. L'EPO qui arrête les recherches, c'est trop beau pour être vrai. Ça cache forcément un truc.

– Ou alors, ils se sont résignés à l'idée qu'elle soit partie.

– Elle ? *ELLE ?*

Chubs prend un air confus.

– Tu veux parler de l'être humain le plus important de la planète ? Tu crois vraiment que l'EPO laisserait tranquillement partir la *sauveuse de l'humanité*, le *remède à notre extinction ?* Qu'*ELLE* est quelqu'un que Vivian accepterait de laisser s'échapper ? dis-je, m'efforçant de lui faire sentir à quel point la réaction de l'EPO est incompréhensible.

– Bram… me glisse Ève.

Chubs fixe ses chaussures d'un air mortifié.

– Excuse-moi, Chubs. Les derniers jours ont été longs.

Il soupire.

– Non, c'est toi qui as raison. C'est vraiment bizarre qu'ils arrêtent les recherches maintenant. Je vais remonter dire aux éclaireurs et aux veilleurs de la rivière de rester en position jusqu'à nouvel ordre.

– Non, dit Ève.

On la dévisage tous les deux.

– Non ?

– Moi, je vais leur dire, déclare-t-elle à Chubs sans même me jeter un coup d'œil pour connaître ma réaction.

– Bram ? fait Chubs, clairement hésitant.

– Il n'y a pas de problème, Chubs. Pardon, c'est bien Chubs ? demande Ève.

– Oui, euh… mademoiselle Ève, marmonne-t-il nerveusement.

– Moi, c'est Ève, Ève tout court. Vous pouvez m'amener à la surface ? Je transmettrai l'ordre moi-même.

– Il n'en est pas question, lâché-je, incapable de me retenir plus longtemps.

– Pardon ?

– Tu es folle ? À la surface ? Tu veux te montrer après tout le mal qu'on s'est donné pour te mettre à l'abri ici ?

– Je veux voir le monde. On me l'a caché trop longtemps.

– Non, Ève. C'est trop tôt.

– Alors j'ai vraiment quitté une prison pour une autre.

Elle me fixe droit dans les yeux et je soutiens son regard sans ciller. Je ne peux pas la laisser monter là-haut, c'est trop dangereux, mais je ne peux pas non plus l'enfermer comme l'a fait l'EPO.

– Tu ne peux pas m'en empêcher, si ?

J'hésite et elle s'engouffre dans la brèche.

– Chubs, conduisez-moi là-haut, s'il vous plaît.

Elle se lève pour se diriger vers la porte d'un pas décidé.

– Ève, attends !

Trop tard.

Elle est déjà sortie, rapide comme l'éclair. C'est tout juste si Chubs arrive à marcher assez vite pour la guider. Je n'ai plus qu'à suivre le mouvement.

– C'est quoi, ce bordel ? nous lance Saunders en levant son grand nez d'un vieux livre gondolé, assis à son poste devant l'entrée de la sphère étanche qui nous permet de remonter à la surface.

Je surprends la mimique d'avertissement que lui adresse Chubs, les yeux écarquillés.

– Merde. Ève ! s'exclame Saunders en lâchant son livre dans les trente centimètres d'eau qui s'étalent à ses pieds.

– Ève tout court, ça ira très bien, réplique-t-elle en lui souriant pour l'amadouer, comme si c'était nécessaire. Je voudrais remonter, s'il te plaît.

Saunders me regarde aussitôt en quête d'une explication.

– Pas la peine de le regarder. Je ne suis pas votre prisonnière, si ?

Et j'entends le feu dans sa voix, un feu que j'ai contribué à allumer.

– … Non, Ève, répond-il.

– Non ?

– Non, vous n'êtes pas notre prisonnière, articule lentement Saunders, essayant de gagner du temps pour réfléchir à la conduite à tenir.

– Écoute, Ève, dis-je. On veut juste le mieux pour toi.

Argument lamentable.

– Ce que vous *pensez* être le mieux pour moi. Je parie que c'est exactement ce que Vivian a toujours fait. Je me trompe ?

Non. Je ne peux pas le nier.

Aucun de nous ne le peut.

– Eh bien il me semble qu'il est temps que je commence à déterminer moi-même ce qui est le mieux pour moi, reprend Ève en s'avançant vers la porte en cuivre de la capsule ronde.

Saunders me jette un regard d'impuissance en s'écartant pour la laisser passer.

– Bon, vous venez ou je dois me débrouiller toute seule pour piloter ce truc ? nous lance-t-elle de l'intérieur.

– On arrive, dis-je en la suivant avec Chubs et Saunders.

On prend chacun un siège dans l'espace confiné.

– Tu as bien réfléchi ? demande Saunders à Ève, la main figée au-dessus de la manette en cuivre encore positionnée sur la fonction « descente ».

Sans un mot, elle tend le bras et lève la manette en position « montée ». L'espèce d'ascenseur sous-marin se met à vrombir. Des dizaines de litres d'eau emplissent le centre évidé de la tour de l'horloge et notre navette s'élève en flottant dessus.

Pendant la montée, je remarque que Chubs et Saunders échangent des regards furtifs. Ils le perçoivent autant que moi : les rôles ont changé dans la Tanière.

Je ne suis plus aux commandes.

Les Libérêveurs ont un nouveau chef.

– Tu es armé ? demandé-je à Chubs.

Il hoche la tête en écartant son imper pour révéler tout un arsenal. Il y en a plus qu'il n'en faut mais, pour une fois, je m'en réjouis.

Sans que je lui demande rien, il dégaine un pistolet pour me le tendre.

– Merci, dis-je en l'armant.

– Tu crois que tu vas avoir besoin de ça ? me demande Ève en se détournant du hublot.

– Si l'EPO est là, ce n'est pas avec une poignée de pistolets qu'on va s'en sortir, commente Saunders.

– Vous en faites pas, on a des yeux partout, assure Chubs à Ève.

– Tu sais qu'il n'est pas trop tard pour redescendre ? dis-je avec espoir.

Mais elle se contente de me sourire.

Je savais bien que c'était peine perdue.

12 / ÈVE

Je suis surprise par l'excitation que je ressens. J'ai parlé et on m'a entendue. Certes, j'ai toujours eu un titre idiot de sauveuse, mais il n'avait aucun poids. Je n'ai jamais été qu'une gamine flottant dans son monde au-dessus des nuages. Ici, ça n'a rien à voir.

Ce n'est qu'en me mettant à parler, en voyant Chubs, Saunders et un Bram déconcerté m'écouter et agir en conséquence, que j'ai commencé à saisir la réalité de ma nouvelle situation.

Je détiens le pouvoir.

Je l'ai pris.

C'est vertigineux !

Bram a peur. Je ne l'avais jamais vu manifester de peur, et je sais pourquoi, maintenant : il n'y avait pas d'enjeu dans la Tour. Alors qu'ici, le danger est réel et ça l'inquiète. Je l'ai compris tout à l'heure dans la chambre à sa manière de réagir aux nouvelles apportées par Chubs, et au ton avec lequel il lui a parlé. Visiblement, il prend très à cœur son rôle de leader des Libéréveurs.

Ça ne signifie pas que je vais le suivre aveuglément ; ni lui ni personne. Je dois comprendre par moi-même ce qui se passe ici pour me donner les moyens de décider ce qui est le mieux pour moi. Je n'aurais pas dû m'énerver, mais j'en ai marre que les gens m'imposent leur autorité. J'ai l'impression que je n'ai pas fini d'envoyer bouler Bram à mesure qu'on va apprendre à vivre côte à côte – *vraiment* côte à côte. Ça ne va pas être facile, avec tout ce à quoi il va falloir penser, sans compter que nos points de vue semblent nous entraîner dans des directions différentes.

Le niveau de l'eau a cessé de monter ; nous sommes arrivés à la surface. La sphère met un moment à se stabiliser.

– Tu vas devoir… commence Bram.

– Stop, lui dis-je en regardant Saunders ouvrir la porte.

Une bouffée d'air froid s'engouffre aussitôt à l'intérieur. Mon corps se raidit et je rentre la tête dans les épaules.

– … te couvrir, achève Bram en me lançant un vêtement chaud.

Il lève les yeux au ciel et enfile son blouson sans attendre ma réaction.

– T'essaies de la materner ou quoi ? marmonne Chubs en donnant un petit coup de pied dans sa chaussure avant de se lever.

Bram rougit.

Sortant de la boule derrière Saunders, je me retrouve au pied de l'escalier de pierre que j'ai descendu derrière Helena. En haut des marches, je découvre ce que je n'ai pas eu le temps de voir hier.

Le monde extérieur.

Le *vrai* monde.

Nous sommes cernés par une vaste étendue d'eau, trouble et hostile. On voit dépasser des monuments – des briques tapissées d'épaisses couches d'algues vertes, des parois de verre brisées pour faire circuler les choses plus facilement. Des débris sont ballottés de-ci de-là sur la rivière : des objets inutiles, jetés ou perdus, qui se cognent sur tout ce qu'ils rencontrent en chemin.

Ici, tout est récupérable. Il suffit de voir la façon dont le quartier général des Libéréveurs a été rafistolé et sauvé de l'érosion. Des éléments hétéroclites ont été attachés les uns aux autres pour créer des embarcations ou des radeaux, des maisons flottantes arrimées par des cordes et des chaînes.

Je pense à mon paradis dans le ciel, au jardin qu'on a cultivé pour moi. Ici, les seules taches de vert sont celles des algues sur la brique. Pas un arbre, pas un buisson, pas une plante n'ajoute sa touche de couleur au paysage. Tout est gris et morne, sans promesse de vie. L'environnement est devenu aussi stérile que ses habitants tapis dans les ombres. Mais il est brut, réel et sacrément beau.

Suivant les autres, je monte sur le petit bateau qui m'a amenée ici et Chubs manœuvre jusqu'au milieu de la rivière. D'autres constructions englouties dépassent de l'eau. Des pans de tissu y sont accrochés et battent au vent comme des drapeaux ou du linge – peut-être une manière pour les anciens habitants de revendiquer la propriété des lieux. Les lumières des écrans géants qui couvrent les façades semblent danser sur la rivière en se reflétant sur l'eau.

– À quoi ça sert ? demandé-je en désignant les écrans.

– À nous balancer toutes les salades auxquelles l'EPO veut nous faire croire, grommelle Chubs.

Je me tourne vers Bram, qui confirme d'un haussement d'épaules. Ses yeux se détournent aussitôt de moi pour scruter l'obscurité. Il est visiblement à cran.

– On peut aller voir de plus près ?

– C'est dangereux.

J'insiste, plus déterminée que jamais à mesurer l'ampleur des mensonges de l'EPO :

– Pas plus que tout le reste, si ?

– Même s'ils ont abandonné les recherches, d'autres gens vont te chercher.

– Commençons par nous assurer que nos équipes sont toujours sur le qui-vive, propose Saunders en nous regardant tour à tour. Ensuite, on pourra peut-être s'approcher un peu.

Bram lâche une grimace d'irritation tandis que je remercie Saunders d'un hochement de tête.

On quitte le canal principal pour s'engager sous une énorme arche métallique puis dans un tunnel. Tout est calme. On n'entend que les échos du moteur de notre bateau. On longe la paroi de gauche, masquée par une tenture. Alors que nous approchons d'une brèche dans la toile, quelqu'un sort de l'ombre en levant la main pour nous faire signe de nous arrêter. Le faible éclairage fait scintiller le canon de l'arme qu'il pointe droit sur nous.

Je me raidis et mes battements de cœur s'accélèrent.

– Qu'est-ce que... marmonne Bram.

– Pour Ève ! lance Chubs d'un ton ferme et plein d'autorité en arrêtant Bram, qui s'apprête à saisir son arme.

L'homme acquiesce d'un signe de tête.

– Rodriguez, précise Saunders à notre intention, à Bram et à moi.

De toute évidence, Bram non plus n'est jamais venu ici, et j'éprouve une curieuse satisfaction à découvrir en même temps que lui un endroit qu'il ne connaissait pas.

– Nos gars sont encore sur le terrain à essayer de comprendre ce qui se passe, déclare Rodriguez en protégeant ses yeux des lumières du bateau. L'ennui, c'est qu'on n'a plus de piste à suivre. L'équipe de l'est pensait être suivie mais c'était une fausse alerte.

– Comment pouvez-vous en être sûrs ? demandé-je.

S'il est surpris par ma voix et ma présence, il n'en montre rien et poursuit, imperturbable :

– C'était juste deux gamins qui jouaient. Les équipes au sol qui étaient sur place quand vous avez quitté la Tour ont observé une forte activité des troupes qui rentraient à leur base, mais aucune qui sortait.

– Ou alors ils détiennent quelque chose... et ils savent qu'on va venir le chercher, grogne Bram en se frottant le visage.

– Vous avez combien d'équipes sur le terrain ? demandé-je.

– Deux par secteur sur la rivière, quatre au sol.

– Bon. Dites-leur de maintenir la surveillance, dis-je en me retenant d'ajouter « s'il vous plaît » pour m'en tenir au ton sans fioritures des échanges d'ici. Il est encore tôt. Qui sait ce qui peut nous tomber dessus ?

Venant de moi, ce discours est presque risible. Je suis bien consciente que je n'ai aucune idée de ce dont Vivian est capable. Mais tout le monde s'abstient de me le faire remarquer et nous disons au revoir à Rodriguez avant de repartir.

– Toujours décidée à aller voir les écrans ? me demande Saunders.

– Oui.

On tourne en direction des lumières. On ne va pas vite. Bram me lance une couverture humide.

– Ce qu'on fait n'est déjà pas très malin, inutile d'en rajouter.

Je la ramasse à contrecœur pour m'en draper en me couvrant la tête et le bas du visage.

Autour de nous, la rivière s'anime, ainsi que les bâtiments qui longent les berges. Des petits groupes glissent dans l'ombre et s'assemblent. D'autres se lancent des obscénités d'une embarcation à l'autre, se crachant leur colère ou leur mépris. Des bâtons enflammés volent à travers les airs, des bruits de coups métalliques retentissent, auxquels répondent des cris de douleur.

– Les gens se rebellent depuis si longtemps que certains ne savent plus communiquer autrement qu'en se battant, m'explique Saunders en baissant la tête pour esquiver un projectile.

Je me recroqueville instinctivement pour me faire plus petite.

– On ne peut pas faire demi-tour ? s'impatiente Bram. C'est ridicule. Ta présence ici et maintenant est ridicule.

J'aurais sans doute cédé si des sons mélodieux ne m'étaient pas parvenus aux oreilles à cet instant.

Puis je les aperçois. Dans l'éclat des reflets de la rivière et des écrans géants, des gens rassemblés en grand nombre chantent en regardant les images. Leurs bateaux de fortune reliés ensemble flottent sur l'eau comme une grosse barge. Le visage grave, ils chantent avec passion, un chant qui parle de retrouvailles, de paix et d'espoir. On sent de la joie dans cette assemblée, comme si les gens étaient heureux de se revoir. Je repère un homme drapé dans un tissu douteux de couleur vive qui chante en tanguant, les bras écartés, pénétré par chacune des paroles qu'il prononce. Sa foi est fascinante à regarder.

– Ils font toujours ça ? demandé-je.

– Non. Ils sont là parce que tu n'es plus dans la Tour, me répond Saunders en me regardant. Il y a toujours eu des poches d'espoir disséminées au milieu du chaos. Le fait que tu sois sortie les a fait sortir de l'obscurité, eux aussi.

Me tournant de nouveau vers la foule, je vois d'autres bateaux surgir des ombres. Des bras se tendent vers ceux qui sont déjà regroupés.

– Oh, merde, souffle soudain Chubs.

Je suis son regard jusqu'aux écrans que je tenais tant à découvrir. Et j'ai un coup au cœur en face des mots « TRAÎTRES À ÈVE » qui explosent en grosses lettres rouges sur les quatre photos de leurs « rebelles » désignés. À côté de moi, Bram se crispe en voyant son visage apparaître après celui de mère Kadi. Le troisième portrait montre un garçon guère plus âgé que moi, dont les cheveux bruns mi-longs retombent autour de son visage. Je le reconnais avec quelques secondes de retard. Il était avec Bram dans la Tour le jour de notre première rencontre. Il faut croire que Bram monopolisait toute mon attention parce qu'il m'était entièrement sorti de la tête. Mais c'est bien lui.

Le dernier homme est plus âgé. Ses yeux me sont familiers, et ressemblent tellement aux miens qu'on ne peut ignorer qui il est.

Papa.

Les portraits des trois personnes encore dans la Tour s'effacent sur l'écran, remplacés par un agrandissement de celui de Bram. D'autres mots défilent par flashs : fugitif, recherché pour m'avoir enlevée de force. C'est le récit officiel.

– Vous devriez faire un peu de place sous cette couverture, Ève, me dit Chubs d'un ton grave.

Il me désigne Bram assis non loin de moi, le visage défait, marqué par une expression de tristesse, de douleur et de culpabilité.

– Je suis désolée, dis-je dans un murmure.

Il secoue la tête, et je voudrais pouvoir le prendre dans mes bras.

– On devrait rentrer à la Tanière, dis-je à Saunders.

Après un petit regard vers Bram, il se plie à ma demande. Ses mains tâtonnent sur les commandes dans sa hâte de repartir. Nous nous replions dans un silence accablé.

– C'est ton ami, dis-je à Bram une fois que nous nous sommes éloignés de la clameur des chants.

– Hartman, me confirme-t-il en se frottant les yeux.

– Ma dernière Holly.

Je repense au compagnon inconnu qui avait surgi dans ma chambre pour achever de briser l'illusion qui me fermait les yeux.

– Oui, murmure Bram. Mon meilleur ami. On partageait tout.

– Vous êtes très liés ?

– On ne peut plus.

– Je l'ai vu, juste avant de partir. Il… Il était en difficulté. Mais il a tout fait pour m'aider à sortir.

– Ça ne m'étonne pas, soupire Bram en détournant la tête.

– Il ne l'a pas seulement fait pour moi. C'était aussi pour toi.

– Je sais.

– C'était ton plan.

Il acquiesce.

– Et tu es vraiment prêt à laisser ton meilleur ami, quelqu'un qui ferait tout pour toi, subir les conséquences de tes décisions pendant qu'on se balade dans notre nouvelle vie ? Tu crois que tu arriveras à te regarder dans une glace si tu n'essaies pas de l'aider à ton tour ?

Je vois que mes paroles font leur effet. Je n'en avais pas douté.

Le monde n'est pas tel que je m'y attendais. Mais comment pourrait-il être autrement quand des étendues immenses ont été entièrement vidées de toute vie ? Et, alors que ma naissance était le symbole d'espoir que tous attendaient, je leur ai été reprise par l'EPO. Accaparée, isolée, exhibée. Malgré cela, certains ont trouvé des moyens de me témoigner leur soutien. Ces gens qui m'ont libérée et qui me montrent leur amour alors même que je n'ai rien fait pour eux sont tout sauf des traîtres. Ils sont d'une totale loyauté, et ils valent la peine qu'on se batte pour eux.

– Qu'est-ce que tu ferais, toi, si ton père était là-haut ? demandé-je, histoire de lui donner le dernier coup de pouce pour qu'il m'appuie.

– Il y est ! me répond-il avec un petit rire sans joie. Tout ça, c'est signé le grand professeur Wells. De toute façon, tu ne changeras pas d'avis, pas vrai ?

– Non.

– Tu es consciente que tu vas déclencher une guerre ? Ce sera l'EPO contre le peuple. Tu es prête pour ça ?

– À ce que j'ai compris, l'EPO a déclenché l'état de guerre il y a des dizaines d'années. On ne fait que se défendre.

13 / **MICHAEL**

L'étage des soins médicaux pue le désinfectant. Ça me pique le nez dès que je sors de l'ascenseur. Mais je m'y suis habitué. Je suis le seul trajet qui m'était permis pendant que j'étais consigné. Une visite à de la famille ou à des amis malades était l'un des rares motifs qui m'autorisaient à sortir du dortoir et j'en ai profité autant que je pouvais. Cela dit, j'étais content aussi d'aller voir mon frère.

Je passe devant des centaines de boxes vides, dans lesquels l'équipement médical de pointe pend inutilisé le long des murs. On trouve ici des trucs auxquels les médecins du dehors n'oseraient même pas rêver.

C'est une particularité des catastrophes – les guerres, les épidémies, le réchauffement climatique – : elles génèrent les innovations technologiques les plus rapides. Il faut juste survivre assez longtemps pour pouvoir en profiter. La menace de l'extinction ne fait pas exception à cette règle. De fait, vivre dans le même bâtiment que l'être humain le plus précieux donne accès à l'équipement médical le plus sophistiqué qui ait jamais existé.

C'est pratique en cas de petit rhume.

Cela dit, la technologie la plus poussée n'a rien pu faire pour l'équipe de Ketch lorsqu'elle a été prise dans l'explosion du lieu de détention d'Ernie Warren. Il n'y avait plus rien à sauver. Ketch a eu de la chance comparé aux autres.

En tournant à l'angle du couloir, je suis accueilli par un éclairage orangé. Les voix me signalent que les médecins sont auprès de lui.

– Vous vous retapez bien, observe le docteur Chaudhury.

– Pas assez vite, grommelle Ketch avec un léger bruit de crécelle dans la voix.

– Vos blessures étaient très sérieuses. Vous avez de la chance d'avoir survécu, commandant Turner.

– Je ne suis plus commandant, réplique sèchement mon frère.

– Et ce n'est pas non plus « Turner », par vrai, Ketch ? dis-je pour signaler ma présence.

– L'équipe médicale se posait des questions sur votre surnom, justement, admet le médecin. Si je puis me permettre, pourquoi « Ketch » ?

Avant que mon frère puisse répondre, je sors de ma poche le butin que j'ai détourné pour lui et je dépose la dizaine de petits sachets sur son lit.

Le médecin éclate de rire.

– À cause du ketchup ? Je ne suis pas certain que notre nutritionniste approuve.

– Vous pouvez toujours rire, fait Ketch en haussant les épaules. C'est mon péché mignon à moi.

– Par mesure de sécurité, Ève ne devait pas connaître son vrai nom, et voilà comment Ketch est né, déclaré-je de mon ton le plus solennel.

J'incline la tête dans un salut du même style tandis que mon frère déchire un sachet avec les dents pour déverser le contenu dans sa bouche couverte de cloques. À croire qu'il n'a pas mangé depuis des semaines. C'est répugnant.

– Eh bien, j'en suis désolé, mais votre frère devrait faire attention avec le sucre. Sa priorité absolue est de se rétablir, monsieur Turner.

– « Commandant » Turner, maintenant, corrige Ketch, toujours aussi bougon.

Je glisse un coup d'œil au médecin pour lui signifier que je vais raisonner mon frère.

– Bon, je vous laisse tous les deux. Mais ne restez pas trop longtemps, me dit le docteur Chaudhury.

Et il sourit en secouant la tête avant de quitter le box.

Ketch se rallonge prudemment et grogne de douleur lorsque sa peau à vif entre en contact avec le drap.

– Il dit que tu te retapes bien. C'est bon signe ! dis-je en essayant de ne pas fixer la chair boursouflée qui entoure son pansement sur l'œil gauche.

– Ouais, ouais, « rétablissement total », etc. Pour ce que ça va changer… soupire mon frère. Guérison ou pas, Silva va me dégager de la Garde ultime pour de bon.

Ses épaules se voûtent, et je vois bien combien ça l'affecte.

– Je ne sais pas quoi te dire, je suis désolé.

J'ai beau être sincère, un silence embarrassant s'installe entre nous tandis que je m'assois au pied de son lit, et j'ai soudain la conscience aiguë de l'uniforme que je porte. Les lettres GU brodées discrètement au fil doré sur ma combinaison noire me semblent soudain si criantes qu'elles pourraient aussi bien hurler : « Regarde-moi, Ketch ! »

– J'ai appris que tu avais eu une promotion, me dit-il enfin.

– Ouais.

– Félicitations. Maman serait fière de toi.

Il sait comme moi que c'est faux.

– Non, rectifié-je. Elle aurait été fière de *toi*. C'était toujours toi, et tu le sais. Je serais encore en train de vivre en bas si tu ne m'avais pas dégoté ce boulot.

Je le sens qui me fixe de son œil valide.

– Ne me regarde pas comme ça, c'est flippant.

– Toi, tu es inquiet, déduit-il de mon visage tendu.

– Sans blague ! Je viens de voir leurs nouveaux soldats personnels embarquer notre dernier commandant pour avoir échoué à satisfaire les exigences de Mlle Silva.

– C'est ce qu'on m'a dit.

– C'est comme si j'avais déjà une cible dans le dos. Silva me prend pour un crétin. Je ne sais même pas pourquoi elle m'a donné ce grade.

Maintenant que j'ai commencé à vider mon sac, je ne peux plus m'arrêter.

– Ou plutôt si, je le sais parfaitement. La raison, c'est toi. C'est grâce à toi que je suis encore là. Ketch l'intouchable. Tu as toujours réussi au-delà de tout ce qu'on attendait de toi. Tu te rends compte comme c'était pénible pour moi quand on était jeunes ?

– Tu aurais préféré que je les laisse te mettre en taule avec les traîtres ? me demande-t-il calmement. Parce que c'est ce qui t'attendait.

– Non, bien sûr, dis-je d'un ton d'enfant capricieux.

Je me déteste de réagir comme ça.

– Dans ce cas, tu as du pain sur la planche, et tu as intérêt à arrêter de te comporter comme un gamin de dix ans pour te mettre au boulot. Tu sais le mal que j'ai eu pour te faire entrer dans l'équipe.

– Oui.

Oui, je le sais. Ketch a dû actionner tous les leviers pour me faire franchir la porte des épreuves de sélection. En plus de m'avoir préparé et appris à me tenir pour plaire à Mlle Silva.

– Excuse-moi. On a subi beaucoup de stress depuis que j'ai été réintégré. Ce n'est pas tous les jours qu'on se retrouve confrontés au scénario du pire.

– Quelles sont les dernières nouvelles, au fait ? Des pistes pour localiser Ève ?

– Désolé, c'est top secret.

Il me balance un coup de pied et je tombe du lit sur le carrelage stérile.

– C'est bon, c'est bon ! Je blaguais ! dis-je en me rasseyant avec un soupir. On ne sait toujours pas où elle se trouve. Mlle Silva pense qu'on peut « extorquer » des informations aux traîtres.

– « Extorquer » des informations. Ça ne fait pas envie, commente mon frère. Mais Ève n'a pas été enlevée par une personne seule. Si des gens savent quelque chose, ils parleront. À condition d'appuyer sur le bon bouton, bien sûr.

Je ne réagis pas.

– Il faut parfois accepter d'employer des méthodes discutables quand la cause est juste.

– Ce n'est pas seulement ça, c'est...

Je m'interromps le temps de m'assurer qu'on est seuls.

– Ce n'est pas un enlèvement.

Ketch me regarde fixement.

– Attention, me prévient-il en désignant la porte de son œil droit. On ne va plus être seuls très longtemps.

Je me lève pour aller inspecter le couloir et je plaque la main sur la paroi de verre pour la fermer. Nous voilà tranquilles.

– J'ai vu des images des drones, me dit mon frère.

– Alors tu l'as vue sauter avec Bram. Elle ne semblait pas avoir tellement besoin d'être forcée, à ce que j'en ai vu.

Ketch réfléchit un moment.

– Depuis le temps qu'elle vivait dans la Tour, on peut comprendre qu'elle ait voulu découvrir à quoi ressemblait le monde une fois qu'elle a découvert la vérité.

Je hoche la tête avec hésitation.

– Quoi ?

– Ketch, on est frères et je mettrais ma vie entre tes mains.

– Du calme, Mickey. Qu'est-ce qu'il y a ?

– Tu travailles pour l'EPO depuis plus longtemps que n'importe qui. Qu'est-ce qui t'assure que tu as eu raison d'accorder ta loyauté à l'EPO ?

– À l'EPO ? répète-t-il d'un air presque amusé. Ce n'est pas le cas et ça ne le sera jamais. Ma loyauté va à Ève. Et tout le monde devrait en faire autant.

– Et Mlle Silva ? Elle est capable de tout !

– Ce n'est pas de Vivian que tu dois te méfier, mais de Wells.

– Ah bon ?

Ketch remue dans son lit pour se pencher vers moi.

– Vivian n'était pas du tout comme ça au début, me dit-il en parlant vite et bas, craignant visiblement l'arrivée de quelqu'un d'une seconde à l'autre. Elle était douce et compréhensive. Mais elle a changé à l'arrivée de Wells.

– Pourquoi ?

– Les choses n'étaient pas comme aujourd'hui, chuchote-t-il. Tout ce qui comptait, c'était Ève. Il fallait la protéger, lui donner la meilleure chance d'avoir un avenir, et à l'humanité avec elle.

– Et ce n'est plus vrai ?

Il met un moment à me répondre.

– Tu veux un conseil ?

Je hausse les épaules.

– Suis ton instinct. Fais ce qui est bien pour Ève et oublie le reste.

– Et toi ? Qu'est-ce que tu vas faire quand tu seras guéri ? lui demandé-je en me levant.

– Ne t'en fais pas pour moi. J'ai tout prévu, me dit-il avec un détachement suspect.

– Qu'est-ce que tu mijotes ?

– Rien, rien. Ne te mêle pas de ça, ça vaudra mieux pour toi.

– Oh, allez ! Je suis ton frère !

– Disons que quand une porte se ferme, un autre s'ouvre et...

Il se tait brusquement.

– Et quoi ?

Il soupire, regrettant déjà d'en avoir trop dit.

– Et je ne me doutais même pas que cette porte existait.

Je cligne lentement des paupières.

– Euh... D'accord... Je ne suis pas sûr de te suivre. Sérieux, c'est quoi, ce nouveau boulot ?

Ketch se contente de me regarder.

– Ah ouais, c'est comme ça ? dis-je. Mon propre frère qui me cache des choses ! Ça doit être du lourd.

Il hoche la tête.

– Mais dans quoi tu es allé te fourrer, toi ?

– Enfin, le boulot n'est pas passionnant, mais il avait besoin de quelqu'un de confiance, quelqu'un qui connaissait toutes les ficelles ici, lâche-t-il nonchalamment, comme si j'allais m'en contenter.

– Qui ça, *il* ?

– Hein ?

– Tu as dit : « Il avait besoin de quelqu'un. » De qui tu parles ?

Mon frère se projette brusquement en avant pour m'attraper par le col de mon uniforme et attire mon visage à trois centimètres du sien.

– Écoute, Michael, ce n'est pas un jeu. Tout ce merdier est bien réel et on est dedans jusqu'au cou. J'aurais jamais dû te faire entrer dans cette saleté d'EPO. Parfois, je me dis qu'on aurait mieux fait de rester vivre en bas les pieds dans l'eau que de participer à tout ça.

Je le repousse pour me dégager et il grimace quand je pose la main sur son bras.

– Ne me pose plus de questions, Mickey, d'accord ? Je ne peux pas te mentir, tu le sais très bien. Mais il vaut mieux que tu ne saches rien.

Le regardant dans les yeux, j'essaie d'y retrouver mon frère, celui avec qui j'ai grandi. Il est là quelque part, caché sous les brûlures, les pansements et les secrets.

– D'accord, dis-je. Mais évite juste de faire une connerie.

Il rit, et ce rire se change vite en toux.

Je sors de sa chambre en baissant la lumière. Il a besoin de se reposer.

Tandis que je regagne l'ascenseur, l'écho de pas en approche me parvient et je tends l'oreille pour les analyser. Réflexe professionnel.

Des bottes. Lourdes. Militaires.

Deux hommes. Non… trois.

À mesure qu'ils se rapprochent, le tableau se précise : deux portent des bottes et le troisième, de chaussures plus légères à semelles en gomme.

Le cliquetis régulier qui résonne en rythme avec les pas me signale que l'un d'eux porte une arme à la ceinture, qui bute contre la fermeture éclair de son treillis.

Je me glisse dans un box vide à une centaine de mètres de la chambre de Ketch. Je n'ai aucune raison de me cacher, mais quelque chose me dit qu'il vaut mieux qu'ils ne me voient pas.

« Suis ton instinct... »

Les mots de Ketch résonnent dans ma tête.

Des ombres se dessinent derrière les parois en verre dépoli quand les hommes tournent dans le couloir. Ils ne parlent pas.

Je gagne sans bruit le coin sombre du fond de la pièce.

Soudain une silhouette longe la paroi, tout de noir vêtue et armée jusqu'aux dents. L'homme est rapidement suivi par Semelles-de-gomme et un autre soldat armé ferme la marche.

J'aurais pu me douter que c'était Wells et ses nouveaux gorilles, les salopards qui ont emmené Ryan.

Je les entends bientôt qui s'arrêtent. M'approchant de la porte, je jette un coup d'œil dans le couloir, juste à temps pour voir les trois hommes disparaître dans le box de mon frère.

Voilà donc ce « il » dont me parlait Ketch.

Oh, frangin, dans quoi tu t'es embarqué ?

14/ÈVE

Entourée d'Helena, de Bram et de l'équipe de la sortie en bateau du matin, je me tiens dans la grande salle, au centre de tous les regards. Hier, mon arrivée a suscité chez les Libéréveurs une vague d'excitation. Aujourd'hui, ils sont mesurés. Ils tendent le cou, impatients et attentifs.

Je ne me suis pas laissé surprendre. C'est moi qui ai demandé ce rassemblement. J'ai réclamé la présence de tous pour leur faire part de mon plan. Mais je ne m'attendais pas à percevoir une telle attente. Pas un murmure. Bien sûr, je suis habituée à ce silence. Dans la Tour, tous se taisaient à mon arrivée dans les salles et les couloirs. Les gardes n'avaient pas le droit de me regarder. Mais je n'étais qu'un instrument, un symbole à vénérer et non une personne à comprendre. Je n'avais pas de voix. Tout le monde se contentait de suivre les ordres de Vivian. Et là, debout au milieu de cette salle immense, je me sens plus dans le rôle de Vivian que dans le mien, comme si j'empruntais un peu de son assurance et de son autorité plutôt que de me fier à moi-même.

– Merci à vous tous pour tout ce que vous avez fait et pour le soutien que vous m'avez apporté, dis-je d'une voix légèrement instable. Ces premières vingt-quatre heures ont été très instructives, et il va me falloir un peu de temps pour tout assimiler. J'ai du mal à croire qu'hier encore, j'ignorais jusqu'à votre existence. Mais vous vous êtes battus sans relâche, depuis avant ma naissance. Je ne vous remercierai jamais assez pour cela.

« L'autre raison pour laquelle je vous serai éternellement reconnaissante, c'est que vous avez retrouvé mon père. Et d'après ce que j'ai pu comprendre, ce n'était pas une tâche facile. J'ai passé des centaines d'heure sur l'À-pic à essayer de les imaginer, ma mère et lui. Grâce à vous, j'ai maintenant une chance de découvrir ce que c'est qu'avoir une vraie famille.

Je glisse un coup d'œil vers Bram en quête d'encouragement, mais il fixe la foule avec un regard froid.

Après tout, c'est ma décision. Si c'est ce que je veux vraiment, à moi de me débrouiller pour l'obtenir.

Alors je continue :

– Je sais que, comme vous tous, il a risqué sa vie pour moi en retournant dans ce bâtiment.

Un remous traverse la foule. Le fait que je sache que mon seul parent en vie s'est rendu à l'ennemi pour moi est visiblement un soulagement pour tous.

– Maintenant, je dois retourner le chercher.

Il y a un silence, suivi par des murmures incrédules.

– Après tout ce qu'on a fait ?

– Et tous ceux qui sont morts, ils sont morts pour rien ?

– Il va encore falloir se battre pour sa liberté ?

Je reprends :

– Je sais que ce n'est pas juste de...

– Nous nous sommes battus pour défendre vos droits, me coupe un homme avec un mélange de colère et d'incompréhension. Maintenant, l'heure est venue de renverser l'EPO et de nous battre pour nos droits à nous, et ceux des gens que le pouvoir a jetés dans la pauvreté. Ce n'est pas à vous de nous dire ce qui est juste !

– Je ne voulais pas dire...

– Il a raison ! crie une autre voix. Leur pouvoir n'a fait qu'augmenter alors que nous nous affaiblissons toujours un peu plus. En vous libérant, on a une chance de commencer à revendiquer nos droits. Si vous y retournez, ça remet tout en cause.

– Mais la liberté, ça ne veut pas dire qu'elle doit faire exactement ce que tu veux, si ? signale une voix de femme sur ma gauche.

Des bribes de phrases s'élèvent un peu partout, la colère monte, des disputes éclatent. Le volume sonore augmente. Il y a une échauffourée dans un coin de la salle, contre l'homme qui a parlé de justice. Je vois des poings se lever, des coups partir dans sa direction.

Brusquement, poussée par l'adrénaline, je descends de l'estrade et je traverse la foule en me frayant un passage jusqu'aux belligérants. Dès que je les ai rejoints, je saisis le premier qui se présente – il est deux fois plus large que moi et me dépasse de trente bons centimètres – et je lui fais une prise qui l'envoie par-dessus mon épaule et le jette par terre. J'ai appris cela avec les Mères, mais je n'avais jamais eu l'occasion de m'en servir : je n'aurais jamais osé jeter au sol une femme de plus de soixante ans rien que pour apprendre un art dont nous étions toutes convaincues qu'il ne me servirait jamais, et en aucun cas on ne m'aurait laissée approcher des gardes pour tester mes talents sur eux.

Ma réussite m'étonne moi-même. Il a atterri si lourdement que le plancher a vibré. L'incident met fin au chaos et j'obtiens ce que je voulais : le silence.

Tous me regardent bouche bée, l'air encore plus surpris que lorsque je leur suis apparue hier. Je n'ai pas la naïveté de croire que je suis la plus forte ou la plus douée au combat dans cette salle, mais il est clair qu'ils m'ont sous-estimée. La vie dans la Tour m'a fourni quantité de compétences que j'avais toujours crues inutiles, mais je commence à changer d'avis.

Merci, Vivian.

– Bon, je suppose que tout le monde est calmé ? dis-je en arpentant le petit cercle où le grabuge s'était déclenché.

L'homme se relève en me jetant un regard penaud, avant de tendre la main à celui qu'il a frappé. Côte à côte, ils regagnent leurs camarades, ayant oublié leur contentieux.

Ça me déstabilise de me trouver au milieu de la foule, dans une tension presque palpable. Mais il est trop tard pour reculer.

Alors je reprends mon discours là où je suis, avec la sensation que de l'électricité court dans tout mon corps. Cette fois, je n'ai plus besoin de me mettre à la place de Vivian.

– À mon arrivée hier soir, j'ai appris votre nom collectif, les Libéréveurs. Vous avez consacré votre vie à ma libération. La question que je me pose, c'est le sens qu'a cette liberté, si je dois me retrouver prisonnière ici. Est-ce que vous vous êtes battus pour ma liberté physique ? Pour que je puisse vivre et me déplacer parmi vous ? Ou pour ma liberté morale ? Celle d'aimer qui je veux, d'agir selon mes convictions et de vivre comme je l'entends ? Pour quoi vous êtes-vous battus exactement ?

Je leur laisse le temps de me répondre.

Mais personne ne se manifeste.

J'arrête de marcher de long en large et je remarque que Bram s'est rapproché, de même qu'Helena, Chubs et Saunders. Son regard me transperce.

– Je n'ai jamais demandé à personne de se sacrifier pour moi, rappelé-je en me frappant la poitrine. Pourtant, beaucoup parmi les Libéréveurs l'ont fait. Comme mon père l'a fait, non pas une fois mais deux. On devrait me laisser en faire autant pour quelqu'un que j'aime, parce que c'est mon droit. Ma liberté.

J'en vois quelques-uns baisser le nez.

– Je ne vous demande pas de vous joindre à moi. Après tout ce que vous avez déjà donné, je ne peux pas vous demander cela. Personne ne doit se sentir obligé de m'aider. Mais la moindre des choses est que je vous informe de *mes* plans pendant que vous faites avancer les vôtres. Je ne sais pas comment, mais je retournerai à la Tour et je n'en repartirai pas sans celui qui m'a donné la vie.

Des bouches s'ouvrent pour parler, mais rien ne sort. Les uns baissent la tête, d'autres se mordent les lèvres ou fixent leurs pieds. Je comprends parfaitement leur confusion, leur hésitation. Ils ont passé des années à attendre mon arrivée, à espérer que je leur apporterais des réponses. Ils ont rêvé de ma venue, ils ont mis toutes leurs forces à me faire sortir de la Tour dans l'espoir de réparer le désastre que l'EPO avait fait de leurs vies. Mais peut-être n'avaient-ils jamais vraiment compté réussir. Jusqu'ici, tout était resté incertain. Et soudain, du jour au lendemain, ils doivent changer d'objectif pour passer à la suite.

J'aurais voulu avoir plus à leur offrir que mon désir de retrouver mon père.

Tout à coup, une voix rompt le silence.

– On ne te laissera pas tomber, Ève, déclare Bram. Ni maintenant ni jamais.

Toutes les têtes se tournent vers lui.

– Notre avenir est lié à toi, ajoute Helena. Oui, nous voulons qu'ils paient, mais tu es notre sauveuse. Notre devoir est de rester à tes côtés et de servir ta cause.

– Je ne changerai pas d'avis, dis-je. Je retourne chercher mon père.

– Je suis assez âgée pour me souvenir de tes parents, reprend Helena en s'avançant pour gagner le cercle qui s'est créé autour de moi. C'étaient des gens bien. Ton père et toi, vous devriez être réunis. Ils n'ont pas le droit de continuer à vous séparer.

Ces paroles attisent une flamme en moi. Je n'ai plus aucun doute sur ce que j'ai à faire.

Et je ne suis pas la seule. Les murmures de désapprobation se sont tus, remplacés par une sorte de vibration dans l'air. La vibration du changement. La vibration d'une foule qui refuse de continuer à vivre dans la contrainte.

– Retournons dans la Tour, lancé-je en parcourant la salle du regard pour les inclure tous. Retournons dans la Tour, retrouvons mon père, et surtout faisons comprendre à ces salauds qu'on ne JOUE PAS avec nos vies. Nous les renverserons, et nous les regarderons tomber avec joie.

Les acclamations sont immédiates.

– Pour Ève ! tonne Bram en levant le poing.

Puis il se met à tourner autour de moi en répétant le slogan en boucle, frappant le sol en cadence. Helena tape du pied par terre et toute la salle se met à les imiter.

Le plancher tremble sous nos pieds. Les gens crient « Pour Ève ! » en applaudissant ou se martelant la poitrine.

Mais je sais que ça ne s'adresse pas réellement à moi. Ils agissent pour eux, pour nous, pour tous ceux qui sont ou qui ont été de ce monde. Parce que la vie mérite le respect, et que personne n'a le droit de l'accaparer.

Puis une voix se met à résonner, une sorte de fredonnement qui monte et descend dans une délicieuse mélodie, qui devient une chanson bientôt reprise par des dizaines de voix, tandis que tous les autres continuent à taper des mains et des pieds.

Quand le ciel s'obscurcit
Notre cœur nous fut pris
Et nous laissa en sang
Dans un monde mourant

Nous n'avions plus d'espoir
Mais malgré les jours noirs
Jamais ils ne pourront
Voler notre chanson

L'énergie enfle dans la salle et je suis de nouveau frappée de constater la force du symbole que je représente pour eux. Mais jusqu'ici, je symbolisais l'espoir. Et voilà que, brusquement, je représente la résistance.

15 / ÈVE

Les Libéréveurs n'ont rien perdu de leur ardeur lorsque je quitte la salle un peu plus tard. Ils sont tous d'accord avec moi qu'il est logique de retourner à la Tour, ou du moins ils me comprennent, mais nous n'avons pas encore discuté de la manière de mettre en œuvre nos plans respectifs. Cela demande mûre réflexion, or nous avons peu de temps devant nous. Qui sait ce que l'EPO est en train de faire à ceux qui ont été qualifiés de traîtres – mon père, mère Kadi et Hartman ?

Nous avons décidé de nous retrouver le soir après avoir mis à plat tout ce que nous savons sur la Tour. Les Libéréveurs l'ont déjà fait pour me faire sortir, mais je peux maintenant ajouter mes connaissances à celles de Bram et de Saunders, bien qu'il ait pu y avoir du changement depuis mon départ. Par exemple, je serais étonnée que les Mères aient gardé le même train-train maintenant qu'elles n'ont plus à s'occuper de moi.

À beaucoup d'égards, j'en sais moins que quiconque sur ce qui se passe là-haut. Ce que je prenais pour le monde en baissant les yeux depuis l'À-pic n'était qu'un vaste panneau constitué de milliers d'écrans activés pour me leurrer. Mais il est toujours possible que je remarque quelque chose qui aurait échappé aux autres. C'est ce que j'espère, et je me sens plus remontée que jamais.

– Ça s'est mieux passé que je ne l'aurais cru, me dit Bram à mi-voix tandis que nous nous éloignons dans les couloirs.

À la fin du rassemblement, il a proposé de me raccompagner jusqu'à ma chambre, ce que j'ai accepté avec joie car je suis incapable de m'orienter. Je me suis quand même demandé si je pourrais un jour me passer de chaperon.

– Ce n'est qu'un début, dis-je en haussant les épaules. Mais c'est plutôt encourageant.

– Le début, c'est le plus important, me répond-il en rosissant. Regarde, nous...

Nous... Mon cœur palpite dans ma poitrine.

– On a mis des années à en arriver là, poursuit-il. Les fondations sont tellement solides qu'on peut, enfin...

Il détourne les yeux pour fixer ses pieds qui foulent le sol humide.

– Je ne suis pas sûre de te suivre.

Sans savoir pourquoi, j'ai envie de rire, tout à coup.

– Tout ce que je veux dire, c'est qu'on obtient parfois de meilleurs résultats en prenant son temps qu'en fonçant tête baissée.

Hélas, nous sommes déjà arrivés à ma porte, et je regrette que le trajet n'ait pas été plus long. Je prends la clé que m'a remise Bram pour la glisser dans la serrure mais elle se bloque quand je la tourne. Il m'a expliqué qu'il y avait un coup de main à prendre – il faut faire un quart de tour puis tirer légèrement sur la clé – mais, visiblement, je n'y arrive pas. J'essaie de la remuer dans la serrure mais rien n'y fait.

– Attends...

Bram passe la main sous la mienne et j'oublie de respirer.

Il débloque la clé aussitôt, mais nos mains restent repliées dessus sans bouger.

Je détache doucement la sienne et je la garde dans ma paume. Je veux en absorber chaque détail – chaque sillon, chaque tache de rousseur, chaque petite cicatrice. En relevant les yeux, je le vois qui sourit en regardant nos mains.

Et nous restons ainsi tous les deux immobiles, à savourer cet instant sans en perdre une miette. Soudain je me rends compte qu'il me voit, qu'il me voit vraiment, avec ses propres yeux et plus ceux de Holly. Ça ne m'était jamais venu à l'esprit, et je me demande si je lui parais différente de près. S'il n'est pas déçu. Mais d'après son expression, il semble que non. Le fait de le regarder en train de me regarder me donne la sensation de découvrir des aspects de moi que je ne connaissais pas. La petite lueur qui danse dans ses yeux est assez enivrante.

Je ne veux pas qu'il s'en aille. Je veux qu'il reste là, pour continuer à le regarder et qu'il continue à me regarder.

Je glisse un coup d'œil dans ma chambre par la porte ouverte avant de replonger les yeux dans les siens, et tout mon corps s'enflamme.

– Ah ! Vous êtes là !

Chubs fait exploser notre bulle en surgissant dans le couloir.

– Je me demandais si tu n'aurais pas envie d'un verre, Bram. Morris a bidouillé de la « vodka ». C'est sûrement dégueulasse, mais ça peut pas être pire que les algues.

Le temps qu'il s'approche, nous nous sommes lâché les mains.

– Euh… fait Bram en le regardant comme s'il n'avait pas enregistré un mot de ce qu'il a dit.

– Ah, au fait, Ève, vous avez été géniale ! reprend Chubs dont le visage s'épanouit dans un éclat de rire. La façon dont vous avez dégommé Hobbs ! Sérieux ! Vous devez être sacrément fière de votre coup !

Il fait mine de balancer quelqu'un par-dessus son épaule et ajoute une manchette de karaté dans la foulée.

Je ris poliment.

– Assez, oui.

Puis il fronce les sourcils en nous regardant tour à tour. Nous ne faisons pas beaucoup d'efforts pour cacher qu'il a interrompu quelque chose. Bram est devenu muet, je réponds par monosyllabes et nos postures sont assez raides.

– Alors, tu viens ? demande Chubs à Bram sans saisir la perche.

Bram hoche la tête et se retourne pour partir à contrecœur.

– Bonne nuit, Ève, lâche-t-il avec une petite toux sans réussir à me regarder en face.

– À d'main ! me lance Chubs avec un clin d'œil.

Il donne une grande claque dans le dos de Bram en s'éloignant, avant de lui prendre le cou en tenaille.

– Ouais... Bonne nuit, dis-je.

J'entre dans ma chambre en prenant soin de refermer ma porte. Je suis seule, et le silence est assourdissant. Je suis seule et je me sens perdue. Je suis seule et tout ce que je voudrais, c'est que Bram soit là.

Notre amitié n'est pas nouvelle, mais l'énergie particulière qu'il y a entre nous est montée de plusieurs crans depuis mon arrivée ici, jusqu'à devenir presque électrique. Je veux m'accrocher à cette sensation pour voir où ça nous mène. Je me sens incapable de rester seule avec ces pensées.

Je repère une pile de vêtements propres sur une commode, à côté d'une bassine d'eau verdâtre et d'une serviette. Abattue par la déception, je m'approche en traînant les pieds et je me déshabille pour me laver. L'eau fraîche me fait du bien et les vêtements de rechange sont moins humides que les miens. Mais mon agitation et ma frustration ne sont pas retombées.

J'ai déjà passé une éternité en haut d'une tour à attendre que d'autres décident de mon destin. Je ne vais pas recommencer, coincée dans cette chambre. Je ne vais pas laisser ma vraie vie me filer entre les doigts quand j'ai enfin l'occasion de la vivre. À mon tour de prendre les choses en main. Où est l'intérêt de se brider, de taire ce qu'on pense et de réprimer ses besoins ?

Je dois me rappeler qui je suis et foncer. Après tout, j'ai pris le contrôle de cette salle et capté l'attention des gens tout à l'heure.

J'en suis capable.

Ragaillardie, je me dirige vers la porte d'un pas résolu, je l'ouvre énergiquement et je me trouve nez à nez avec Bram, la main prête à frapper à la porte.

On écarquille les yeux tous les deux et je retiens mon souffle. Moi qui ai tant de choses à lui dire, je réalise que son retour dit déjà tout ce qu'il y a à dire. Et nous avons assez parlé comme cela.

Je l'attrape par le revers de son blouson et je l'attire dans ma chambre en refermant la porte.

On tombe dans les bras l'un de l'autre, nos bouches se rencontrent, nos corps entrent en collision. C'est nouveau, et maladroit, mais quoi d'étonnant ? Je n'ai jamais accompli ces gestes autrement qu'en les répétant dans ma tête. Je lui mordille la langue. Il tressaille, surpris, puis sourit et continue en ralentissant le rythme.

Je suis insatiable. Je le veux. Tout mon corps le veut. Mes mains glissent sur ses épaules, le long de son dos, frôlent ses fesses et ses cuisses. Je m'interromps pour savourer ses baisers tandis que sa bouche papillonne sur mon oreille et descend le long de mon cou. Tous mes poils se dressent sur ma peau alors qu'il s'empare de chaque cellule, de chaque atome de mon être.

Il s'est emparé de moi tout entière.

J'ai les mains qui tremblent. Le désir qui m'envahit est puissant, électrique, ravageur. Je me sens emportée par la passion, mais j'ai peur, aussi. Alors qu'on m'a tant parlé de ce moment, de cet acte qui devait être un motif de réjouissance pour des millions de personnes, nous le vivons rien qu'à deux. Et d'une certaine façon, cette intimité le rend encore plus solennel, plus important.

Bram m'enveloppe dans ses bras et me regarde dans les yeux.

– Ça va ? me demande-t-il.

J'hésite.

– Ève, dit-il en déposant un baiser sur mon nez. Rien ne presse. On n'est pas obligés d'aller plus loin maintenant. On a les fondations, tu te souviens ?

Ses yeux sont pleins de tendresse tandis qu'il me sourit, et je souris à mon tour.

– Bram ?

– Oui ?

– Allons-y, dis-je dans un murmure avant de l'entraîner vers le lit en posant ma bouche sur la sienne.

– Tu es sûre ? demande-t-il d'une voix une peu instable.

Prenant sa ceinture, je fais glisser le cuir lentement dans la boucle en métal. Puis je défais les boutons en retenant mon souffle.

16 / **BRAM**

J'ouvre lentement les yeux. Il fait noir. Il fait toujours noir ici.

Je cligne des paupières pour me réveiller, mais cette sensation d'émerger d'un sommeil réparateur est totalement nouvelle. Je n'avais pas dormi aussi bien depuis… Pas la peine de se mentir, je n'ai jamais aussi bien dormi !

Le carillon d'une horloge se glisse dans les couloirs de la Tanière jusqu'à mes oreilles. Après toutes ces années, ces chronomètres d'un autre temps continuent de remplir loyalement leur devoir.

Elle ne sonne qu'une fois. Une heure du matin ? C'est dingue, j'ai l'impression d'avoir dormi toute une nuit.

Je referme les yeux et je m'apprête à rouler sur le côté, quand une petite voix grogne doucement à côté de moi.

Ève.

Je sens son bras sur ma taille, alourdi par le poids de ses rêves, et mon cœur s'arrête de battre. J'allume la petite lampe électrique posée sur la table de chevet. À sa lueur, je reconnais les dorures sur les murs, les panneaux de bois gravés de la chambre d'Ève.

La soirée défile dans ma tête et je ne peux pas m'empêcher de sourire. Je revois chaque minute des instants que nous avons partagés. Maladroits, nerveux, heureux, euphoriques.

L'événement que le monde entier attendait ne s'est clairement pas déroulé comme chacun l'imaginait. Moi moins que quiconque !

Mes mains tremblent, l'adrénaline court dans mes veines. Les images se bousculent dans ma tête et je suis cent pour cent réveillé.

Sa peau. Sa bouche. Ses jambes. Sa sueur. Je voudrais ne rien oublier, conserver toutes ces images pour toujours et qu'elles restent aussi nettes et aussi vivaces qu'au premier jour, mais ce sont déjà des versions diluées du moment vécu. Sans doute que rien ne peut se comparer à ça.

Jamais.

Je compte jusqu'à dix en respirant lentement.

Bon, on se calme, Bram.

Je finis par m'apaiser. Mes mains ne tremblent plus. La tension, l'excitation se dissipent. Nue, Ève se tourne dos à moi dans son sommeil. Dans son mouvement, j'ai le temps de la voir sourire et je comprends qu'elle rêve. Détendue. Heureuse. Comme moi.

Elle dormait comme ça autrefois, il y a longtemps. Avant qu'on ne se mette à parler de Potentiels et de repeupler le monde. Allongé à côté d'elle dans le silence de la nuit, je revois sa chambre dans le Dôme les nuits où ma Holly restait dormir avec elle. On restait éveillées jusqu'au « lever du soleil », qui se produisait selon le bon vouloir de l'EPO. On partageait des secrets, on s'en fabriquait de nouveaux. Ces séances étaient les plus fructueuses de toutes pour Vivian et pour mon père car elles leur donnaient des connaissances utiles pour mieux la manipuler ensuite. Pour nous deux, elles créaient un lien indestructible, plus fort et plus réel que celui qui l'attachait aux Mères.

Elle soupire dans son sommeil. Je me rappelle la première fois que Holly et elle se sont touchées. « On peut se tenir la main ? » m'a-t-elle demandé d'un air parfaitement innocent. Nos cœurs n'en ont pas moins palpité et le sentiment de l'interdit a fait monter l'adrénaline. Le contact a créé une perturbation dans les rayons d'énergie de la Projection de Holly, et le bout de nos doigts s'est chargé d'électricité statique.

Ce fut notre dernière soirée pyjama. Puis les nuits d'Ève sont devenues plus agitées, troublées par des cauchemars, des terreurs nocturnes, des crises de somnambulisme. Lors de ces périodes, sa porte était fermée à clé.

Ève ramène le drap sur sa poitrine, découvrant son dos.

Cette vision me fait rire doucement. C'est plus fort que moi.

Je détourne la tête pour tâcher de retrouver mon sérieux… mais il faut que ça sorte.

Plus je me retiens, plus le rire exige de s'échapper.

Merde, merde, merde…

Je ne peux *pas* rire. Mais ça bouillonne.

Et je ris.

Ça sort sous forme d'un petit ricanement réprimé, ou d'un éternuement étouffé, et mon corps est secoué par de petits soubresauts.

– Qu'est-ce qu'il y a ? demande Ève en se tournant à demi vers moi.

– Rien, rien.

Puis elle se tourne entièrement et découvre mes yeux larmoyants.

– Tu pleures ?

Je laisse exploser un rire de gorge qui résonne sous les lambris.

– Non ! Non ! Désolé ! Je… Je ne sais même pas pourquoi je ris, dis-je en me couvrant le visage.

C'est n'importe quoi.

Elle doit me prendre pour un dingue.

Je la regarde en écartant les doigts. Elle se rend compte qu'elle montre un peu plus de peau nue qu'elle ne le pensait et se recouvre.

– C'est à cause de moi ? me demande-t-elle, soudain gênée.

Allez, reprends-toi, Bram !

– Pas du tout.

Je ne ris plus. Je suis très sérieux.

– Pardon ! Je viens juste de réaliser où j'étais. De me rendre compte de tout ça. De *nous* ! La vie est totalement absurde !

– Absurde ?

– Oui, enfin. Ce qui s'est passé hier, quoi.

– Absurde.

– Tu comprends ce que je veux dire.

– Euh, j'aurais peut-être pensé à d'autres mots en premier. Magique, peut-être ? Merveilleux ? Incroyable…

– Unique. C'était unique, Ève.

– D'ailleurs, c'est toi qui es absurde, se moque-t-elle. Et toi aussi, tu es tout nu, au fait.

Je contrôle cette affirmation, qui se révèle exacte.

– Tu crois qu'il y a de la place pour deux dans ton petit coin ? demandé-je d'un ton taquin pour négocier une place dans le cocon qu'elle s'est aménagé.

– Non, fait-elle d'un air espiègle.

Elle tire sur le drap pour me découvrir et glousse tandis que je me bats pour en récupérer un bout.

– Qui est-ce qui rit maintenant ? dis-je en roulant sur elle avant de la ramener au-dessus de moi.

La lampe clignote et, dans ce furtif moment d'obscurité, nos bouches se trouvent.

Encore ?

Elle lâche le drap, qui glisse, et nos peaux tièdes se retrouvent à leur tour.

Encore...

Il y a moins de maladresse cette fois-ci.

Plus d'intensité.

Nous ne nous lâchons pas des yeux un seul instant, puis nous restons allongés sans bouger dans notre monde sous le monde.

– Bonjour, dis-je doucement en lui tendant une tasse lorsqu'elle se réveille.

– Du café ? demande-t-elle avec espoir.

– Pas tout à fait.

Elle s'assoit et jette un coup d'œil dans la tasse, remplie d'eau chaude sucrée.

– Bah, au moins ce n'est plus des algues, dis-je en buvant une gorgée.

– Tu m'as encore observée ?

– Ouais. Tu bavais dans ton sommeil.

Elle me lance un oreiller et je prends un air indigné.

On rit, puis le silence retombe et je n'entends que le bruit amplifié de ma déglutition, comme si l'eau douceâtre coulait en cascade dans ma gorge.

Je pose ma tasse.

– Ça va ? s'inquiète-t-elle.

– Moi ? Oui ! Et toi ?

Elle hoche la tête, mais je ne suis pas sûr qu'elle soit sincère.

C'est nouveau pour moi de ne pas parvenir à déchiffrer Ève. Après des années passées à gérer ses émotions, à étudier son langage corporel, à apprendre à traduire chaque nuance de ses expressions, je me retrouve démuni, comme si elle avait changé en une nuit.

Peut-être qu'on a changé tous les deux.

– Tu as des vêtements de rechange là-bas. Enfin, ils sont humides, comme tout le reste, mais ils sont propres.

Je désigne le petit panier qui a été rempli d'un assortiment de tenues pour elle.

Ève s'enveloppe dans le drap, se lève. Le drap s'accroche à la colonne du lit et tombe en la laissant nue au milieu de la salle.

Détournant aussitôt les yeux, je l'entends qui le ramasse et tente de se recouvrir en marmonnant. Elle finit par se résigner à aller se cacher derrière le trône.

Je ne peux pas me retenir de rire.

– À vrai dire, je ne suis pas certain qu'une reine se soit déjà cachée derrière son trône. Encore moins toute nue.

Elle rit à son tour, d'un rire spontané qui est le plus joli son qui soit.

– Tu peux sortir de là, je ne regarde pas.

– Au point où on en est, tu peux y aller. Ce n'est pas comme si tu ne m'avais pas déjà vue.

Et elle sort de derrière le trône, les joues en feu, avec le même sourire de rebelle que je n'ai vu sur ses lèvres que lorsqu'elle s'apprêtait à faire une bêtise sur l'À-pic.

Elle se campe devant le panier de vêtements, mais ses mains s'attardent sur l'osier.

– Qu'est-ce qu'il y a ?

– En fait, beaucoup de gens ont déjà dû me voir comme ça, dit-elle en observant son corps nu dans l'un des miroirs anciens qui couvrent le mur du fond.

– Tu as été filmée toute ta vie, c'est vrai, mais ton intimité était protégée par un protocole très strict.

– Toi, tu avais déjà vu… ?

– Non, je ne t'ai jamais vue nue. Jamais. Les seules à t'avoir vue nue sont les Mères, quand elles te lavaient et t'habillaient.

Elle enfile ses nouveaux vêtements : une combinaison grise et un vieux pull en laine. Je vois qu'elle réfléchit, mais je ne peux que spéculer sur l'objet de ses réflexions.

– Tu veux qu'on parle d'hier soir ?

Je ne sais pas pourquoi je lui ai posé cette question. Plus qu'à espérer qu'elle va me répondre non ! En parler, ça veut dire y *penser*, et si elle commence à faire ça, elle risque de se dire qu'elle a commis une erreur monumentale.

– Et toi ? demande-t-elle.

– Euh, ouais !

Merde, je ne sais pas non plus pourquoi j'ai dit ça.

Un silence s'ensuit, que je me sens le devoir de briser.

– Écoute, dis-je, si tu penses qu'hier était une erreur et que tu préfères tout oublier, je comprendrai très bien. C'était une journée particulière pour tout le monde, mais encore plus pour toi. C'est normal de se laisser entraîner par l'excitation du moment. Je comprends. N'en dis pas plus. Il ne s'est rien passé.

Et je fais le geste de me sceller les lèvres.

Ève me dévisage, puis secoue lentement la tête.

– Tu dis vraiment n'importe quoi dès que tu ne peux plus te planquer derrière Holly.

Elle a raison. Holly me donnait la liberté de franchir les limites auxquelles moi, Bram, je me tenais.

– Alors… tu ne veux pas oublier ?

Elle sourit.

– Non. Je veux me souvenir d'hier soir pour toujours.

Revenant vers moi, elle m'enlève ma tasse et la pose sur la table de chevet pour me prendre les mains.

– C'était un moment unique, rien qu'à nous. Mais il vaudrait sans doute mieux que ça reste entre nous.

« Nous ». Elle vient de nous appeler « NOUS » !

– Ça te va ? me demande-t-elle.

– Évidemment !

– Avec tout ce qu'on a sur les bras, je ne voudrais pas qu'on se laisse distraire de ce qu'il y a à faire. Tu en as fait plus pour moi que n'importe qui. Personne ne pourra jamais comprendre ce qu'on a traversé ensemble. Rien que nous.

– Rien que nous, dis-je.

Elle pose la tête sur ma poitrine et on savoure un petit moment de silence.

Jusqu'à ce qu'un poing s'abatte lourdement sur la porte.

– Salut, les amoureux ! nous lance Chubs à travers la paroi.

Ève soupire.

– Ce « rien que nous » n'aura pas duré longtemps.

17 / MICHAEL

Le calme règne dans le couloir en béton. On n'entend que les murmures à peine audibles des quatre pilotes qui chuchotent dans leur dortoir. Ils ont été renvoyés dans leurs quartiers jusqu'à nouvel ordre. Leurs compétences ne sont pas requises pour le moment.

En l'absence d'Ève, Holly est devenue superflue.

Depuis son enlèvement – ou sa fuite, selon les points de vue –, le soupçon empoisonne l'air de la Tour. Une intrusion y est pratiquement impossible, sans parler d'en faire sortir Ève. Ce qui soulève une question : d'autres membres de l'EPO étaient-ils dans le coup ? Les deux traîtres identifiés, Hartman et Bram, ayant tous deux été pilotes dans l'escadron H, il paraît logique que Mlle Silva et le professeur Wells portent leur attention sur les quatre autres : Locke, Jackson, Kramer et Watts.

Pour être honnête, la perspective de devoir mettre l'un ou l'autre de ces hommes aux arrêts n'a rien pour me réjouir. Ils sont hautement entraînés et connaissent la Tour comme leur poche. Depuis que nous avons perdu Ève, l'atmosphère est tendue, la confiance dans nos mesures de sécurité en a pris un coup, et il ne nous manquerait plus qu'un conflit interne.

La situation pourrait-elle dégénérer ?

Le professeur Wells n'a pas l'air de l'exclure, à en juger par les ordres que nous avons reçus : « Arrêtez tous les pilotes et placez-les en détention pour les interroger. Faites usage de la force en cas de besoin. Non létale. Pas de dérapage. »

Super.

En arrivant près des chambres, je déroule un mince carré de film que je colle contre le mur.

Trois, deux, un…

Le mur devient transparent et nous scrutons la pièce qui se trouve derrière, sans être vus par ceux qui s'y trouvent.

– Jackson et Locke, dis-je dans ma visière.

– On a un visuel sur Kramer et Watts, répond la voix d'Hernandez dans mon oreillette.

Après avoir échangé quelques signaux de la main, notre escadron se sépare en deux, trois hommes devant chaque porte. Les jumeaux Murphy avec Hernandez devant la porte d'à côté, Franklin et Reynolds avec moi.

Une fois que nous sommes tous en position, je lève le bras en serrant le poing. C'est la commande de l'extinction des feux. Les gardes ultimes règlent aussitôt leurs visières sur vision nocturne, tandis que les chambres et le couloir sont plongés dans le noir.

Ma visière éclaire mon visage d'une lueur verte qui perce l'obscurité et me révèle les alentours.

– C'est quoi, ce bordel ? lance la voix de Jackson de l'intérieur.

– Coupure de courant ? demande Locke, son équipier.

– Va voir dans le couloir ! grogne Jackson.

C'est le moment. Mon cœur s'emballe. J'aurais quand même préféré que Ketch soit là pour superviser l'opération.

La porte s'ouvre en coulissant et une tête apparaît dans le couloir obscur, à dix centimètres de moi.

Grâce à l'énergie thermique émise par son corps, je vois Locke comme en plein jour. Lui ne voit rien du tout, à en juger par ses pupilles dilatées et la façon dont il scrute le couloir en écarquillant les yeux.

Je profite de cette cécité sans une seconde d'hésitation.

Il me suffit de poser l'index sur sa tempe. La décharge électrique émise par mon gant pacifiant, appliquée sur un point aussi vulnérable, lui fait perdre conscience instantanément et Franklin rattrape son corps inerte avant qu'il ne heurte le sol.

– Alors ? retentit la voix de Jackson de l'intérieur. Ça vient, l'éclairage de secours ? J'y vois que dalle.

Je me glisse sans bruit dans la chambre. Je ne tiens pas du tout à ce qu'il...

– Aaaah !

Une explosion de lumière m'a fait hurler de douleur.

– Vous êtes qui, vous ? gronde Jackson.

Retirant vivement ma visière, je le découvre qui se dresse devant moi en braquant une lampe torche sur mon visage.

– Vous êtes en état d'arrestation. Restez où vous êtes, dis-je d'un ton faiblard assez pitoyable.

– Tu nous arrêtes ? Sur l'ordre de qui ?

– Mlle Silva. À genoux, Jackson.

– Et Locke, il est où ?

Je tourne la tête vers la porte.

WHAM !

Sa torche s'abat sur mon crâne. J'écarte les doigts en éventail pour charger mon gant pacifiant pour une frappe paralysante et je lève le bras, mais il le repousse et me projette son poing dans la mâchoire. Il y a un craquement.

– Re-recule, crachoté-je.

Mais Hernandez a déjà bondi dans la chambre. Il n'a rien à envier à la force brute de Jackson et le plaque contre le mur.

Je m'accroupis pour poser le doigt sur sa colonne vertébrale. Tout son corps se raidit dans une secousse, puis il s'écroule, inconscient.

– Merci, dis-je dans un souffle à Hernandez. Où sont les autres ?

– Ils sont venus sans faire d'histoires, me répond Ewan Murphy.

Et, en effet, je distingue les silhouettes de deux hommes de l'autre côté du mur.

– T'as pas choisi la bonne chambre, on dirait, s'esclaffe Finn Murphy.

Je hoche la tête en frottant ma mâchoire.

– Bon, descendons-les à l'étage de détention avant que celui-là se réveille, dis-je en enjambant Jackson.

Nous pénétrons dans l'air frais de l'étage de détention. Les murs n'ont pas eu droit à la déco graphique chic des étages supérieurs. Rien que de l'acier et du béton enduit. Les gens qui entrent ici en ressortent rarement.

Cette pensée me donne la chair de poule quand je songe que j'ai bien failli me faire escorter ici, moi aussi.

Merci, Ketch. Notre mère lui a fait promettre de veiller sur moi quand on a signé pour l'EPO, et on peut dire qu'il a tenu parole.

– Des cellules séparées ? me demande Hernandez quand nous arrivons aux cellules.

– Non. Mlle Silva veut qu'ils soient regroupés.

Jackson, dont nous tirons le gros cul sur le béton brut, émet un grognement.

– Innocent, marmonne-t-il en reprenant lentement conscience.

– Si c'est le cas, tu ressortiras de là pour retourner là-haut en un rien de temps, dis-je en m'arrêtant.

Derrière la paroi entièrement vitrée du couloir, il y a une cellule vide. Retirant mon gant pacifiant, je pose la main sur une petite surface où le verre est dépoli. Elle réagit aussitôt en détourant ma main d'une lumière rouge.

Puis elle clignote en passant au vert.

Accès accordé.

La cellule se met à luire à son tour pour se préparer à recevoir des prisonniers.

Un long rectangle se dessine sur le verre, révélant les contours de l'entrée, et la porte s'ouvre.

– Entrez, ordonne le garde Ewan Murphy.

Les pilotes obéissent sans discuter. Ce serait inutile. Même s'ils parvenaient à nous échapper, ils ne pourraient pas sortir d'ici.

Ils entrent d'un pas lourd et la paroi de verre se referme hermétiquement tandis que le panneau de verre dépoli affiche la présence de quatre prisonniers.

– Il va se passer quoi maintenant ? s'inquiète Locke.

– Vous allez être interrogés, lui répond la voix froide de Mlle Silva.

Faisant volte-face, nous la voyons arriver entre deux agents de sécurité aux visages masqués derrière des visières dépolies.

Nous nous mettons au garde-à-vous.

– Repos. Bon travail, Garde ultime.

Les pilotes explosent dans un concert de protestations déformées et entrecoupées par l'intercom.

– Insonorisation, commande Mlle Silva.

Le silence se fait instantanément. Les prisonniers continuent à s'agiter pour clamer leur innocence derrière la paroi, mais nous n'entendons plus rien.

– Turner, allez chercher Hartman, me commande Mlle Silva sans même m'accorder un coup d'œil.

– Le traître, mademoiselle Silva ?

– Vous avez entendu l'ordre, aboie l'un de ses deux gardes.

Je rêve.

Je fais signe à Reynolds de m'accompagner et nous nous éloignons.

Nous n'avons pas besoin de nous regarder pour savoir que nous pensons la même chose : ça va saigner. Vivian Silva ne débarque pas à l'étage de détention sans une raison sérieuse. Ça cache forcément quelque chose. Et elle vient juste de coller tout son escadron de pilotes dans une prison de haute sécurité. C'est clair, il se passe un truc.

On longe les cellules vides plongées dans le noir jusqu'à l'extrémité de l'étage, illuminée par la lumière blanche et crue qui se déverse des cellules occupées.

Dans la plus proche se trouve un homme âgé.

En réaction à notre présence, la paroi de verre affiche automatiquement les données qui le concernent.

NOM ERNIE WARREN
CRIME TRAHISON, TENTATIVE D'ENLÈVEMENT, ÉVASION
PEINE EN ATTENTE

Assis sur une chaise au centre de la cellule, il grimace de douleur. J'ai un pincement au cœur en le voyant recroquevillé sur son moignon. Il a perdu son bras le jour où mon frère a eu son accident. Il s'est passé beaucoup de choses ce jour-là.

Nous repartons vers le flot de lumière suivant.

NOM MÈRE KADI
CRIME TRAHISON, CONSPIRATION, COMPLICITÉ D'ENLÈVEMENT
PEINE EN ATTENTE

La femme qui est enfermée n'a pas mérité ça. Elle a voué toute sa vie à Ève, et voilà comment on la remercie. Ça me fend le cœur de la voir ainsi, assise au bord d'un matelas dur, le regarde fixé sur le mur devant elle. Il émane d'elle quelque chose d'apaisant. Il y a de la sagesse dans ses yeux larmoyants, de l'expérience sur son visage ridé. Cette femme ignore la peur.

Cellule suivante.

NOM HARTMAN
CRIME TRAHISON, CONSPIRATION, COMPLICITÉ D'ENLÈVEMENT
PEINE EN ATTENTE

– C'est notre homme, dis-je à Reynolds.

Hartman est allongé sur sa couchette. Sa poitrine se soulève et s'abaisse lentement. Il dort. J'enregistre ma présence en posant la paume sur le pavé en verre sablé, et la porte s'ouvre pour nous laisser entrer.

– Bon Dieu, ce qu'il fait chaud là-dedans ! murmure Reynolds tandis qu'un air épais nous prend à la gorge.

– Qui êtes-vous ? demande Hartman en se réveillant en sursaut.

– Nous sommes des officiers de la Garde ultime. Vous êtes attendu.

– Attendu ? Par qui ?

Il repousse ses cheveux emmêlés de son visage. Nous lui tendons une paire de menottes, qu'il fixe un instant avant de glisser les poignets dedans. Elles se referment d'elles-mêmes avec un petit cliquetis.

Puis on le soulève par les bras et on le fait sortir de la cellule. Mère Kadi nous voit passer et se lève avec une étrange expression de douceur et de sérénité sur le visage.

Ernie Warren continue à se masser le bras sans se préoccuper de nous, mais je sens le regard de Hartman s'arrêter sur cet homme célèbre qui avait disparu si mystérieusement.

– Il n'est pas mort ! souffle-t-il.

– Il va s'en sortir, dis-je dans un souffle.

Hartman se tourne vivement vers moi et me dévisage d'un air soupçonneux.

– Pour Ève ? articule-t-il silencieusement.

Les battements de mon cœur s'accélèrent. Je n'ai jamais prononcé ces mots, mais après ce que Ketch m'a dit sur la loyauté, je commence à les considérer autrement. Ils ne représentent pas juste le slogan d'un mouvement rebelle. C'est une promesse faite à notre avenir.

– Ici, ce sera très bien.

La voix sèche de Mlle Silva me rappelle brutalement à la réalité. Nous lâchons Hartman devant la cellule où sont détenus ses camarades de l'escadron H.

– Locke, Jackson ! Mais qu'est-ce que vous foutez là ? lâche Hartman avec un fond de panique.

Les autres parlent en montrant leurs oreilles. Ils ne nous entendent pas plus que nous ne les entendons.

– Mais qu'est-ce qu'ils font là ? Ils n'ont rien fait ! Ils n'ont rien à voir avec tout ça, ajoute-t-il d'un ton ferme. Je vous le jure.

– Je vous crois, réplique Mlle Silva avec un sourire crispé qui donne l'impression que les muscles impliqués n'ont pas servi depuis longtemps.

– Alors pourquoi vous les avez arrêtés ?

– Parce que non seulement vous avez joué un rôle essentiel dans l'enlèvement d'Ève, mais le professeur Wells m'a par ailleurs informée que vous étiez la personne la plus proche de Bram. Je veux des informations sur ces « Libéréveurs », et si quelqu'un peut m'en fournir, c'est vous. Quant à votre équipe… disons que leur présence devrait vous y aider.

Hartman ne répond pas.

Je glisse un coup d'œil vers les gardes ultimes, qui restent au garde-à-vous le long du mur du fond. Leurs visages sont impassibles, indéchiffrables, mais leur caboche doit mouliner. Tout comme la mienne, à essayer de décrypter les sous-entendus de Mlle Silva.

Ils n'annoncent rien de bon.

– Mademoiselle Silva, je ne peux pas vous dire ce que je ne sais pas, dit enfin Hartman d'une voix qui commence à trembler.

Au signal de Mlle Silva, ses deux gorilles armés s'avancent pour lui ôter ses menottes et les remplacent par quatre grosses entraves noires aux poignets et aux chevilles, les mêmes qu'ils ont utilisées pour le pauvre commandant Ryan. Lorsqu'elles se sont refermées, l'un des gardes reprend la petite boule noire à sa ceinture et passe le pouce dessus, comme avec Ryan.

Avec un grésillement, les entraves envoient à Hartman une décharge qui prend le contrôle de ses muscles. Un autre coup de pouce et il est pratiquement soulevé de terre, hissé en face de la cellule.

– Je n'ai… aucune… information à vous donner ! crache Hartman malgré la douleur.

– C'est fâcheux. Mais peut-être vos ex-coéquipiers pourront-ils m'aider à vous faire changer d'avis.

Mlle Silva le regarde à peine, comme si elle ânonnait mécaniquement un texte qu'elle a déjà débité des centaines de fois.

Prenant un autre appareil à sa ceinture, le deuxième garde l'attache derrière la tête de Hartman. Sa nuque se raidit et ses paupières sont soulevées par une force invisible.

Il hurle.

Je fais un pas en avant.

Merde. Qu'est-ce que je fiche ?

Les gardes se tournent aussitôt vers moi, en alerte.

– Repos, leur ordonne Mlle Silva. Le garde Turner était juste impatient de passer à sa mission suivante. N'est-ce pas, Turner ?

Je me rends bien compte qu'elle me manipule, mais comme son intervention me tire d'un mauvais pas, j'évite de discuter.

– Bien sûr, mademoiselle Silva.

– Parfait. Dans ce cas, pourriez-vous, je vous prie, régler la cellule pour qu'elle mette fin à l'apport en oxygène des prisonniers ?

Ma poitrine vibre et une lumière orange apparaît à mes pieds avant de dessiner une ligne droite jusqu'à la cellule.

C'est un ordre.

Voilà donc comment l'EPO extorque ses informations.

18 / MICHAEL

Merde.

Je sens tous les regards peser sur moi.

Je voudrais hurler que je n'ai pas le choix tandis que j'avance sur la ligne orange, mais mon visage ne doit pas trahir ce que je ressens, même si mon cœur bat à toute allure.

Mlle Silva est-elle réellement en train de me demander de torturer ses propres hommes ? Ses loyaux employés, qui l'ont aidée à se rapprocher d'Ève tout au long de ces années ?

– Quand vous voudrez, Turner, ajoute-t-elle en croisant les mains derrière son dos.

– Non ! Arrêtez ! Ils n'ont rien fait ! crie Hartman, les yeux larmoyants de devoir rester ouverts pour assister à la souffrance de ses amis.

Je voudrais que le temps s'arrête, juste pour me permettre de réfléchir, d'avoir une idée. Or il me paraît plutôt s'accélérer sous tous ces regards. Celui de Mlle Silva qui attend que je prouve ma loyauté à l'EPO en lui obéissant ; celui de mes camarades qui voient leur chef prêt à exécuter un ordre dont nous savons tous qu'il est inique.

Je pose la main sur le pavé de verre et le système se déverrouille, prêt à recevoir mon instruction.

J'inspire à fond.

– Il y a un problème ? aboie l'un des gardes de Mlle Silva.

– Il n'y a aucun problème, n'est-ce pas, Turner ? répond-elle en souriant tranquillement. Il va maintenant réduire le niveau d'oxygène. Quand vous voulez, Turner.

Je hoche la tête.

Je me tourne vers les prisonniers. Ils ont beau ne pas nous entendre, ils ont compris que les choses se présentaient mal.

J'essaie d'implorer leur pardon du regard.

J'essaie de faire dire à mes yeux que je n'ai pas le choix.

J'essaie, mais tout ça ne sert à rien.

Que je le veuille ou non, je dois me plier à la volonté de Mlle Silva. Je sélectionne les commandes sur le pavé de verre. De l'autre côté de la paroi, les captifs suivent l'opération à l'envers pour essayer de comprendre ce qui se passe.

Je fais défiler les options de la configuration interne : température, éclairage, taux d'humidité, environnement sonore et sensitif – ces cellules sont conçues pour s'adapter à tous les scénarios, à tous les besoins. L'option suivante affiche les conditions d'apport en oxygène et mon cœur s'emballe.

J'enfonce le doigt sur le verre, révélant clairement aux occupants la nature de mon intervention. Même lu à l'envers de l'autre côté de la paroi, mon geste ne laisse pas de doute sur ce qui va se produire.

Locke comprend le premier. Ses yeux s'écarquillent en cherchant vivement les miens, et il remue les lèvres pour transmettre l'information aux autres. Jackson s'avance vers la paroi en bombant le torse.

Il cogne du poing sur le verre, mais ses coups ne font pas un bruit dans le couloir. Il serre les mâchoires en fixant Mlle Silva, qui soupire avec impatience.

– Allez-y, Turner, dit-elle, nullement perturbée par la réaction horrifiée des pilotes.

D'un doigt tremblant, je fais descendre la barre pour réduire le niveau d'oxygène de la cellule.

– Jusqu'en bas, s'il vous plaît, précise Mlle Silva.

Un avertissement s'affiche en clignotant en lettres rouges.

/// ALERTE /// CELLULE OCCUPÉE
NIVEAU D'OXYGÈNE INSUFFISANT

J'effacе l'avertissement.

– Alors, Hartman, reprend Mlle Silva. Quand Bram et vous avez-vous commencé à planifier l'enlèvement d'Ève ?

Elle parle posément, avec détermination.

– Il n'y a jamais eu de plan d'enlèvement, gémit-il en regardant ses compagnons d'un air affolé. Je… J'ai seulement voulu faire ce qui était juste pour elle. Bram ne m'a rien dit de plus que ce que j'avais besoin de savoir !

Mlle Silva prend le temps de méditer cette réponse sous le regard paniqué de l'escadron H. Jackson fait les cent pas comme un lion en cage tandis que Locke l'exhorte à se calmer pour ne pas gâcher d'oxygène.

– Vos amis ont peur. C'est une drôle de chose que la peur, déclare Mlle Silva en prenant tout son temps. Cela fait accélérer très rapidement le rythme cardiaque. En conséquence, le corps réclame plus d'oxygène pour alimenter le cerveau et maintenir les autres organes en vie. C'est assez ironique, quand on songe que la raison même de cette peur est le manque d'oxygène.

– S'il vous plaît, mademoiselle Silva ! s'écrie Hartman. Ce sont des types bien !

– En effet. Ce pourquoi vous devriez faire cesser leurs souffrances. Où les Libéréveurs ont-ils emmené Ève ?

Il frémit.

– Je… Je ne sais pas !

Il tousse. Mlle Silva soupire de nouveau, puis laisse passer encore plus de temps.

– Vous savez que ce n'est pas la privation d'oxygène qui va les tuer ? Non, c'est le dioxyde de carbone qu'ils expirent qui va causer leur perte. En un sens, ils se tuent eux-mêmes et entre eux. Une personne seule qui resterait sans bouger dans cette cellule pourrait tenir environ quarante-cinq minutes avant que son cerveau ne subisse des dommages irréversibles, dommages qui conduiraient à la mort. Mais quatre hommes de cette stature, et en état de stress ? Je dirais qu'ils sont déjà en situation critique.

Hartman tressaille instinctivement pour se libérer. Le garde passe le pouce sur sa boule noire et les entraves se resserrent.

– Hartman… ces hommes, ces pilotes, ne me sont plus d'aucune utilité. Ève n'a plus la même vision du monde. Lorsqu'elle reviendra, lorsque nous la ramènerons, nous n'aurons plus besoin de Holly. Personne ne s'étonnera de la disparition de quatre hommes improductifs, d'autant moins que les derniers événements poussent à s'interroger sur leur loyauté. Leur seul espoir est que vous nous disiez ce que vous savez, Hartman.

Hartman continue à se taire. Il ne se soucie donc pas de ces hommes ? *Dis quelque chose, n'importe quoi !*

Mais soudain, je comprends qu'il est avec eux… un Libéréveur. Pas par désir de nuire à l'EPO, ni parce qu'il se moque de ses camarades, mais parce qu'il croit en Ève. Il croit à la vie qu'elle mérite de vivre et à ce que ça représente pour nous tous.

Son attitude exprime clairement ses convictions, tandis que je reste planté là à ne rien faire, en petit égoïste que je suis.

Puis je chasse ces pensées déloyales, avant que Mlle Silva ne puisse les lire sur mon visage.

L'EPO est l'endroit le plus sûr pour Ève, là où elle doit vivre, me dis-je.

– Si vous croyez que je bluffe, Hartman, reprend Mlle Silva, vous faites erreur.

À cet instant, l'un des prisonniers s'assoit par terre, le dos voûté.

Ça commence.

– Watts ! crie Hartman. Non !

Le pilote agite une main pour chasser ses amis, refusant d'admettre que les premiers effets de l'asphyxie se font sentir.

– Le premier à tomber, commente Mlle Silva avec un calme glaçant. Plus vite les premiers mourront, plus longtemps les autres vivront. À toute chose malheur est bon.

Des larmes coulent des yeux écarquillés de Hartman, injectés de sang. Je donnerais cher pour pouvoir l'aider. Mlle Silva me ferait tuer si elle connaissait les pensées qui courent dans ma tête, *a fortiori* si j'agissais en conséquence.

Hartman gémit, et je vois qu'il est déchiré entre continuer à se taire en regardant mourir ses amis, ou parler au prix de tous nos espoirs.

Un deuxième pilote s'affale sur le sol de la cellule en nous tournant le dos, et tente désespérément de rester à genoux.

– Jackson, commente Mlle Silva. Eh oui, il en faut, de l'oxygène, pour nourrir tous ces muscles.

Comment peut-elle faire ça ? Comment peut-elle regarder ces hommes qui l'ont toujours servie suffoquer sous ses yeux ? C'est insupportable.

– Et si nous mettions un peu de son ? Qu'en pensez-vous, Turner ? ajoute-t-elle en se tournant vers moi.

Ce n'est pas une suggestion mais un ordre, bien sûr. Je me prépare à affronter ce qui va nous assaillir.

Posant de nouveau la main sur la paroi, j'annule l'insonorisation.

Des respirations sifflantes nous parviennent. Allongé par terre, Watts tousse, puis crachote.

– Je ne peux pas vous le dire ! Je… Je ne parlerai pas ! crie Hartman.

J'entends le sens qui se cache derrière ses paroles, ce qu'il vient de révéler malgré lui.

Il ne parlera pas. Donc, il sait.

Le visage de Mlle Silva s'enflamme de colère. Elle a compris, elle aussi.

Mais au lieu d'exploser, elle soupire une fois de plus.

– C'est bien dommage pour vos amis. Gardes, vous pouvez disposer.

Quoi ?

Nous échangeons des regards furtifs.

Disposer ? Elle veut qu'on s'en aille ? Maintenant ?

– Allez ! Vous m'avez entendue. Retour à vos quartiers.

Et elle frappe dans ses mains en se dirigeant vers l'ascenseur, flanquée de son escorte personnelle.

Nous nous alignons derrière elle pour la suivre en marchant au pas, laissant Hartman maintenu en l'air par ses entraves face à la cellule de ses camarades, qui perdent conscience un à un.

Poursuivis par ses supplications, nous montons dans l'ascenseur sous l'œil vigilant des deux gardes. La porte se referme et l'ascenseur s'élève rapidement sans que nous ayons eu droit à plus d'explication, avec la perte de quatre âmes à digérer.

Je m'enhardis à regarder Mlle Silva pour tenter de découvrir ce qui se passe derrière son regard impassible. Elle est plongée dans ses pensées, pendant que sa bouche forme des mots inaudibles et que ses yeux courent rapidement de gauche à droite, comme si elle regardait défiler un paysage derrière la vitre d'un véhicule. Ils s'arrêtent sur moi.

– Souhaitez-vous dire quelque chose, Turner ?

– Non, mademoiselle Silva. Je suis désolé que vous n'ayez pas obtenu le résultat espéré.

Mensonge.

Sa bouche s'étire dans un sourire.

– *C'était* le résultat espéré, déclare-t-elle platement.

L'ascenseur arrive à l'étage de nos chambres. La porte s'ouvre. Les gardes ultimes hésitent à sortir.

– Espéré, mademoiselle Silva ?

– Oui. C'était la première étape, une simple mise en condition pour la prochaine séance. Là, il parlera. Vous pouvez disposer.

Je quitte l'ascenseur en état de choc. Elle a donc envoyé ces hommes à leur mort. Jackson, Locke, Kramer et Watts n'ont jamais été censés ressortir de là vivants.

Je revois les circonstances de leur arrestation. Elle a envoyé la Garde ultime faire le sale boulot.

La voix de mon frère résonne dans ma tête…

« Ce n'est pas de Vivian que tu dois te méfier, mais de Wells. »

Je me demande ce que Wells sait de tout ça. A-t-il donné son accord ? Sûrement pas. Ces pilotes étaient son équipe. Mais dans ce cas, où est-il ? Pourquoi n'est-il pas intervenu ? A-t-il préféré ne pas être présent pour s'épargner l'agonie de ses hommes innocents ?

Nous regagnons nos chambres en silence, en pensant tous à la même chose : la prochaine séance.

19/ÈVE

Nous nous sommes divisés en petits groupes pour réfléchir à une action efficace. Chaque salle, chaque recoin, chaque couloir de la Tanière est peuplé de gens qui échafaudent des stratégies en chuchotant.

Dans la salle de réunion mal éclairée, Bram, Helena, Saunders, Chubs et moi examinons le plan de la Tour étalé devant nous sur la grande table. Helena a étiqueté tous les étages en détaillant leur usage principal : la zone du jardin supérieur et ma chambre se trouvent tout en haut, dans le Dôme. Puis, éparpillées sur la feuille, figurent mes salles de classe et de gymnastique, les salles d'examens médicaux et les laboratoires. Rien que la pensée de ce qui se passe là-dedans me donne la nausée. Quelques étages plus bas se trouve la pièce où se sont tenus mes rendez-vous avec les deux Potentiels, Connor et Diego, rencontres qui ont viré à l'horreur.

Ça me fait drôle de découvrir le petit nombre d'étages auxquels j'avais accès et à quel point je vivais avec des œillères. Je me penche sur les secteurs du bas de la Tour dont j'ignorais tout : les dortoirs des pilotes, la sécurité, les réfectoires, les salles d'entraînement et la Chambre froide – un endroit sinistre dans lequel j'ai appris que des gens étaient entreposés dans l'attente d'une vie après celle-ci. Plus vraiment vivants mais pas encore morts, attendant dans les limbes le moment de renaître. C'est totalement absurde, ce que certains sont capables de faire dans l'espoir de vivre dans une ère meilleure. Mais c'est précisément l'étage qui a permis à Bram de s'infiltrer dans la Tour et je bénis son existence.

J'ai toujours su qu'il y avait une vie qui bouillonnait dans les étages inférieurs, mais j'étais pleine de naïveté sur l'ampleur de leur système. Ma vie dans le Dôme était calme et tranquille. Au-dessous, ça devait être le branle-bas de combat pour faire tourner le projet de Vivian.

Cela dit, en étudiant les plans, il m'apparaît clairement que les connaissances des Libéréveurs sont très incomplètes. De grands pans de papier restent blancs – la plupart des étages, à vrai dire. Lorsqu'on l'interroge, Helena grogne avant d'admettre avec une moue de dépit :

– Pour l'instant, impossible d'entrer en contact avec un seul de nos informateurs dans la Tour. Ils sont injoignables. À croire qu'ils n'existent pas. Ils doivent faire profil bas pour ne pas se faire prendre. Ça ne nous aide pas, mais espérons que leur silence paiera à long terme.

Je me demande si ces zones indéterminées ne sont pas des espaces vides, prêts à être exploités pour nourrir l'illusion de liberté qu'ils comptaient me donner ensuite. Je repense à mon jardin, à ce petit bout d'extérieur où ils m'emmenaient chaque fois que j'avais besoin de m'immerger dans la beauté de la nature, et je me rappelle mon désespoir quand j'ai découvert qu'il ne s'agissait que d'un décor purement factice.

Il est plus que probable qu'ils ont aménagé ces étages dans le même esprit, ou qu'ils avaient prévu de le faire. D'immenses surfaces accessoirisées pour me donner l'illusion de sortir tout en me gardant sous contrôle dans leur cage. Ils ne m'auraient jamais laissée respirer réellement l'air du dehors, ni toucher une terre qu'ils n'auraient pas bêchée eux-mêmes. Dans quels autres endroits factices comptaient-ils encore m'emmener ?

– On n'a pas non plus réussi à découvrir où ils détiennent ton père et Hartman, soupire Helena. Ce n'est pas la première fois que le contact avec nos gars est rompu après une violation de la sécurité, mais c'est la plus longue période de silence radio que nous ayons connue de la part de nos équipes infiltrées dans la Tour. C'est tout à fait logique que Vivian mette l'EPO en mode confinement, mais ça rend ses actions difficiles à anticiper.

– On est sûrs qu'il n'y a aucun moyen d'entrer par le Dôme ? demandé-je.

– Ce serait dangereux de passer par le haut sans savoir vers où se diriger ensuite.

– Mais elle ne s'y attendrait pas, et c'est un secteur que je connais.

– Tu connais ce qu'ils voulaient bien que tu connaisses, rectifie doucement Helena.

– J'en connais plus qu'ils ne le croient ! dis-je en repensant aux fois où je suis allée les espionner en douce. Et le Dôme…

– On vient de dire que ce n'était pas possible, tranche une voix sèche.

En relevant les yeux, je suis étonnée de lire l'exaspération sur le visage de Saunders. Il a l'air épuisé. Nous le sommes tous.

– Je sais, mais…

– Quoi ? me coupe-t-il. Tu penses qu'on va changer d'avis comme ça, par miracle, pour faire les choses comme tu voudrais ?

– Non, c'est juste que…

– On ne pourrait pas faire monter là-haut tout le monde dont on aurait besoin pour limiter les risques. Et, comme Helena vient de le rappeler, on ne sait pas où on met les pieds.

J'ouvre la bouche, mais les mots restent coincés dans ma gorge. Devant son regard incendiaire, je me souviens d'une époque où ce regard était plus doux, au temps où Saunders était l'une de mes Holly.

Ce n'est que dans les dernières années que chaque Holly s'est vu attribuer une fonction et des horaires précis. Holly-oui-oui était ma camarade de cours, une copine avec qui apprendre mes leçons. Holly-je-sais-tout m'accompagnait généralement dans mes activités sportives, ce qui me stimulait chaque fois que j'étais meilleure qu'elle. Et puis il y avait la Holly de Bram, *ma* Holly, dont la mission était de se faire une place dans mon cœur. Elle avait le don de me faire formuler mes pensées comme personne d'autre. Et même si je savais qu'ils s'en servaient, ça ne me dérangeait pas. J'aimais bien lui donner accès à ce que je ressentais.

Mais à l'époque de Saunders, je ne savais jamais quelle Holly allait se présenter ni quand. C'était moins rigoureux. Peut-être qu'il y avait des bugs dans leur système ou qu'il n'était pas encore tout à fait au point, toujours est-il que les choses n'étaient pas aussi lisses qu'elles le sont devenues ensuite. Je me souviens que j'appelais la Holly de Saunders « Holly l'Émotive », et que je l'identifiais à son caractère autant qu'à la forme subtilement arrondie de ses yeux. Elle était plus empathique que les autres et ne savait pas cacher ses sentiments. Je me demande maintenant si ce n'est pas pour ça qu'ils ont mis fin à ses visites. Au fond, les seules raisons d'être des Holly étaient de me tenir compagnie, de me soutirer des confidences et de me mettre des idées dans la tête tout en me persuadant qu'elles venaient de moi. S'il fallait que je me mette à gérer les besoins d'une Holly, ça brouillait tout.

La dernière fois que je l'avais vue, elle était en larmes parce que Vivian nous avait grondées pour je ne sais quelle vétille. Il n'y avait rien de grave, ce n'était pas non plus la première fois – loin de là –, mais on aurait cru que son monde s'écroulait.

J'ai du mal à croire que ses larmes venaient de la personne que j'ai devant moi. Son changement d'attitude me blesse.

– Saunders, lui siffle Bram à l'oreille en lui collant un petit coup de coude dans les côtes. Relax.

Ils se regardent dans les yeux et Saunders fronce les sourcils.

– Nous, on est ceux qui ont eu du bol, Bram, on s'est tirés de ce bazar sains et saufs, reprend-il, me laissant soudain entrevoir la Holly d'autrefois. Mais d'autres ont eu moins de chance. Et il faut regarder les choses en face : l'EPO préfèrerait nous voir morts qu'aux côtés des Libérêveurs.

– Chance ou pas chance, tu es des nôtres, maintenant, intervient Helena d'un ton posé. Et les Libérêveurs soutiennent Ève.

– Je suis bien placé pour le savoir. J'ai risqué ma vie pour elle je ne sais combien de fois. N'empêche que cette mission serait carrément du suicide pour Bram et moi, dit Saunders d'une voix qui se brise.

On est recherchés. Ève doit en être consciente pour mesurer l'impact qu'aurait sa décision sur les deux personnes qu'elle connaît le mieux ici.

Mon ventre se noue à l'idée qu'il puisse leur arriver quelque chose, à l'un ou à l'autre.

– J'en suis consciente, dis-je. Et, comme je l'ai dit l'autre jour, je ne force personne à m'accompagner. Vous êtes tous les deux libres de vous retirer, Saunders.

– Nous retirer ? L'EPO nous considère déjà comme des traîtres. Tu as vu la propagande qu'ils balancent. Les gens d'ici ne les croient pas tous, mais les esclaves qui travaillent dans leur Tour les croiront, eux, parce qu'ils vivent dans l'ignorance. Si je faisais un pas dans ce bâtiment, je serais grillé pour abandon de poste. Et au premier coup d'œil sur Bram, ils le descendraient pour avoir enlevé leur sauveuse.

– J'essaie de sauver mon père, dis-je.

– Et c'est très noble, très altruiste. Mais à quel prix ? C'est *moi*, le prix que tu vas payer pour retrouver ton père ? C'est Bram ? Ève, tu te retrouves dans le meilleur endroit et le meilleur scénario possibles. Il faut parfois savoir apprécier ce qu'on a au lieu de s'entêter à en vouloir plus.

Je serre les mâchoires pour ne pas riposter et dire quelque chose que je regretterais. Je réalise que la diatribe de Saunders n'a pas pour but de convaincre les foules. Elle démontre avant tout qu'il ressemble bien plus à Holly l'Émotive que je ne l'aurais cru.

– Désolé, ajoute-t-il en secouant la tête. Je suis sous pression. Tu as soulevé toute une armée, et pendant qu'on reste assis là à se demander comment s'y prendre, ça s'agite de plus en plus dehors. Je ne voudrais pas que ça dégénère en émeutes dans nos rangs.

– Dans ce cas, évitons de créer des conflits, dis-je. Je n'exige rien de vous.

– C'est facile à dire. Mais comment veux-tu qu'un seul d'entre nous laisse celle que nous aimons se jeter toute seule dans la gueule du loup ?

Le visage sombre, il se retourne et quitte la salle en laissant derrière lui un sentiment de malaise.

Il a raison. Je ne peux pas imaginer que mes Holly d'autrefois me regardent me lancer dans une mission aussi périlleuse sans lever le petit doigt. Je ne leur demande pas de m'aider, mais je ne leur laisse pas vraiment le choix.

Je ne peux même pas me résoudre à regarder Bram en me disant cela.

20 / MICHAEL

Ma poitrine vibre.

D'un coup d'œil sous ma couette, je vois une lueur orange émaner de ma puce. Un ordre.

– Quelle heure ? croassé-je.

– Trois heures cinquante-deux, me répond une voix robotique.

Il doit se passer quelque chose.

Je bâille.

Nouvelle vibration. Merde ! Je me suis rendormi.

– OK, OK, je me lève…

Je sors les jambes de ma couette et je pose les pieds sur le carrelage froid. Une ligne de lumière orange apparaît devant mes orteils et file jusqu'à la porte, prête à me guider vers ma destination. J'enfile ma combinaison et mes boots à la hâte et je commence à la suivre, encore à moitié endormi.

Arrivé sur le seuil, je m'aperçois que j'ai oublié ma ceinture et je l'attrape au vol. Pistolet. Couteau. Gant pacifiant.

On ne sait jamais.

Je donne une tape sur ma poitrine.

– Passez prendre le docteur Chaudhury et escortez-le jusqu'à l'étage de détention, me commande la voix.

Le docteur ? Le père d'Ève aurait-il un problème ? Il a quand même perdu un bras, ce qui n'est pas une mince affaire, encore moins chez quelqu'un d'âgé.

C'est même étonnant qu'il ait tenu jusque-là.

C'est sans doute grâce au fait d'avoir quelque chose d'important à quoi se raccrocher.

Je pense à elle.

À Ève.

Une fois de plus.

À son visage.

À ma trahison dans l'ascenseur.

Accélérant le pas, je chasse ces pensées pour me concentrer sur l'idée que le vieil homme est peut-être souffrant, tout seul dans sa cellule. Il ne doit même pas savoir qu'Ève a réussi à s'échapper et ça doit lui briser le cœur. C'est peut-être précisément cela qui le fait tenir.

L'ascenseur s'ouvre à l'étage du docteur, qui se trouve déjà devant, muni de sa sacoche.

– Bonjour, dis-je.

– Pas gagné, grommelle-t-il en montant dans le véhicule sphérique.

D'accord. Du coup, je n'ouvre plus la bouche, malgré mon envie de savoir ce qui nous vaut cette convocation en pleine nuit. Une urgence médicale ? À moins que ce soit une tâche qu'il vaut mieux accomplir pendant que toute la Tour dort ?

OK, Michael, et si on descendait d'un cran sur les pensées de conspiration parano ?

Le médecin sort de l'ascenseur devant moi, comme s'il savait déjà où on va et ce qu'on fait là.

Pourquoi je ne suis au courant de rien, moi ?

Je presse le pas pour marcher à son niveau dans les couloirs sans âme de l'étage de détention, tout en essayant de me réveiller. Je suis le commandant de la Garde ultime ; si on me fait venir ici, c'est donc qu'il y a quelqu'un ou quelque chose à garder.

Sentant le regard du médecin sur moi, je demande :

– Tout va bien ?

Il baisse les yeux furtivement, et je me rends compte que ma main est posée sur le pistolet à ma ceinture.

On se détend !

Nous passons devant des cellules vides – des cubes froids attendant des occupants qui n'ont pas encore commis leurs crimes. Nous atteignons celle dans laquelle les quatre pilotes sont morts et je frémis.

En arrivant aux cellules occupées, je remarque que les parois vitrées ont été opacifiées en mode privé et je me demande pourquoi.

Le docteur Chaudhury s'arrête devant la cellule de Hartman. Une bande rouge sur la paroi signale qu'elle est occupée.

– Veuillez ouvrir la cellule, me dit-il.

– Désolé, docteur, mais il me faut une autorisation pour vous laisser rendre visite au traître.

Au moment où le mot sort de ma bouche, il me paraît soudain déplacé pour parler de Hartman. Traître à qui ?

– Vous avez l'autorisation, prononce derrière nous une voix sèche qui me ramène à l'instant présent.

Mlle Silva.

Je me retourne pour la saluer et je la vois arriver d'un pas décidé, flanquée de ses deux gardes personnels. Ils scrutent les alentours d'un air méfiant avant de lui adresser un signe de tête. R.A.S.

– Que se passe-t-il, mademoiselle Silva ?

– Mlle Silva veut obtenir des informations du traître sur-le-champ, m'explique l'un des gardes, comme si elle était trop occupée pour le faire elle-même. Ouvrez la porte.

Elle hausse un sourcil impatient.

Mon cœur fait un bond dans ma poitrine. La deuxième séance dont elle parlait, durant laquelle Hartman devait révéler ce qu'il savait, c'est maintenant. Tout de suite.

Merde !

La pensée de Jackson, Locke, Watts et Kramer me fait hésiter.

– Un problème ?

– Non, mademoiselle Silva.

Je plaque la main sur le verre, qui s'éclaircit. La vue de Hartman me fait un choc. Il se tient debout face à nous, les bras tout raides le long du corps.

– Depuis combien de temps est-il dans ces entraves ? demande le docteur Chaudhury.

– Plus de vingt-quatre heures, dis-je.

– Pour sa propre sécurité, précise Mlle Silva. Les informations qu'il détient sont trop précieuses pour courir le risque qu'il tente quelque chose… d'irrationnel.

Je fixe Hartman, maintenu immobile par les pinces métalliques qu'il porte aux poignets et aux chevilles. Il se réveille et nous regarde. Au moins ils ont retiré le dispositif qui l'empêchait de fermer les yeux.

Je commande à la cellule de nous laisser entrer et la porte invisible intégrée dans le verre s'ouvre en coulissant. Mlle Silva pénètre à l'intérieur, suivie par l'un de ses gardes, tandis que l'autre se poste devant la cellule.

– Venez, commandant Turner, me dit-elle.

Pas le choix. Je m'exécute et la porte se referme derrière moi.

– Coupez le son, m'ordonne Mlle Silva.

Il fait très chaud et ça sent le renfermé. Hartman transpire.

Le médecin pose sa sacoche et le soldat se campe près de la paroi, dans une pose presque identique à celle de son collègue derrière la vitre dépolie.

– Bonsoir, Hartman. Nous sommes ici pour recueillir les informations en votre possession. J'espère que vous avez eu le temps de réfléchir depuis notre dernière entrevue, et que vous êtes prêt à faire le choix de la raison.

Sans ouvrir la bouche, Hartman nous regarde successivement tous les quatre. Il y a de la peur dans ses yeux. De la fatigue. Et l'effroi d'un homme qui a vu des choses horribles.

– Je pense que cette fois, vous aurez moins de mal à partager avec nous ce que vous savez.

Un silence terrible s'ensuit.

Il n'a pas lâché.

Tant mieux.

Mes pensées me surprennent moi-même. Je ne m'attendais pas à choisir le camp de quelqu'un qui a trahi l'organisation dont je fais partie.

C'est l'EPO qu'il a trahie. Pas Ève.

J'essaie de me persuader que cette réaction vient juste de ma répugnance à voir mourir quelqu'un, mais en dessous, tout au fond, je commence à distinguer une autre vérité…

Je suis avec toi, Hartman.

Mlle Silva adresse un signe de tête au docteur Chaudhury et je vois la pomme d'Adam de Hartman tressauter.

Le médecin s'agenouille pour ouvrir sa sacoche pendant que Mlle Silva arpente lentement la cellule en se tenant à bonne distance, comme si nous étions atteints d'une maladie contagieuse.

J'ai du mal à voir le contenu de la sacoche, mais je repère sur le dessus un objet qui m'est familier. C'est une visière, comme celles qui servent aux pilotes à faire fonctionner Holly dans le Dôme. Je ne connais personne dans la Tour qui n'aurait pas envie d'en mettre une, rien qu'une fois, pour expérimenter la vie à travers les yeux de Holly, et son lien avec Ève.

– Vous reconnaissez cet appareil, je présume, lance Mlle Silva à Hartman tandis que le médecin règle le casque.

Elle n'obtient pas de réponse.

– Mais vous ne manquerez pas de remarquer que le professeur Wells y a apporté quelques modifications. On peut même appeler cela des améliorations.

Le docteur Chaudhury positionne la visière sur la crinière de cheveux bruns de Hartman.

– Wells, dit Hartman d'une voix rauque. Je veux… parler à Wells.

– Si vous espérez apitoyer votre ancien patron sur votre situation actuelle, je crains que vous ne vous fassiez des illusions, monsieur Hartman, réplique Mlle Silva sans même daigner le regarder. Le professeur Wells et moi-même sommes d'une opinion parfaitement convergente au sujet de votre avenir.

– Ce que vous allez ressentir ne ressemble à rien de ce que vous connaissez, avertit le docteur Chaudhury. Plus vous résisterez, plus ce sera pénible. Je vous recommande vivement de révéler les informations dès maintenant pour vous épargner le pire.

Hartman replonge dans le silence en serrant les lèvres. Je ne peux faire autrement qu'éprouver de la sympathie pour lui.

Non. De l'admiration.

Nous ne nous sommes jamais parlé. Je ne l'avais même jamais rencontré, en dehors du jour où il s'est dressé au-dessus de moi dans cet ascenseur tandis que je me tenais la mâchoire après le coup de poing de Bram.

Dommage. Il m'a l'air d'être quelqu'un de bien.

Je soupire. Ce n'est qu'un môme, au fond. Comme nous tous. Or ceci n'a rien d'un jeu.

– Vous pouvez commencer, docteur Chaudhury, signale Mlle Silva.

– Je vous en prie, Hartman, dit le médecin d'un ton presque implorant. Ça n'a pas de sens de vous imposer cela en refusant de donner satisfaction à Mlle Silva.

– Pas de sens ? s'écrie Hartman. Pas de sens ? Vous croyez que j'ai envie d'être torturé ? Vous croyez que j'avais envie de voir mourir mes amis ? Vous croyez que j'ai envie de risquer ma vie et celle de tous ceux que j'ai pu aimer ? Non, docteur. Je l'ai fait parce que mes amis avaient besoin que je le fasse. Parce qu'Ève en avait besoin. Je l'ai fait parce qu'ils pensaient que c'était nécessaire. Pour la même raison, je mourrai plutôt que dire un seul mot qui puisse aider à ramener Ève.

Le médecin soupire.

– Mourir ? souligne Mlle Silva. Mais nous ne voulons pas votre mort, Hartman. Nous voulons que vous viviez aussi longtemps qu'il le faudra pour nous apprendre ce que nous voulons savoir. Ce n'est qu'alors que nous vous ferons l'aumône de la mort. Vous pouvez commencer, docteur.

Puis elle se place contre la paroi pour avoir une vue d'ensemble sur les opérations.

Le médecin glisse l'appareil sophistiqué sur la tête de Hartman et l'écran illumine son visage.

– En apparence, ce modèle n'est guère différent de celui que vous opériez, Bram et vous, commente Mlle Silva. C'est maintenant que vous allez constater le changement.

Elle fait signe au médecin, qui va prendre une longue canule métallique dans sa sacoche.

– C'est pour quoi faire ?

La question m'a échappé.

– Une transfusion, me répond Chaudhury en préparant le matériel avec nervosité.

– Vous allez lui transfuser du sang ?

– Pas du sang, monsieur Turner, me dit Mlle Silva de son ton froidement terre à terre. Beaucoup mieux que cela : des souvenirs.

– Des souvenirs ? lâche Hartman de sous sa visière.

Mais Mlle Silva ne fournit pas davantage de détails sur cette curieuse opération.

Je n'ai plus qu'à suivre attentivement ce qui va se passer.

– Ne bougez pas, s'il vous plaît, intime le docteur Chaudhury à Hartman.

– Je ne risque pas d'aller très loin, riposte ce dernier, tout raide dans ses chaînes invisibles, tandis que le médecin fixe la canule à l'arrière de la visière.

Deux petites aiguilles sortent d'elles-mêmes de l'intérieur de la visière pour aller se placer sur les tempes de Hartman.

Qu'est-ce que c'est que ce truc ?

Le docteur Chaudhury suit la canule jusqu'à sa source dans sa sacoche et ouvre celle-ci en grand, révélant l'appareil qu'elle contient.

– Un datadisque ? dit Hartman en jetant un coup d'œil dans l'interstice sous sa visière.

– Exact, confirme Mlle Silva de son ton brusque. Je comprends maintenant pourquoi Wells vous considérait comme le meilleur de l'équipe. Il a toujours dit que vous aviez du potentiel. Quel gâchis !

– Pardon, dis-je, un quoi ?

– Une boîte à informations, m'explique avec impatience Mlle Silva. Des souvenirs. Mais pas n'importe lesquels. Voyez-vous, grâce au professeur Wells, nous sommes désormais en mesure de dessiner une carte du cerveau humain très précise. Cet organe fonctionne comme un ordinateur biologique très complexe, capable de stocker des quantités d'informations astronomiques. Accéder à ces informations est...

– Impossible, l'interrompt Hartman. On ne peut pas stocker des souvenirs. Laissez tomber le charabia censé me faire peur et finissons-en.

– Incroyablement difficile, oui, mais pas impossible, Hartman. Je vous rappelle que cette organisation a été bâtie sur des inventions que tous disaient impossibles. Et pourtant, nous y sommes.

Mlle Silva arbore un grand sourire avant de poursuivre :

– Non seulement cet appareil rend possible l'extraction des souvenirs et permet de les visualiser, mais vous pourrez même les sentir comme si c'étaient les vôtres.

– De la transfusion de souvenirs, murmuré-je, songeur.

Mlle Silva me jette un petit regard et je me redresse aussitôt, le dos bien droit.

– Mais pourquoi ne pas extraire simplement les souvenirs de sa tête ? lâché-je. Pardon mais... sauf votre respect, pourquoi ne pas vous contenter de lui prendre les informations que vous cherchez ?

Tout le monde se tait. Mlle Silva, le soldat, Hartman et le médecin me dévisagent tous les quatre.

– Bonne question, me répond Mlle Silva. Pour deux raisons. Tout d'abord, parce que les informations dont il dispose ne proviennent pas de ses souvenirs mais de déclarations qu'ont pu lui faire Bram ou d'autres. Si Hartman avait été présent lui-même, s'il avait vu où se cachent les Libéréveurs, cela aurait creusé de profonds sillons dans ses synapses. Mais les conversations sont rarement assez marquantes, ce qui nous amène à la seconde raison. Un souvenir indirect de ce genre prendrait trop de temps à récupérer.

À cet instant, mon regard croise celui de Mlle Silva, qui m'observe froidement.

– La mort, en revanche, reprend-elle, est un moment particulièrement fort et d'une grande clarté, et, étant le dernier souvenir à s'incruster dans l'esprit, il est particulièrement facile à récupérer. Peu de gens se sont intéressés à cette question. Or, si les souvenirs liés au moment de la mort ne sont pas d'une grande utilité à la personne directement concernée, ils peuvent *nous* être extrêmement utiles.

Les yeux bleus de Mlle Silva pétillent comme si elle savourait chaque seconde de cet épisode.

– Je vais recevoir les souvenirs de qui ? demande Hartman en tremblant.

– Oh, nous en avons un échantillon très varié.

Mlle Silva hoche la tête et le médecin sort de sa sacoche une pile de dossiers qu'il jette par terre. Tous portent l'inscription « DÉCÉDÉ ».

Ils s'éparpillent aux pieds de Hartman et mon sang se glace dans mes veines lorsque je vois les photos qui jonchent le sol de la cellule.

JACKSON **LOCKE** **KRAMER** **WATTS**

21/ **MICHAEL**

Hartman penche la tête pour essayer de voir les dossiers, inquiet de découvrir à quels souvenirs il va être confronté.

– Non… gémit-il comme un chien effrayé en découvrant les noms de ses amis.

Je ne peux pas imaginer ce qui se passe dans sa tête. C'était déjà horrible d'assister à l'agonie des pilotes, même pour moi qui n'étais ni leur collègue ni leur ami, ni celui qui les avait condamnés par sa décision.

– Non ? répète Mlle Silva. Vous voulez éviter ça ? Parfait ! Cela ne tient qu'à vous. Dites-moi ce que vous savez.

Hartman ne réagit pas. Est-il en train de peser le pour et le contre ?

« Non ! Tu ne peux pas leur dire maintenant ! Pas après avoir tenu bon aussi longtemps ! » ai-je envie de crier.

La ferme, Turner ! Mon cœur me martèle la poitrine comme si Mlle Silva pouvait entendre mes pensées. Je la regarde à la dérobée, mais ses yeux sont rivés sur Hartman. Je jette un coup d'œil vers le soldat, mais il se tient au garde-à-vous comme un robot, le regard fixe.

Mes pensées trahissent l'EPO à chaque occasion. Je ne connais pas Hartman. Je ne sais pas ce que les Libéréveurs comptent faire d'Ève. Je vis entre les quatre murs de la Tour, qui me protègent du monde extérieur.

Un monde auquel nous avons tourné le dos.

– Je… Je… bredouille Hartman en continuant à tendre le cou pour voir les photos de ses amis. Je ne peux pas !

Mlle Silva soupire.

– Très bien. C'est votre décision.

Et elle s'écarte pour laisser passer le docteur Chaudhury, qui connecte l'extrémité de la canule à l'unité de stockage. Dès la première seconde, Hartman pousse un cri de douleur.

– Vous en avez déjà assez ? ironise Mlle Silva. Nous n'avons même pas commencé.

Je vois que les deux aiguilles se sont enfoncées dans les tempes de Hartman. Deux gouttes de sang coulent le long de ses joues avant de se rejoindre sous son menton. Une unique larme coule à son tour.

– C'est prêt, mademoiselle Silva, marmonne le docteur Chaudhury.

– Très bien. Hartman, vous êtes sur le point de vivre quelque chose de tout à fait nouveau.

– Qu'est-ce qui se passe ? demande-t-il en étouffant un sanglot.

– Un produit de synthèse est injecté dans votre crâne, répond le médecin en serrant les mâchoires.

Il déteste visiblement chaque seconde de cette épreuve.

La machine se met en route et la canule tressaute sous l'afflux du produit.

– Ça ne risque pas de le tuer ? demandé-je.

– Espérons que non. Une fois tout le produit injecté, son esprit sera connecté au « datadisque », comme vous dites, et il sera confronté non seulement à son propre réseau de souvenirs mais aussi, selon les instructions données à la machine, à ceux que nous y avons stockés.

Le corps de Hartman est secoué de convulsions dans son effort pour résister à la substance étrangère qui lui emplit le crâne.

Ils sont fous.

Mlle Silva a pété un plomb. Wells a-t-il réellement donné son accord pour que son invention serve à torturer ses hommes ? Ou est-ce qu'elle joue les francs-tireurs ?

C'est la tempête dans ma tête.

– Essayez de vous détendre, conseille le médecin à Hartman en se frottant nerveusement le menton. Laissez les connexions s'effectuer.

Une poussée d'adrénaline court dans mes veines, rejoint la boule que j'ai au ventre et y allume un feu. J'ai la sensation d'avoir été brusquement réveillé d'un rêve pour découvrir une réalité cauchemardesque. Je serre les poings mécaniquement. J'ai pris le mauvais chemin en conservant ma loyauté à l'EPO. Maintenant que je m'en aperçois, je ne veux plus participer à tout ça.

Je voudrais tirer sur le câble relié à la tête de Hartman, arracher la visière et m'enfuir.

Mais je ne fais rien.

Je voudrais prendre mon pistolet, viser Mlle Silva et appuyer sur la détente.

Mais je ne fais rien.

Je voudrais partir de cet endroit en courant et me joindre à la lutte qui se déroule dehors.

Mais je ne le ferai pas.

À quoi bon ? Je ne serais qu'un traître de plus, et j'ai vu le sort qui leur était réservé. Je me ferais tuer avant d'arriver en bas. Que ça me plaise ou non, je suis coincé dans la Tour.

Dans la Tour.

Mes pensées cessent de tourbillonner. Si c'est à Ève que va ma loyauté et si je veux vraiment l'aider, je suis peut-être à l'endroit idéal pour cela. Quelqu'un à l'intérieur, un Libéréveur qui ne soit pas enfermé dans une cellule. Ni mort. Du moins pas encore.

Et si je veux que ça continue, je dois passer à l'action.

Hartman se détend brusquement.

– Son corps a accepté la transfusion, annonce le docteur Chaudhury d'un air soulagé en lisant les constantes vitales de Hartman sur l'écran du dispositif.

– Parfait. Commençons par Jackson, dit Mlle Silva au soldat.

Sortant soudain de son immobilité, le garde tire de la poche de son gilet pare-balles une petite bourse en cuir qu'il tend au médecin. Celui-ci l'ouvre avec des doigts tremblants, révélant quatre disques transparents de la taille de grosses pièces. Il en prend un et le brandit à la lumière.

– Non... S'il vous plaît... Non... tente d'articuler Hartman, visiblement secoué par l'effet du produit.

Le docteur Chaudhury lance un regard implorant vers Mlle Silva, dont les yeux lui renvoient un message clair : « Allez-y. »

Alors il insère le petit disque dans une fente du datadisque.

La boîte noire se met à émettre une série de cliquetis et de bips qui s'ajoutent au bruit d'écoulement du liquide dans la canule. Une lumière bleue clignote quelque part dans les entrailles de l'appareil avant de passer au rouge et de se stabiliser.

Hartman pousse un cri déchirant, et sa voix se cogne contre les parois de la cellule comme si elle tentait de s'échapper. Le docteur Chaudhury se bouche les oreilles, essayant de se couper de l'horreur qu'on le force à accomplir.

– Hartman ! crie soudain Hartman comme s'il se parlait à lui-même. Hartman, espèce d'ordure !

– Les derniers moments de Jackson étaient pleins de haine envers vous, j'en ai peur, Hartman, déclare Mlle Silva en faisant les cent pas dans la cellule.

Il se met à tousser.

– Qu'est-ce qu'il voit ? demandé-je tout bas au médecin tandis que les lumières de la visière de Hartman clignotent et lancent des éclairs.

– Mieux vaut ne pas le savoir, me répond-il sur le même ton.

– Non, non, montrez-lui donc, docteur, dit Mlle Silva, qui l'a entendu.

Elle rayonne de fierté, comme si la méprisable invention du professeur Wells était une merveille d'innovation.

Le docteur Chaudhury ferme les yeux avec un long soupir, puis tape sur le clavier du datadisque. Quelques secondes plus tard, une mince baguette argentée sort de l'appareil et projette une flaque de lumière sur le mur du fond.

– C'est ce qui se passe dans sa tête ? demandé-je en découvrant une image de Kramer, de Watts et de Locke debout dans la cellule.

– Oui, dit Mlle Silva. Le dispositif envoie les neurones de Hartman dans les synapses de Jackson, dans les sillons que le traumatisme a gravés dans son cerveau quand il a compris que Hartman faisait passer son secret avant les vies de ses amis.

Le bras de ce dernier tressaille en synchronisation parfaite avec les images de Jackson cognant contre la paroi de verre de la cellule.

– Vos amis n'étaient pas de votre avis, Hartman, ajoute-t-elle.

Soudain je blêmis en voyant mon visage projeté sur le mur.

Moi, vu par les yeux d'un homme agonisant que je ne fais rien pour sauver. J'ai beau savoir que j'assiste à une infamie, je ne fais rien.

BAM !

Jackson frappe le verre. Le poing de Hartman frappe l'air.

BAM !

Encore.

Jackson s'affaiblit.

S'affaiblit toujours plus.

Sa vision s'obscurcit, les couleurs disparaissent tandis que ses yeux sont privés d'oxygène.

Il tombe inconscient.

Silence.

Hartman s'évanouit dans ses entraves.

– Ayez la gentillesse de le réveiller, Turner, me demande Mlle Silva.

Je m'approche pour taper doucement sur sa tête. Puis je relève sa visière, révélant son visage pâle et couvert de sueur.

– Hartman ? Tu es vivant ?

– Je crains qu'il ne faille vous montrer un peu plus énergique, reprend Mlle Silva d'un ton nonchalant, comme si elle parlait de quelque chose de normal et d'acceptable. Son esprit vient de vivre une expérience de mort.

Je regarde le jeune homme brisé et à bout de forces et je lui soulève le menton.

– Plus fort, exige Mlle Silva.

Je le gifle en serrant les dents.

– PLUS FORT ! aboie-t-elle.

Je ramène le bras en arrière pour l'abattre plus violemment.

– JACKSON ! hurle Hartman en se réveillant d'un cauchemar pour basculer dans un autre.

Je laisse retomber ma main.

– Êtes-vous prêt à parler ? demande Mlle Silva. Ou préférez-vous revivre une autre mort ?

– Tuez-moi autant de fois que vous voudrez. Je ne trahirai jamais Bram comme vous l'avez fait.

– Locke, demande Mlle Silva sans une seconde d'hésitation.

Les épaules voûtées, le docteur Chaudhury ouvre de nouveau la pochette en cuir habitée par la mort et glisse un deuxième disque dans la machine avant de rabattre la visière sur le visage de Hartman.

L'appareil répète le même cycle de bips, de cliquetis et de lueurs bleues clignotantes avant d'afficher une lumière rouge.

– Non ! crie Hartman avec une grimace de douleur.

Son corps se raidit tout entier comme sous l'effet d'un choc électrique.

Puis plus rien.

Il se laisse aller mollement dans ses entraves.

Lentement, le souvenir trouve le chemin de son esprit et sa respiration s'alourdit.

– Je... Je... Je ne peux plus respirer...

Il panique, sa poitrine s'élève et s'abaisse violemment.

– Mes poumons... À l'aide ! S'il vous plaît, aidez-moi !

– Vous allez le tuer ! crié-je à mon tour.

– Ce n'est pas lui qui meurt, me dit le docteur Chaudhury. C'est Locke.

Et il rallume le projecteur pour me montrer ce que voit Hartman.

Il est de retour dans la cellule dans la tête de Locke, regardant Jackson à genoux qui frappe la paroi. Il se tourne vers Watts et Kramer, qui ont l'air terrifiés, puis vers moi de l'autre côté de la vitre.

Puis il s'affale, et je vois Hartman essayer de porter les mains à sa gorge malgré ses entraves.

C'est fini.

Au moins Locke est mort plus vite que Jackson. Dieu merci.

Hartman s'évanouit de nouveau et son corps se relâche dans ses chaînes.

– Turner, voulez-vous me refaire le plaisir ? me demande Mlle Silva.

Ce n'est pas une question. Clairement, je suis là pour lui épargner de faire le sale boulot.

Je m'approche du corps mou suspendu à ses attaches.

– Il va bien ? demandé-je au médecin.

– Pour l'instant, oui. Physiquement, il tiendra. Mais son cerveau n'en supportera plus beaucoup avant d'être endommagé de manière irréversible. Notre cerveau n'est pas conçu pour prendre en charge la conscience d'une autre personne, encore moins de quatre.

– Assez de bavardage, intervient Mlle Silva. Son cerveau est celui d'un traître et appartient désormais à l'EPO, ainsi que l'information qu'il contient.

Des dommages cérébraux ? Irréversibles ? J'essaie d'enregistrer les implications des paroles du médecin.

Si Hartman survit, il ne sera plus jamais le même.

S'il survit.

À se demander s'il ne vaudrait pas mieux pour lui qu'il meure.

Je regarde l'être brisé qui est devant moi.

– Réveillez-le, insiste Mlle Silva. Maintenant.

Hartman lâche un grognement.

Il vaudrait mieux pour lui qu'il soit mort.

Les battements de mon cœur s'accélèrent tandis que je prends conscience de ce que je peux faire pour lui. C'est le seul moyen d'arrêter ses souffrances, et je suis le seul à pouvoir le mettre en œuvre.

Je dois le tuer.

Pour Ève, pour Bram, et pour tous les Libéréveurs là-bas, dehors, mais avant tout pour Hartman lui-même.

Ma première mission en tant qu'infiltré pour Ève.

Mais comment ? Il ne faut pas qu'on me voie. Je glisse un rapide coup d'œil vers le garde. La seule arme à ma disposition est mon pistolet. Exclu. Le couteau ? Là encore, trop évident. Reste mon gant pacifiant… Ça pourrait marcher, mais comment ? Même si j'arrivais à l'enfiler sans que ça se remarque, il faudrait que je lui assène la charge maximale sur la tête pour le tuer.

Sentant le regard de Mlle Silva peser sur moi, je m'avance vers Hartman et je relève sa visière. Il a les yeux vitreux, qui roulent vers l'arrière. Une mousse blanchâtre se forme au coin de ses lèvres.

J'entends le tintement du disque de verre suivant que le docteur Chaudhury retire de la pochette. Mlle Silva se tourne vers lui pour le regarder faire.

C'est maintenant.

À toute vitesse, je porte la main à ma ceinture pour détacher le gant, bourré d'ardillons prêts à balancer une putain de décharge à tout ce qu'ils toucheront.

Suffira-t-elle à tuer ? Dans l'état où se trouve Hartman, je soupçonne qu'une pichenette serait assez pour l'achever.

– Alors, il est prêt ? s'impatiente Mlle Silva. Qu'est-ce qui vous prend tout ce temps ?

Trop tard. Je laisse le gant retomber.

– A… Assez… marmonne Hartman.

– Ah, contente que vous soyez de retour, Hartman. Vous savez quoi faire pour que ça s'arrête. Mais voyons ce qu'a ressenti Kramer lorsque vous l'avez tué.

Mlle Silva fait signe au médecin de relancer le système.

– S'il te plaît… S'il te plaît, Turner… Fais-les arrêter.

– Turner ? siffle Mlle Silva. Vous comptez sur *lui* pour vous aider ? Il a déjà eu de la chance que je ne lui fasse pas subir le même sort que votre escadron. N'est-ce pas, garde Turner ?

– Oui… Oui, mademoiselle Silva.

Je sens le gant pacifiant peser de tout son poids à ma ceinture.

Hartman parvient à concentrer sa vision un instant sur moi et, dans cette fraction de seconde, j'essaie désespérément de lui communiquer mon plan, avant de me dire qu'il n'a pas besoin des pensées d'une personne de plus.

Il se contorsionne et Mlle Silva s'approche plus près de moi qu'elle ne le fait normalement.

– Abaissez sa visière, m'ordonne-t-elle.

Sa proximité me fait frémir. Tous mes instincts me crient de fuir à toutes jambes cette présence maléfique.

Mais je me contente d'obéir à son ordre. J'abaisse la visière de Hartman une fois encore, et je rejoins le docteur Chaudhury à côté de la machine.

L'image du souvenir s'étale sur le mur : Kramer reste calme pour limiter sa consommation d'oxygène, tout en essayant de ne pas regarder ses camarades agonisants.

Soudain je m'aperçois que l'attention de Mlle Silva, du docteur Chaudhury et du soldat est captée par les images. C'est ma dernière chance.

Je plonge la main dans le gant toujours accroché à ma ceinture et j'active le chargement. Heureusement, la petite note aiguë qu'il émet est noyée par le bruit de pompe de la machine qui injecte le produit dans le cerveau de Hartman.

Il ouvre la bouche pour essayer de respirer.

Sur le mur, Kramer se racle la gorge avec ses ongles.

Ça commence.

Me plaçant à côté de la machine, je laisse pendre le gant au-dessus de la canule, au début de son trajet jusqu'aux tempes de Hartman.

– Je... Je peux plus respirer, râle-t-il.

Kramer s'écroule et Hartman est pris d'une secousse.

Il agite violemment la tête à gauche et à droite à la recherche d'un air qu'il ne trouvera pas.

Dans un éclair de lumière renvoyé par l'image au mur, je vois la bouche de Mlle Silva se tordre comme pour réprimer un sourire.

Tandis que Kramer meurt pour la deuxième fois, Hartman semble sur le point de perdre de nouveau connaissance.

Tout mon être se rebelle.

Je dois le faire. Pour lui.

Pour l'avenir.

Pour Ève.

Tandis qu'il exhale son dernier souffle avec Kramer, je détache doucement mon gant de ma ceinture et je le lâche.

Sans un bruit.

Atterrissant sur la machine, le gant électrise le câble, envoyant une charge de cinquante mille volts en moins d'une seconde dans le cerveau de Hartman.

Au moment où Kramer meurt, l'image s'éteint brusquement et Mlle Silva jette un regard irrité au médecin, ce dont je profite pour récupérer mon gant.

Hartman est suspendu à ses entraves, inerte. Mais je suis le seul à savoir qu'il n'est pas juste inconscient.

Repose en paix, Hartman.

Tu l'as bien mérité.

22/ MICHAEL

– Turner !

Mlle Silva claque des doigts sous le nez du corps sans vie suspendu aux entraves par les poignets.

J'essaie de bouger, mais mes pieds semblent cloués au sol. Je donnerais cher pour ne pas avoir à annoncer une mort que je suis le seul à connaître déjà.

Une mort dont je suis l'auteur.

– Alors ? Réveillez le traître, Turner. Il ne reste qu'un disque. S'il refuse toujours de parler, nous les lui repasserons tous depuis le début.

– Mademoiselle Silva… la machine ne répond plus, signale le docteur Chaudhury.

C'est parti.

– Comment ça ? Qu'est-ce que ça veut dire ? Peut-on continuer ? aboie-t-elle en s'approchant avec impatience de la grosse boîte noire posée par terre.

Le médecin commence à paniquer ; il sait qu'il ne s'agit pas juste d'un petit souci mécanique. Il ne va pas suffire d'éteindre et de rallumer pour relancer le système.

– Mademoiselle Silva, reprend-il nerveusement, on dirait que le datadisque est grillé.

– Je peux faire quelque chose ? dis-je en jetant un coup d'œil à la machine que je viens de détruire.

Sois naturel, Mickey. Détends-toi.

– Qu'est-ce que vous attendez pour le réveiller ? me réplique Mlle Silva.

– Mais qu'est-ce que… marmonne le docteur Chaudhury en examinant la canule.

Une petite volute de fumée s'élève de son extrémité.

Le visage du médecin se défait tandis qu'il se tourne vers Hartman. Sous le regard cinglant de Mlle Silva, il se précipite vers lui, ôte la visière et lui prend le pouls.

– Qu'est-ce que vous avez fait ? aboie Mlle Silva tandis qu'il déchire la chemise de Hartman pour exposer son torse.

Puis il sort de sa poche un film transparent qu'il lui enroule autour des côtes. Aussitôt, sa peau devient translucide et fait voir son cœur dans sa poitrine.

– Il ne bat plus, dis-je en m'efforçant de tenir mon rôle.

– Sans blague, grommelle le médecin.

Il enfile des gants cinétiques et fait des gestes dans le vide. Un hologramme du cœur de Hartman apparaît dans l'air au milieu de la cellule et Chaudhury agrandit l'image avant de prendre une seringue dans sa poche. Il la fiche droit dans la poitrine de Hartman, en s'aidant de l'hologramme pour se guider sans toucher les os ni les poumons.

– Qu'est-ce que c'est ? demandé-je en voyant des dizaines de créatures à l'allure d'insectes affluer autour du cœur sur l'hologramme.

– Des MDI, me répond le médecin. Micro-défibrillateurs internes.

En quelques secondes, les minuscules sauveteurs se regroupent autour du cœur, s'alignent parfaitement, et…

ZAP !

Le choc électrique secoue Hartman de la tête aux pieds.

– Encore ! s'énerve Mlle Silva.

Le médecin hoche la tête et les minuscules créatures font une nouvelle tentative pour recharger le cœur mort de Hartman.

Ne redémarre pas. S'il te plaît, ne redémarre pas !

Nouvelle secousse.

Toujours pas de réaction.

– Mademoiselle Silva… dit le docteur Chaudhury en fixant les pieds de Vivian.

– Chaudhury, vous m'aviez assuré que cet appareil marcherait, fulmine-t-elle, son visage pâle plus près de s'enflammer que je ne l'ai jamais vu.

– En théorie, c'est vrai, mais il s'agit d'une technologie toute récente. Il y a toujours des risques…

– Des risques ? Comment osez-vous rejeter la faute sur la technologie ? Ceci n'est rien comparé à ce que nous avons accompli en bas. Rien. C'est *vous* qui avez failli à votre devoir.

À ces mots, son garde se met au garde-à-vous.

– Vous avez failli à votre devoir envers Ève, ajoute-t-elle en faisant signe au soldat.

C'est un ordre.

Aussitôt, il passe à travers l'hologramme du cœur sans vie de Hartman et va arracher le film transparent qui lui enveloppe le torse.

– Non ! S'il vous plaît ! s'écrie le docteur Chaudhury en levant les mains dans un geste d'apaisement.

Mais déjà le garde enroule le film autour de sa poitrine, révélant son cœur dans sa cage thoracique.

Puis il braque son arme droit sur le cœur battant du médecin.

– Attendez ! dis-je sans réfléchir.

Un bruit assourdissant secoue la cellule comme un coup de tonnerre. La balle traverse le film à rayons X et l'hologramme disparaît à l'instant où elle transperce le cœur du médecin.

Ce dernier est mort avant de toucher le sol.

– Merde ! dis-je en portant instinctivement la main sur mon arme.

Mais sur qui veux-je tirer ? Le garde ? Mlle Silva ? Et ensuite ? Je me vois mal sortir dans le couloir et passer tranquillement devant l'autre garde, qui ignore encore tout du chaos régnant dans la cellule aux sons étouffés.

– Repos, soldat, ordonne Mlle Silva.

L'homme regagne son poste près de la paroi, la respiration accélérée par l'adrénaline après le meurtre qu'il vient de commettre.

J'écarte la main de mon arme, lentement. Inutile de lui donner des raisons de me tirer dessus.

J'ai un peu le vertige. Moi qui pensais avoir vu le pire dont l'EPO était capable, ceci dépasse tout ce que j'aurais pu imaginer.

– Je commençais à en avoir assez de ses échecs, ajoute Mlle Silva.

Il est clair qu'elle n'a aucun soupçon sur les causes de la mort de Hartman.

Elle enjambe le corps du médecin pour s'approcher de Hartman.

– Que savais-tu qui valait la peine de mourir ? murmure-t-elle, comme si elle réfléchissait à la prochaine stratégie à adopter.

– Sans doute que nous ne le saurons jamais, dis-je en prenant un ton résigné.

Elle me regarde avec un drôle d'air, à la fois satisfait et retors, glisse la main dans sa poche pour en retirer un holopad et tape dessus.

Qu'est-ce que je fais, moi, maintenant ?

Que ferait Ketch à ma place ?

C'était toujours lui qui avait les réponses. Qui faisait avancer les choses. Qui réglait les merdes. C'était peut-être son rôle principal auprès de Mlle Silva.

– Voulez-vous que je dispose des corps, mademoiselle Silva ?

J'essaie de faire le gars docile et serviable, mais surtout, je voudrais en finir avec cette nuit infernale.

– Surtout pas.

Puis elle laisse le silence flotter sur les deux cadavres étendus à nos pieds.

Bon…

Elle attend, calmement.

Soudain des silhouettes se dessinent derrière le verre sablé. Ils sont deux, dont l'un est visiblement le second garde de Mlle Silva. Mais l'autre ?

Le garde agite la main et le verre devient transparent.

Je distingue maintenant le nouvel arrivant. Sa blouse immaculée comme on en voit peu ici tombe comme une tunique sur sa large carrure. Il porte une mallette en cuir qui paraît lourde.

– Qui est-ce ? demandé-je.

– Il fait partie d'un petit groupe de chirurgiens spécialement formés. Le professeur Wells les appelle les Cardinaux.

Donc, ils sont plusieurs. Ça ne me dit pas quel est le rapport entre Wells et ces chirurgiens.

Mlle Silva commande l'ouverture de la porte d'un geste de la main pour le laisser entrer. Il n'est plus tout jeune. Un cercle de cheveux gris forme une couronne à l'arrière de son crâne dégarni.

– J'ai toutes les raisons de penser que l'individu entravé détient une information précieuse qu'il n'a pas pu nous révéler avant son départ, déclare Mlle Silva au cardinal. Pourriez-vous me récupérer cela, s'il vous plaît ?

Il hoche la tête.

– Récupérer l'information ? dis-je en cachant ma consternation.

C'est possible, ça ?

– Non, Turner. Tout son esprit.

Je la fixe un moment en essayant de comprendre de quoi elle peut bien parler.

Plongeant la main dans une poche de sa blouse, le Cardinal en sort une boule chromée : une télécommande identique à celles que portent les deux gardes. Lorsqu'il l'active, les entraves font basculer Hartman en position horizontale, comme s'il était allongé sur une civière invisible.

– Cause de la mort ? me demande le Cardinal d'un ton strictement professionnel.

– Inconnue, mais il était connecté à ce datadisque et au milieu d'une transfusion de souvenirs, dis-je en m'efforçant d'adopter leur vocabulaire pour avoir l'air d'y comprendre quelque chose.

À la mention de l'appareil de torture, il jette un regard à la dérobée à Mlle Silva.

– Il a dû y avoir un dysfonctionnement ou je ne sais quoi, ajouté-je. La machine s'est arrêtée. Et Hartman a fait pareil, on dirait.

C'est bon, Michael, ferme ton clapet avant de faire une gaffe.

– Il y a une salle d'opération dans le Dôme, dit Mlle Silva au chirurgien. Je peux la mettre à votre disposition sur-le-champ si vous...

– On n'a pas le temps, répond-il. À cette température, son cerveau est déjà entré en phase de décomposition. On doit procéder à l'extraction ici.

Mlle Silva soupire.

L'extraction de quoi ?

– Très bien. Faites le nécessaire.

C'est quoi encore, ce bordel ?

Je recule tandis que le Cardinal sort son matériel de sa grande blouse blanche et déroule un petit étui en tissu contenant toute une batterie d'instruments bien rangés dans leurs compartiments.

Dans la mallette en cuir, je vois une glacière sous les fils d'une perceuse médicale.

J'essaie de ne pas regarder, n'étant pas sûr de pouvoir encaisser ce qu'il s'apprête à faire. Je préfère fixer le plafond en tendant l'oreille. Je continue à m'accrocher pour suivre tout ce qui se passe.

J'attrape des mots au vol entre les coups de perceuse stridents et le craquement des os.

Scanner. Connexion. Analyse. Décodage.

Des mots que je n'avais jamais entendus dans un contexte chirurgical. Non que j'aie jamais assisté à une quelconque opération, encore moins sur un mort.

– Il me faut un silence total, déclare l'étrange chirurgien.

Mlle Silva, le garde et moi l'assurons de notre coopération.

Je reste planté là pendant vingt minutes, en jetant de temps en temps des coups d'œil furtifs sur cette procédure de brute.

– J'ai une carte bien lisible, annonce enfin le Cardinal. Je procède à l'extraction.

– Bien, approuve Mlle Silva.

Je n'avais jamais vu un cerveau humain. Je frissonne en regardant l'homme le placer dans la glacière.

– Extraction achevée. Je ne peux pas faire le reste ici.

Mlle Silva fait signe à son soldat, qui sort de sa poche un nouveau disque argenté pour le tendre au Cardinal.

Bientôt, cet homme saura tout sur l'esprit de Hartman : ses pensées, ses secrets…

– Je veux tout là-dessus, précise Mlle Silva en désignant le petit disque.

Le Cardinal acquiesce.

– Ce sera fait.

Sa voix froidement calme me ramène à la procédure et je redécouvre le spectacle des deux cadavres comme s'il était nouveau, encore plus choquant qu'il y a quelques minutes.

La façon dont le Cardinal enjambe le corps de Chaudhury comme s'il n'était rien me fait bouillir de colère. Je m'agenouille pour fermer doucement ses yeux vitreux au regard fixe.

– Doit-on également émuler celui-là ? demande le chirurgien en désignant le corps, sur lequel mon geste a attiré son attention.

– Non. Ça, je ne peux rien en faire.

Ça ? ÇA ? Elle parle du docteur ? De son corps ? De son esprit ? Ça ? Mlle Silva est plus malfaisante que je n'aurais jamais pu l'imaginer. Voilà donc la façon dont le pouvoir change les gens ?

– Escortez le Cardinal, Turner, me dit-elle. On ne doit ni vous voir ni vous entendre.

– Mais, mademoiselle… objecte le Cardinal en plissant le front.

– Ne m'interrompez pas ! explose Mlle Silva. Vous ne pouvez pas vous déplacer seul et sans armes avec ces informations. J'ai maintenant l'assurance de la loyauté du garde Turner.

Je reste pétrifié.

– Turner, vous allez escorter le Cardinal et les informations qu'il transporte. Si quiconque tente de vous arrêter, vous êtes habilité à tuer. Est-ce clair ?

– Oui, mademoiselle Silva.

– Mademoiselle Silva, insiste le chirurgien, on ne peut pas le laisser entrer dans…

Elle le coupe en levant la main.

– Turner va vous escorter jusqu'au noyau.

Puis, se tournant vers moi :

– Vous vous arrêterez à la porte.

Je ne sais même pas de quel endroit elle me parle, encore moins où il se trouve !

– Excusez-moi, mademoiselle Silva, mais où dois-je l'escorter exactement ?

Mon ton est plus penaud que je ne l'avais prévu.

Le Cardinal la fixe, visiblement curieux d'entendre sa réponse.

– Le Cardinal vous guidera, Turner. Si je vous le disais, vous ne me croiriez pas.

23 / ÈVE

On frappe à ma porte et je me retourne dans mon lit. Bram n'est plus à mes côtés.

– Bram ? lancé-je dans le noir.

– Ève ? C'est Saunders.

Je ne m'attendais pas à cette réponse et un poids s'abat sur ma poitrine. Saunders est mon premier visiteur… Où sont passés Chubs et Bram ?

Du calme, Ève.

– J'ai quelque chose pour toi, me chuchote Saunders à travers la porte.

– Ah ?

– Je sais qu'il est tôt, mais j'ai vu Chubs et Bram qui allaient prendre leur petit déjeuner et je me suis dit… Enfin, je te dois des excuses pour l'autre jour.

Je l'entends qui prend une grande inspiration.

– Tu vas voir, ça va te plaire, ajoute-t-il.

– Comment tu peux en être sûr ? dis-je en sortant du lit pour enfiler mes vêtements de la veille encore humides.

– Je sais des tas de trucs sur toi, je te rappelle, me répond-il avec un petit rire.

– Tu *savais*, rectifié-je.

Il m'énerve. Mais je m'en veux de lui avoir cloué le bec par ma brusquerie. Notre dernière discussion m'a déjà laissé un sentiment de culpabilité.

– Merci, marmonné-je.

– Tu ne sais pas ce que c'est.

– Mais tu sais que ça va me plaire.

Je fais un effort pour être gentille. Si je veux éviter une chose, c'est d'attiser les tensions entre nous.

Saunders est vraiment quelqu'un d'émotif. Il l'était déjà dans la peau de Holly, à la fois pudique et immature. Je m'amusais bien avec elle. On pouvait lire ses sentiments sur son visage et elle s'investissait à fond dans chaque moment passé avec moi. Quelqu'un d'aussi impulsif ne saurait pas feindre la joie que j'entends dans sa voix.

– Alors... je peux te le donner ?

– Bien sûr !

Je vais ouvrir la porte et il est là avec un grand sourire sur le visage, comme je m'y attendais. Cela change du nuage qui l'assombrissait la dernière fois qu'on s'est vus. Il tient une petite boîte contre sa poitrine.

Je suis un peu nerveuse tout à coup. Quoi qu'il y ait là-dedans, ça semble avoir une certaine importance. J'imaginais quelque chose de futile, une bricole pour s'excuser de son attitude moche envers moi. Mais à voir son regard plein d'attente, l'espèce d'énergie électrique qu'il dégage, je suppose que je me suis trompée.

– Entre, dis-je en m'écartant pour le laisser passer.

C'est mon rameau d'olivier, mon geste d'excuse à moi.

Je n'ai pas arrêté de repenser à notre dernière conversation, à mes paroles, à la façon dont elles ont dû le blesser. Et je n'en suis pas très fière.

– Oh, je...

Il hésite en glissant un regard dans le couloir. Contrairement à Bram, Saunders est gêné à l'idée d'entrer dans ma chambre.

Je le tire par le bras en me retenant de rire.

– Allez, viens. Assieds-toi.

Et je lui désigne ma chaise de bureau en tirant un fauteuil pour m'installer à côté de lui.

Son regard s'arrête sur quelque chose et je me crispe en identifiant mon soutien-gorge de la veille, que j'ai suspendu à un abat-jour dans l'espoir de le faire sécher. Ce qui tiendrait du miracle dans cet endroit où tout est perpétuellement humide.

– Ce n'est qu'un soutien-gorge, fais-je, comme s'il avait fait une remarque.

Il hoche la tête en pinçant les lèvres, tousse, s'agite sur sa chaise, et enfin tend la main pour caresser du bout des doigts la boîte qu'il a posée délicatement devant nous sur la table.

– Alors, qu'est-ce que c'est ?

– Depuis ta naissance, tu as toujours été au centre des regards, commence-t-il sur un ton théâtral qui m'informe qu'il a répété son petit discours. Déjà avant, quand tu étais encore à l'abri dans le ventre de ta mère, tes images étaient transmises aux yeux de tous. La nouvelle de ton arrivée a chassé notre détresse et fait naître une lueur d'espoir chez…

J'éclate de rire.

– Saunders ! D'accord, on peut penser que j'ai l'habitude qu'on me parle comme ça, mais ça me met mal à l'aise. Enfin, disons que ça me gêne.

– C'est trop ?

– Mm.

– Message reçu, dit-il en se secouant comme pour se détendre. OK, je vais faire court. Dès l'instant où les hommes ont su que tu étais en route, tu es devenue LE grand sujet de conversation. À mesure que les gens regardaient tout ce que l'EPO avait à leur jeter en pâture – ta première dent, ton premier pas, ton premier mot –, tu es devenue la star de l'émission de téléréalité la plus addictive qui ait jamais existé. Ces moments-là nous ont été repassés un nombre incalculable de fois. On les a tous vus et revus. Ce sont des moments forts de ta vie, même si tu ne t'en souviens peut-être pas toi-même.

– Je n'ai pas envie de regarder des images de ma vie dans cette Tour, dis-je, soudain nauséeuse à l'idée de voir le moi crédule d'avant assis là-haut.

– Je te comprends. Vu la situation, je comprends ce que ça doit te faire de penser à la Tour. Mais il y avait aussi beaucoup d'amour. C'est important que tu le saches. On a vite fait de salir les souvenirs...

– Mère Nina et mère Kadi.

– Tout à fait. Et d'autres aussi, dit-il en poussant la boîte vers moi.

Il la balaye du plat de la main et son geste fait se déployer un éventail de lumière. Un écran apparaît.

– Depuis que je suis tout petit, mon père a enregistré et archivé tout ce qu'il trouvait sur toi. Des extraits vidéo, des interviews, des photos... Tous les moments importants de ta vie.

– Il est ici avec nous ?

– Il est mort il y a dix mois, juste avant que je sorte de la Tour, dit Saunders d'un ton presque dépourvu d'émotion qui m'étonne. Ils ne m'ont pas prévenu.

– Je suis désolée.

– C'était ton plus grand fan, poursuit-il comme s'il ne m'avait pas entendue. Je suis sûr qu'il se serait joint aux Libérêveurs s'il n'avait pas été handicapé. J'aurais dû rester à la maison pour m'occuper de lui, mais il a choisi de me confier à l'EPO. Il savait que je leur serais utile, et à toi aussi.

Du coup, j'essaie de me souvenir quel âge on devait avoir quand j'ai rencontré « sa » Holly. C'était l'un des premiers, ce qui fait qu'on devait être tout petits. Ça a dû être dur pour lui et pour les autres de quitter leurs familles pour aller vivre dans un endroit inconnu. Je ne m'en rendais pas compte, mais ils étaient séparés de leurs parents et offerts à l'EPO comme une sorte de sacrifice.

– Je suis retourné récemment dans mon ancienne maison, reprend Saunders en faisant clignoter la lumière d'un geste de la main. C'est devenu une ruine, mais tous les documents étaient encore là, dans des cartons. Tout ce qui te concernait. J'ai voulu que tu les aies, pour que tu saches ce que les gens connaissent de ta vie. Ça t'aidera peut-être à comprendre pourquoi ils t'aiment... et d'où tu viens.

Ces derniers mots résonnent dans mes oreilles.

– Tu veux dire que… ? dis-je dans un souffle.

Il confirme d'un hochement de tête.

– Tes parents.

– Je sais si peu de choses sur eux !

– On peut commencer par là, si tu veux, me propose-t-il, visiblement heureux de ma réaction. Ils ont été filmés par une caméra de surveillance quelques instants avant d'apprendre la nouvelle, pour toi. C'étaient des enregistrements de routine effectués dans un but de recherche. Les images sont un peu granuleuses, mais…

J'arrête de respirer en voyant deux visages apparaître sur l'écran. Les voilà, Corinne et Ernie Warren. Ils se regardent. Ils sont assis sous une lumière crue dans un couloir d'hôpital, et n'ont pas l'air de savoir qu'ils sont filmés. Rien n'existe autour d'eux. Ils ne remarquent même pas les gens qui passent.

On frappe de nouveau à la porte, mais je suis incapable de m'arracher à ces images, si excitée que j'en ai presque le vertige. Une fraction de seconde plus tard, je vois la tête de Bram se glisser dans l'entrebâillement.

– Qu'est-ce qui se passe ici ? s'étonne-t-il.

– Regarde…

– Tu lui as donné ! s'exclame-t-il en donnant une claque dans le dos de Saunders.

– Tu étais au courant ?

– Évidemment, me répond-il en riant tout en se perchant sur l'accoudoir de mon fauteuil. C'est la grande fierté de Saunders.

– La mienne aussi, maintenant, dis-je. Regarde comme ils ont l'air de s'aimer ! Une intimité pareille, c'est…

Je me tais en les voyant se pencher l'un vers l'autre et s'embrasser. Et lorsque leurs bouches se séparent, ils restent presque front contre front. Ils ont beau rester silencieux avec les yeux fermés, on sent une parfaite harmonie entre eux.

Tandis que nous les regardons, Bram pose la main sur mon épaule et caresse ma clavicule avec le pouce. Je me dis que je ne devrais pas le laisser faire devant Saunders, mais ça fait du bien d'avoir quelqu'un qui m'apaise et me rassure, quelqu'un qui m'offre une complicité reflétant celle que nous voyons sur l'écran.

Corinne, ma mère, prend une grande inspiration.

« Je vais tellement l'aimer, ce petit garçon ! C'est un miracle.

– C'est peut-être une fille, dit mon père en souriant. »

Elle lève les yeux au ciel.

« On va faire l'échographie, maintenant, madame Warren », dit une voix de femme.

Ils se dirigent vers une petite chambre équipée d'un lit et d'un écran.

– C'est une sage-femme, me souffle Bram. C'étaient les infirmières qui s'occupaient des femmes pendant leur grossesse.

– D'accord, fais-je en hochant la tête.

« Madame Warren, vous avez déjà fait des fausses couches ? » demande la sage-femme.

Maintenant, je vois son visage. Son expression réservée me fait me demander à combien de femmes elle a dû annoncer une mauvaise nouvelle pendant une échographie, et combien ce devait être usant.

« Il y a des années, répond ma mère nerveusement tandis que mon père lui prend la main dans un geste de réconfort.

– Plusieurs fois ?

– Oui, dit mon père pour épargner ma mère, visiblement perturbée par ces souvenirs. La dernière fois remonte à huit ans.

– Vous avez cinquante et un ans et vous ne faites plus partie du programme en raison de ces fausses couches, c'est bien cela ? »

La sage-femme continue à s'adresser à ma mère.

« C'est ce qu'on nous a dit. Et pourtant, regardez-nous, reprend mon père avec un petit rire, cherchant clairement à détendre l'atmosphère.

– Hmm... Allongez-vous, s'il vous plaît. »

Ma mère obéit et la sage-femme badigeonne son ventre arrondi d'un gel bleu. Le visage de ma mère se fige de peur lorsque la femme prend la sonde.

Mes parents ont l'air tendu tous les deux, maintenant. On dirait qu'ils arrêtent de respirer quand la sage-femme réoriente l'écran pour les empêcher de le voir et tape sur des touches.

– Je ne savais pas que tu avais ce moment-là, Saunders ! s'exclame Bram. Elles sont rares, ces images…

– Ouais, elles sont précieuses.

J'essaie de ne pas les écouter pour me concentrer entièrement sur ce que je vois.

« Oh, dit la sage-femme, son regard allant de l'écran au ventre de ma mère et inversement pour essayer de faire correspondre les deux.

– Qu'est-ce qu'il y a ? s'inquiète mon père.

– Ça va encore être une fausse couche ? demande ma mère d'une voix tremblante qui me noue la gorge.

– Non, c'est… »

La sage-femme se tait et se redresse pour respirer à fond.

« Je reviens, je vais demander un deuxième avis. »

Et elle fonce hors de la pièce, laissant derrière elle mes parents perplexes.

– Oh mon Dieu, dis-je en regardant Bram.

Je dois résister à l'envie de me jeter dans ses bras tandis que les larmes coulent sur mes joues, puis sur sa main. Il la presse plus fort et je lui réponds en lui serrant le bras.

– Bon, c'est pas tout ça mais je suis de service, moi, déclare Saunders en se levant lentement.

– Mais ce n'est pas fini, si ? dis-je en me tournant de nouveau vers l'écran.

Je voudrais que ces images ne s'arrêtent jamais.

– Non, non. Il faut juste que j'y aille ou les autres vont se demander où je suis passé… Mais vous n'avez qu'à regarder la suite, vous deux. Moi, je…

Et il file vers la porte tandis que l'écran est envahi par une demi-douzaine de pontes en blouse blanche qui ne font rien pour rassurer ma mère malgré son regard affolé.

En entendant la porte se refermer, je me rends compte que je n'ai pas remercié Saunders. Mais quand la sage-femme repasse la sonde sur le ventre bombé de ma mère, les personnes présentes dans la pièce échangent des murmures ébahis en écarquillant les yeux, et mes parents finissent par comprendre. Et je ne pense plus du tout à Saunders en les voyant pleurer d'amour et de soulagement.

J'étais tellement aimée ! Tellement désirée ! Et pas dans la gloire de ma vie ultérieure et du symbole que j'ai représenté pour le monde, mais dans l'intimité de ce couple. De ma famille. C'est grâce à eux que je suis là.

Soudain, j'ai soif de cet amour et de cette joie qu'ils ne demandaient qu'à me donner. Je voudrais pouvoir me blottir bien au chaud entre eux, comme ils se tenaient sur les premières images. Oh, j'aurais tellement aimé les écouter parler, à l'abri entre eux deux, là où était ma place…

Je ne partagerai jamais de moment avec ma mère : on m'a arraché cette possibilité il y a longtemps. Mais il reste encore de l'espoir pour mon père et moi.

De l'espoir.

J'ai besoin de plus que cela.

J'ai besoin de faire tout mon possible pour que cela arrive.

24/**BRAM**

Ève pousse un cri de douleur.

– Ça va ? dis-je en me levant aussitôt.

– Oui, oui, relax, je me suis juste mordu la lèvre, me répond-elle en me tirant par le bras pour me faire rasseoir à la table du petit déjeuner. Repos, soldat, ou ça va faire jaser.

– Désolé.

En obéissant, je remarque les yeux avides de ragots qui nous fixent depuis les quatre coins de la salle à manger.

– Tu as besoin d'un médecin ? lui murmure Helena.

– Parce que je me suis mordu la lèvre ? dit Ève en fronçant les sourcils.

– C'est grave ? fais-je.

– Mais vous allez arrêter, tous les deux ? La semaine dernière, vous trouviez ça parfaitement normal de me faire sauter d'une tour de mille étages et de me fourrer dans un sac pour me faire traverser la ville, et maintenant vous paniquez parce que je me suis mordu la lèvre ? (Elle rit.) Ça vous ferait du bien de sortir un peu plus. À nous tous, d'ailleurs.

J'adresse un petit signe de tête à Helena, qui retourne à son petit déjeuner.

– Tu sais que tu n'es pas obligée de mâcher les algues ? dis-je à Ève. Franchement, la meilleure solution que j'ai trouvée, c'est de les engloutir direct.

J'illustre mon propos en avalant ma bouchée d'un coup et je finis par une expiration satisfaite parfumée aux algues.

Elle lève les yeux au ciel en me gratifiant d'un coup de coude dans le plexus.

Mon cœur fait un bond dans ma poitrine. Je ne me suis pas encore habitué à ces sensations, à leur côté palpable. Au contact physique avec Ève, par opposition à celui de la combi cinétique qui ne faisait que simuler le toucher au temps où j'étais Holly. Est-ce que ça me paraîtra banal un jour ?

– Je suis sérieuse, en fait, reprend-elle en balayant du regard la salle remplie d'hommes trempés et privés de soleil. On se sent tous comme des lions en cage ici.

Elle a préféré prendre son petit déjeuner à la salle à manger avec tout le monde que seule dans sa chambre.

– Tu as passé toute ta vie dans une cage et ce n'était pas si terrible, dis-je en sachant pertinemment qu'il n'y a rien de comparable entre cette caverne et la tour de l'EPO.

– Sauf que maintenant, je *sais* que je suis dans une cage, argumente-t-elle. Et puis on avait l'À-pic. Réel ou pas, ça nous permettait de nous évader.

– Je sais. Et j'avoue que ça me manque à moi aussi, malgré tout. On a passé de bons moments là-haut.

– Mais pas aussi bons qu'ici, me murmure-t-elle en posant discrètement une main sur ma jambe.

Ça me donne des papillons dans le ventre.

Un bout d'algue se coince dans ma gorge.

Je m'étrangle.

Je tousse.

De l'eau verte me sort par le nez.

Ève rit.

– Helena, je crois qu'on a besoin d'un médecin, finalement.

– Bram…

C'est Saunders qui arrive, mettant fin à mon embarras.

J'arrive enfin à avaler ma bouchée.

– Oui ?

– Je peux te dire un mot, si tu as une minute ?

Son air indéchiffrable me fait supposer qu'il ne s'agit pas de bavarder entre potes.

– Je finis ça et j'arrive, dis-je en lui désignant mon bol de bouillasse presque vide.

Il retourne s'asseoir deux tables plus loin.

– Je me souviens de lui, dit Ève. De sa Holly.

– C'est vrai ?

– Oui, je me souviens de vous tous. Vous étiez tous différents. C'était très subtil, bien sûr, mais quand on n'a qu'une seule amie, au bout d'un moment, on connaît tous les petits détails qui la caractérisent.

– Et alors ? C'était quel genre, son interprétation de Holly ?

– Émotive, répond Ève en ouvrant de grands yeux.

J'acquiesce d'un hochement de tête.

– Ouais. C'est ce qui a fini par lui causer des problèmes.

– C'est ce que j'ai supposé.

Je finis mon bol et je me lève.

– Ne sois pas trop long, me dit-elle.

Le sous-entendu fait courir de l'électricité dans mes veines.

Je lui réponds par un sourire avant de rejoindre Saunders.

Bon, voyons ce qu'il me veut.

Il sort de la salle à manger sans dire un mot et garde le silence dans les couloirs de la Tanière, puis en montant dans la boule en cuivre qui fait la navette avec la surface. Notre seul lien avec Central… avec le monde.

– On sort ?

– Un petit changement de paysage ne nous fera pas de mal, me répond-il. J'ai vérifié avec les éclaireurs. Ça ne craint rien.

Il a dû lire dans mes pensées, parce que j'étais justement en train de revoir mon visage affiché sur tous les écrans géants qui décorent la ville. Saunders peut être un peu énervant quelquefois, mais j'ai toute confiance en lui.

– Dire qu'on était des pilotes… reprend-il tandis que le submersible se met à monter. Regarde-nous maintenant.

– L'escadron H… Des frères !

Ça le fait rire.

– Des frères. Il n'y a pas beaucoup de gens qui puissent comprendre ce que ça fait de vivre deux vies, de passer des années plongé dans le drôle de monde de Holly, à définir qui elle est, à devenir elle, en se faisant passer collectivement pour un seul et même individu à la personnalité unique. Ce n'est pas rien d'abandonner une tranche de vie comme celle-là.

– Tu n'es pas le seul à ressentir ça. Ça fait drôle de quitter Holly. Ça revient à laisser une partie de nous dans la Tour.

– Impossible, dit Saunders. Elle fait partie de nous.

À cet instant, la sphère s'arrête dans une secousse. Il fait faire un tour complet à la poignée circulaire pour ouvrir la porte métallique. Des éclats de lumière grise se déversent à travers le verre dépoli de la tour horloge à moitié immergée, et je me protège les yeux.

– On va où comme ça ? demandé-je.

– J'ai un truc à te montrer.

Franchissant le panneau de verre brisé, Saunders sort sur le quai aménagé sur notre tronçon caché de la berge.

Je regarde nerveusement autour de moi.

Je déteste me trouver à découvert.

Exposé.

Je n'ai pas peur de me faire arrêter, mais de révéler l'emplacement de la Tanière et celui d'Ève. Il suffit d'une personne à la vue perçante et tout est foutu.

Central regorge d'opportunistes qui traînent le nez au vent dans l'espoir de gagner le gros lot qui leur permettra de se la couler douce. Et je peux les comprendre.

– Bien sûr, Holly a commencé avec toi. Le premier, l'original ! blague Saunders en me faisant monter dans un canot noir. C'est quand même dingue de se dire que tous ces trucs que tu faisais instinctivement dans la peau de Holly quand tu étais petit ont été analysés et reproduits par nous, les autres pilotes. On a tous absorbé un peu de toi dans notre manière de penser.

– C'est terrifiant comme idée !

Ça ne le fait pas rire.

Émotif.

Il pilote la petite embarcation dans une succession d'étroits canaux qui serpentent comme des veines autour des organes de Central, tous ces gratte-ciel titanesques qui se dressent au-dessus de la vieille ville.

Un rai de lumière artificielle se glisse par une fente entre les constructions en béton et je surprends nos visages au regard coupable sur un écran : Hartman, Ernie, mère Kadi et moi. Les mots « ATTENTION – CET HOMME EST DANGEREUX » sont plaqués sur mon portrait. Logique, puisque je suis le seul à leur avoir échappé. Celui sur lequel ils cherchent à concentrer la peur et la haine des gens.

J'ai le temps de voir le beau visage d'Ève sur l'écran juste après, avant que l'angle de vue ne disparaisse.

– On y est presque, me rassure Saunders, percevant visiblement mon malaise.

Nous croisons des bateaux, essentiellement des grosses vedettes hébergeant des gens qui n'ont pas de domicile sur la terre ferme. Elles vont et viennent à leur guise, certaines avec des milliers de personnes à leur bord, et s'amarrent là où elles veulent.

– Là-bas, me dit Saunders en me désignant une énorme flèche triangulaire en verre et en métal qui sort de l'eau pour s'élancer vers le ciel.

Elle est totalement écrasée par les nouvelles tours de Central, mais surpasse en hauteur tout ce que je connais de la ville d'autrefois.

– C'est quoi, ici ? demandé-je tandis qu'on se glisse entre les côtes du grand squelette métallique.

– Oh, juste un fantôme d'un autre temps.

Il s'amarre à un petit quai de fortune aménagé à l'intérieur.

– Ne t'en fais pas, c'est désaffecté, me précise-t-il en m'aidant à mettre pied à terre.

Je le suis à travers des salles désertes divisées en petits boxes, encore remplies des fossiles d'une vie passée, d'ordinateurs et de téléphones sur des bureaux où plus personne ne travaille.

Saunders, qui connaît visiblement son chemin, m'amène au pied d'un escalier.

– C'est haut, dis donc, dis-je en levant les yeux vers les marches qui s'élèvent à l'infini.

– Mais ça vaut le coup, m'assure-t-il.

Quand nous atteignons enfin le sommet de ce piton géant construit par l'homme, je reste sans voix en découvrant la ville qui s'étend à mes pieds. Je m'avance sur le plancher de verre.

– C'est beau, hein ? dit Saunders en contemplant les reflets scintillants des fenêtres des tours sur l'eau. Si tu plisses les yeux, on croirait des étoiles.

J'essaie : il a raison.

– C'est la plus belle vue qu'on puisse avoir sur la ville sans être vu. L'attention générale est tournée vers la tour de l'EPO, reprend-il en pointant le doigt sur la monstrueuse montagne qui bouche l'horizon en disparaissant dans les nuages. Personne ne se souciera d'une bande de paumés qui traînent autour d'un vieux bâtiment abandonné et à moitié détruit. Elle sera à l'abri ici, tant qu'on a l'équipe d'éclaireurs pour patrouiller dans les alentours.

– Elle ?

Il se tourne vers moi.

– Qu'est-ce que tu crois ? Que je t'ai amené ici pour te jouer la sérénade ?

– On ne peut pas amener Ève ici. Trop dangereux. Pour son bien, elle doit rester sous la surface.

– Pour son bien ? Mais c'est *ça* qui lui ferait du bien ! Le spectacle sur la ville, le point de vue en hauteur qu'elle a toujours eu. Ça lui permettrait de retrouver un peu ses marques et c'est pile ce qu'il lui faut en ce moment. On n'est jamais aussi bien que chez soi, Bram. Et que ça te plaise ou non, chez elle, c'était là-bas, conclut-il en tapant la paroi de verre au niveau de la Tour.

Je le regarde en lui faisant sentir tout le poids de mon incrédulité.

– Ce n'était pas chez elle, dis-je lentement, posément. C'était une prison.

– Et en quoi c'est différent dans la Tanière ?

– La différence, c'est qu'elle y est en sécurité. Le temps que les choses se tassent et qu'on ait enfin une idée de ce qu'on va faire ensuite.

– Ouais, c'est ça. C'est bien pratique pour toi, hein ? Toi et ta petite obsession ?

– Quelle obsession ?

– Oh, pitié. On voit bien ce qui se passe. On n'est pas débiles, Bram. Ève et toi, vous avez toujours été proches, et maintenant que l'EPO n'est plus là pour t'en empêcher, tu peux profiter des sentiments qu'elle a pour toi. D'accord, ça lui change les idées, mais ce n'est pas sain que vous soyez si proches, Bram. Tu es vraiment sûr d'arriver à faire passer ce qui est bon pour elle avant ce qui est bon pour vous deux ?

– *Quoi ?* C'est vraiment ce que tu penses ? Que j'oriente les choses en fonction de… de mon propre intérêt ?

Il recule en levant les mains.

– Ça va, on se calme, je te répète juste ce qui se dit, mec.

Je respire à fond avant de me tourner de nouveau vers la ville, au-dessus et en dessous de moi. Et moi, je suis là, pris entre les deux.

Est-ce vraiment ce que les gens pensent ? Que je suis trop proche d'Ève ?

Mon cœur se serre.

Peut-être… Peut-être qu'ils ont raison. Mais c'est normal qu'elle gravite autour de moi. Je suis son seul point de repère. Je suis… familier.

– Écoute, je me suis juste dit que je pourrais l'amener ici un jour, si elle en a envie. On n'est pas obligés de prévenir les autres. C'est moi qui décide qui entre et sort de la Tanière, ce serait facile. Je pourrais juste lui montrer la réalité, ce monde qui existe entre les deux mondes qu'elle connaît.

– Attends… Tu veux dire… Ève et *toi* ?

Il se tait.

Il n'a pas besoin de parler. J'ai compris.

– C'est pas vrai, Saunders. Tout ça pour ça ? Fin de la discussion. Tu sais que tu as vraiment failli m'avoir avec tes conneries sur le fait que j'étais trop proche d'elle.

– Non, attends, Bram, ce n'est pas ça.

Bien sûr que c'est ça.

– Tu te fous de moi, Saunders ? Tu nous fais le coup classique de l'effet Ève. À force de la côtoyer, des tas de pilotes ont fait une fixation sur elle et se sont mis à réagir de manière irrationnelle, voire dangereuse. Toi aussi, tu craquais à fond pour elle. C'est même pour ça qu'ils t'ont bouclé ! Ils nous ont fait croire qu'ils t'avaient exécuté, tu te rends compte ? Mais je pensais que ça s'était arrangé après avec ton départ.

– Tu devrais peut-être te regarder dans un miroir, mon pote.

Les mots rebondissent sur moi sans m'atteindre. Ils ne me font plus rien. Je sais ce qu'on partage, Ève et moi.

– Ramène-moi, dis-je sèchement.

Le retour se déroule dans le silence. Seul le clapotis de l'eau sur le canot vient troubler le silence tendu qui s'est installé entre nous.

Je chasse tout ça d'un haussement d'épaules et je contemple la ville. Je n'ai pas si souvent l'occasion de la voir sans être obligé de courir pour échapper à quelqu'un. Il y a une incroyable sensation d'ouverture en comparaison de l'atmosphère emmurée de la Tanière. Ici, on respire l'air frais, et les embruns qui me mouillent le visage me réveillent agréablement.

Saunders n'a pas les bonnes motivations, mais... son plan n'est pas si bête. Il est peut-être temps qu'Ève voie le monde que je lui ai révélé.

25/MICHAEL

Le Cardinal file d'un pas vif de la cellule à l'ascenseur. Une fois à l'intérieur, il garde le silence, mais ses yeux qui m'observent parlent pour lui.

Je bombe le torse pour me donner un air martial.

On monte à toute vitesse.

– On va dans le Dôme ?

– Non, me répond platement le Cardinal.

– Moi, c'est Turner. Vous avez un nom ?

– Vous pouvez m'appeler le Cardinal.

Bon, OK.

Quand l'ascenseur s'arrête, la voix de Mlle Silva résonne dans ma tête : « Si quiconque tente de vous arrêter, vous êtes habilité à tuer. » La porte s'ouvre et je pose la main sur la crosse de mon arme en priant pour qu'on ne croise personne.

– Vous êtes arrivés au Dôme, nous annonce la voix robotique.

Après avoir inspecté les alentours, je sors. Nous sommes dans la petite zone qui précède le Portique, l'entrée dans le monde d'Ève.

– Vous ne m'aviez pas dit qu'on ne venait pas ici ?

Ne percevant aucun mouvement derrière moi, je me retourne. Il n'a pas bougé de l'ascenseur.

– Pour m'accompagner, vous devez rester dans l'ascenseur, me signale-t-il.

– Je ne comprends pas.

Il ne me répond pas. N'ayant pas vraiment le choix, je fais demi-tour.

– Turner ? me lance une voix alors que j'ai un pied dans l'ascenseur.

Merde.

– Hé, Turner ! Attends-moi !

C'est Reynolds.

Il y a toujours un garde ultime en patrouille ici la nuit.

Le Cardinal se jette sur mon pistolet. Il m'a totalement pris de court, et me braque avant que j'aie compris ce qui se passait.

– S'il me voit, il faut le tuer, me dit-il.

– Attendez ! C'est un garde ultime, comme moi, murmuré-je.

– Alors je vous conseille de régler le problème, ou c'est moi qui le ferai, ajoute-t-il alors que les pas de Reynolds se rapprochent. Vous avez entendu les ordres de Mlle Silva.

Je me dépêche de ressortir de l'ascenseur.

– Hé ! me dit joyeusement Reynolds, qui n'est plus qu'à quelques mètres. Qu'est-ce que tu fais ici ?

– J'allais te poser la même question, dis-je de l'air le plus détaché possible.

– Bah, je suis de service de nuit. Faut bien continuer, même si Son Altesse n'est plus dans les locaux. Mais il est presque six heures, j'ai bientôt fini. Toutes les armes ont été contrôlées et remises en place. Rien à signaler au Portique. Le Dôme est désert. Je descends avec toi.

– Non !

Je sens la présence du Cardinal derrière moi. Il suffirait à Reynolds de faire quelques pas de plus pour se prendre une balle.

– Non ? fait-il, étonné.

– En fait, tu pourrais faire un truc pour moi.

– T'es sûr que ça va, Turner ? Tu transpires.

– Oh, la nuit a été dure, dis-je en m'essuyant le front. Écoute, j'aurais besoin que tu fasses une dernière patrouille dans le Dôme. Tu as vu ce qui est arrivé aux pilotes ? Je n'ai pas envie de finir comme l'escadron H, moi.

Reynolds me dévisage d'un œil soupçonneux.

– Bon… OK, mais j'ai déjà fait ma ronde. C'est devenu une ville fantôme ici.

Je me tais.

– Enfin, t'as raison, mieux vaut être trop prudent que pas assez, reprend-il.

Et il fait demi-tour pour repartir vers le Portique.

– Merci, mec, c'est sympa !

– T'inquiète. Et puis c'est toi le chef, maintenant !

Je regagne l'ascenseur avec soulagement et j'attends que la porte se referme sur moi.

Le Cardinal retourne mon arme dans sa main pour me la rendre.

– Mes excuses. On ne prend jamais assez de précautions.

Je récupère mon pistolet et, en une fraction de seconde, je lui balance un coup de crosse sur le nez.

Il recule jusqu'à la paroi et porte la main à son nez ensanglanté.

– Ne touchez plus jamais à mon arme, grondé-je.

Ça, ce n'était pas malin, Turner. Mais Ketch m'a toujours dit qu'au début d'une relation entre deux personnes, il y en a toujours un qui saisit l'autre par les couilles, et j'ai comme l'impression que ce type tire sur les miennes depuis le début.

N'empêche que ça n'était vraiment pas malin.

J'essaie de me calmer.

– Destination ? demande la voix robotique.

– Éternère, articule distinctement le Cardinal avant d'essuyer son nez en sang sur sa manche.

– Pardon, vous avez dit où ?

Mais je suis distrait par une secousse inhabituelle de l'ascenseur.

Hein ? On dirait que la sphère tourne sur elle-même.

Je ne savais pas que c'était possible.

Après un demi-tour complet, la porte se rouvre sur un nouveau couloir, qui, cette fois, s'éloigne du Portique dans une longue ligne droite.

Je ne connais pas cet endroit, ce qui n'est pas normal en ma qualité de garde ultime. Dans le cadre de notre formation, on nous apprend à nous familiariser avec les moindres coins et recoins de la Tour – ascenseurs, tuyaux d'évacuation, conduits d'aération, systèmes de clim, portes, tout y passe. C'est essentiel pour nous permettre de protéger Ève le plus efficacement possible.

Du coup, l'existence de ce couloir me désarçonne.

Et surtout, où mène-t-il ?

Le Cardinal sort aussitôt et je le suis jusqu'au bout du couloir. Ses murs noirs ne laissent rien deviner. La vocation de cet endroit est clairement cent pour cent fonctionnelle. Je romps le silence en arrivant devant un autre ascenseur.

– Où va-t-on maintenant ? On est déjà tout en haut ! dis-je.

– Pour descendre, il faut commencer par monter, me réplique-t-il.

– Je me réjouis de constater que nous nous adressons de nouveau la parole, mais cette phrase n'a aucun sens.

– Montez, ajoute-t-il platement.

J'obéis. La porte se referme et l'ascenseur descend alors à une vitesse vertigineuse, sans qu'aucune voix nous ait demandé notre destination.

Je ne vois que du noir derrière la paroi vitrée.

– Vous n'aurez plus besoin de ça maintenant, m'informe le Cardinal en regardant mon pistolet, que je serre toujours dans mon poing.

– Ça, permettez-moi d'en juger.

Puis l'ascenseur s'arrête en douceur et la porte s'ouvre sur le son d'une voix familière.

– Urgence ou pas, je m'en fiche. Tout mouvement, entrée ou sortie qui ne figure pas au programme doit m'être soumis *systématiquement*. Sinon, il n'y a plus de sécurité qui vaille.

– Ketch ?

Je passe devant le Cardinal pour m'avancer dans cet endroit étrange aux allures de grotte.

– Mickey ? Mais qu'est-ce que tu fous là ?

Mon frère devient aussi pâle que s'il voyait un fantôme.

– Moi ? *Toi*, qu'est-ce que tu fous là ? Où est-ce qu'on est, d'abord ?

Je hausse le ton. J'aimerais bien que quelqu'un se décide à me donner des réponses.

– Un problème ? intervient le Cardinal.

– Je vais vous le dire, moi, quel est le problème ! Mlle Silva m'a ordonné de vous escorter dans un endroit mystérieux dont je n'ai jamais entendu parler, j'ai presque dû tuer un ami en chemin et je tombe sur mon frère en arrivant ici ! Il faut croire que je suis le seul à ne pas savoir ce qui se passe dans cette tour !

Je suis en train de me laisser rattraper par les chocs successifs de cette nuit.

– Parce que tous les deux, vous êtes… ?

– Frères, oui, Cardinal, confirme Ketch.

– Mlle Silva a demandé à votre frère de nous escorter.

Ketch ouvre de grands yeux.

– À l'intérieur ?

– Seulement jusqu'à la limite.

– Qu'est-ce que c'est, ici ? demandé-je à Ketch. Qu'est-ce qu'il y a derrière cette « limite » ?

– Je n'ai pas le droit de te répondre.

Je m'avance pour l'observer de plus près.

– Mais toi, qu'est-ce que tu fais là ? Tu es de nouveau sur pied ? Et tu ne prends pas la peine de venir me voir ?

Ketch me tire un peu à l'écart, mais le Cardinal se rapproche instinctivement, poussé par la curiosité.

– Un instant, s'il vous plaît, lui dit Ketch. C'est une question familiale. Vous pourrez entrer dès que vous serez prêt.

Joignant le geste à la parole, mon frère a arrêté le Cardinal d'une main avec une autorité impossible à contrer. Voilà pourquoi c'est lui le meilleur.

– Écoute, c'est compliqué, me répond-il en baissant la voix. Je t'ai dit qu'on m'avait proposé un nouveau boulot. Ils m'avaient promis de faire ce qu'il fallait pour me retaper si j'acceptais. Alors me voilà. Ils avaient besoin de moi le plus tôt possible. La limite n'est pas encore opérationnelle et il faut que quelqu'un soit là pour contrôler toutes les allées et venues.

J'écarte doucement sa chemise pour révéler ses pansements.

– Mais tu es en état de faire ça ? Tu reprends déjà du service alors que tu as failli mourir ?

– Bah, le professeur Wells travaille sur du lourd... et les choses avancent vite, on dirait. Alors il faut bien que quelqu'un de confiance s'occupe de surveiller l'entrée.

– Donc c'est ça, ton nouveau boulot ? Portier ?

– Marre-toi, petit malin, dit-il en me donnant une claque dans le dos comme quand on était gosses. Mais oui, on peut dire ça. Contrôle aux frontières.

Et il me fait avancer un peu vers le porche pour me montrer l'intérieur.

Je reste bouché bée.

– Ouais, moi aussi, j'ai réagi comme ça la première fois, commente-t-il en riant.

J'ai sous les yeux un gigantesque hall, encore inachevé. Des dalles en marbre noir où tout se reflète comme dans un miroir, de grands kiosques d'information, des murs tapissés d'écran de réaliTV... c'est tout un nouveau hall d'entrée que je découvre. L'accès à l'intérieur est constitué d'une galerie voûtée au plafond en arc de cercle donnant sur un espace invisible. Son fronton est gravé de motifs sophistiqués qui ne ressemblent à rien de ce que j'ai pu voir jusqu'ici dans la Tour.

Le Cardinal s'approche de la galerie, équipée d'un long alignement de portes d'accès, sans personnel de surveillance. Du coup, je m'aperçois que nous sommes seuls.

On se croirait dans une ville fantôme du futur.

– Qu'est-ce que c'est que cet endroit ? dis-je en suivant Ketch sur le marbre poli.

– Nous sommes dans le noyau de la Tour, au cœur de la montagne. Ici, c'est, ou ce sera, l'entrée d'Éternère, déclare-t-il d'un ton théâtral.

– Éternère ?

– Euh, c'est Wells qui a trouvé le nom. « Éternité » plus « ère », un truc comme ça. En tout cas, c'est ultra-méga-secret.

– Bonjour, en quoi puis-je vous aider ?

Une voix *féminine*.

Je marque un temps d'arrêt devant la femme superbe qui vient de surgir de derrière le kiosque le plus proche.

– Tout va bien, Stephanie, il est avec moi.

– Oh, vous devez être le garde Turner de la Garde ultime, s'exclame-t-elle. Ketch m'a tellement parlé de vous !

– De moi ? dis-je comme un crétin. Attendez, vous êtes *la* Stephanie ?

Elle hoche la tête et sa bouche rouge parfaite dessine un sourire plein de fierté. Je n'arrive pas à détacher les yeux de la Projection. Des milliers de particules de lumière parviennent à créer une telle illusion de la réalité qu'on ne verrait jamais la différence entre elle et une femme en chair et en os.

– Wouah… Vous êtes une légende dans la Tour. Mais j'ai appris qu'on vous avait débranchée.

– Débranchée ? fait-elle en fronçant les sourcils d'un air faussement offusqué.

Ketch me colle une calotte sur la tête.

– C'est quand même une personne, imbécile, me précise-t-il. C'est une Projection, pas un logiciel qu'on peut éteindre en appuyant sur un bouton. Elle a de vrais sentiments, de vraies émotions…

– Je suis plus vraie que n'importe quelle femme que vous croiserez jamais, balance-t-elle à Ketch avant de me décocher un clin d'œil. Enfin, je sais bien que tout cela est dur à comprendre pour vos petites têtes d'humains, blague-t-elle avec un nouveau sourire qui serait parfait si elle n'avait pas une minuscule tache de rouge à lèvres sur une dent.

Du coin de l'œil, je vois le Cardinal arriver aux portes d'accès d'Éternère.

– Qu'est-ce qu'il scanne, ce portail ? demandé-je en le regardant franchir une espèce de scanner corporel automatique. Des armes ?

Des ondes de lumière passent sur lui avant que le portail s'ouvre pour le laisser passer.

– Non, non, dit Stephanie en gloussant de mon ignorance. C'est un scanner à matière.

– Pour vérifier qu'il s'agit d'humains, précise Ketch.

– Pardon ? dis-je.

– Qu'ils sont faits de *matière*, rectifie Stephanie. La machine vérifie si les personnes sont d'origine organique ou si…

Elle s'arrête en se rendant compte que j'ai du mal à suivre.

– Je suis constituée de lumière. Vous êtes constitué de matière. Les deux peuvent coexister à Éternère, mais comme il est facile de les confondre, on vérifie.

– Vous voulez dire qu'il y en a d'autres comme vous ici ?

Elle tourne ses yeux de rêve vers Ketch sans répondre à ma question.

– Bien, je pense qu'il est temps que vous regagniez votre monde à vous, conclut-elle avec un dernier clin d'œil.

Sur quoi Ketch m'éloigne de l'entrée d'Éternère.

– Écoute, moins tu en sauras, mieux ça vaudra, m'avertit mon frère. Quelque chose me dit que Wells mijote un truc énorme, et assez moche.

Je me retourne pour regarder le Cardinal disparaître en emportant dans ce nouveau monde ce qu'il a pris sur Hartman, quoi que cela puisse être.

– Mais alors pourquoi tu t'es fourré là-dedans, Ketch ?

– Je n'ai pas vraiment eu le choix. Soit je les laissais me soigner et me trouver un poste ici, soit je me retrouvais à la retraite et j'allais pourrir dehors avec mes blessures.

– Arrête tes conneries. Avoue plutôt que tu n'as pas résisté à l'envie d'en savoir plus sur… sur… C'est quoi ce foutu nom, déjà ?

– Éternère.

– Ouais. Dès qu'il y a un dossier secret, il faut que tu fonces tête baissée.

– En attendant, jure-moi que tu vas la boucler et que tu n'essaieras pas de revenir. Famille ou pas, les ordres, ce sont les ordres.

– Si tu crois que j'ai envie de revenir !

Pourtant, au nœud que j'ai à l'estomac, je soupçonne que je n'en ai pas fini avec… Ah, merde, c'est quoi, le nom de ce truc ?

26/ÈVE

J'ai dévoré jusqu'à la dernière miette d'information contenue dans la boîte de Saunders. J'ai regardé chaque vidéo en boucle, lu et relu chaque article et chaque interview. J'ai étudié des photos de moi à chaque étape de mon développement, sur lesquelles on me voit surmonter un à un tous les défis jetés sur mon chemin. J'ai scruté mon regard à la recherche d'un fond de tristesse, mais je ne peux pas dire que j'en aie trouvé. J'étais pleinement immergée dans cette vie-là. J'étais *heureuse*.

J'ai dû arrêter tellement ça me manquait – d'être dans cette chambre avec mes parents, ou de courir dans mon beau jardin avec mère Nina. Ou simplement d'être assise quelque part, sans rien savoir de la vérité, sans avoir à remettre en cause chaque petite chose que je vois ou que j'entends. Mon cœur s'est peu à peu gonflé de chagrin et au bout du compte, je me sens encore plus abattue qu'avant. Toutes ces vidéos, ces jolies images, ces mots, le monde qu'ils dépeignent a disparu. Ma vie a bien changé. Mais je suis décidée à la prendre en main pour en faire celle que je veux vivre.

– Chubs !

Je file ouvrir la porte en entendant ses grosses boots marteler le couloir.

– Ève ?

Il a l'air à moitié endormi.

– Des nouvelles ?

Il soupire.

– Rien de l'extérieur. C'est stressant.

Je ne peux qu'acquiescer. S'ils attaquaient, au moins, on saurait à quoi s'en tenir. Mais l'inertie de l'EPO laisse la voie libre à notre imagination. Je suis sûre que je ne suis pas la seule à voir dans ma tête des images de Vivian Silva traversant la ville comme une furie à ma recherche.

– Personne dans la Tanière n'a fait de suggestion constructive ?

– Sur la manière d'entrer dans la Tour ?

Je hoche la tête.

– Certains des gars ont participé à la construction de la Tour. Pour le moment, ils comparent ce qu'ils savent avec les informations que vous leur avez fournies, au cas où on serait passés à côté de quelque chose.

– Vous cherchez les brèches dans la muraille, quoi.

– Ouais. On a aussi un gars qui a travaillé aux cuisines avec sa mère. Ils cherchent du côté de l'enlèvement des déchets.

– Il ne faut rien négliger. On n'a qu'à organiser une réunion demain pour qu'ils nous disent où ils en sont.

Je veux que les choses bougent. J'ai l'impression d'attendre là depuis des semaines. Mais on perd vite la notion du temps en vivant constamment sous terre, coupé de la lumière naturelle.

– Bonne idée, approuve Chubs en reculant pour partir, avec une espèce de petite révérence un peu embarrassante.

– Vous allez où, là ?

Il hausse les épaules.

– J'ai dit à Bram que je le retrouvais pour le repas.

– Je vous rejoins !

Et je rentre dans ma chambre pour mettre mes boots.

Je referme la porte et je m'y adosse en soupirant. Je pense à mon père, dont je me sens encore plus proche grâce au cadeau de Saunders. L'idée de le retrouver me donne de la force. Il faut que je canalise cette énergie pour me concentrer sur un plan.

Mais il y a aussi Bram.

La dernière fois que j'ai été seule avec lui dans ma chambre remonte au jour où Saunders est venu me voir. Bram est resté pendant des heures après son départ. Mais je l'ai à peine revu depuis. Je me fais peut-être des idées, mais j'ai l'impression qu'il fait tout pour prendre ses distances alors que je rêve de l'avoir auprès de moi. J'ai peur qu'il commence à paniquer à l'idée de s'embarquer dans une relation, et qu'il préfère m'éviter que de m'en parler.

Je me dépêche de mettre mes boots pour arriver à la salle à manger avant que Bram ait pu être prévenu de mon arrivée et filer. Je suis les innombrables couloirs. Je traverse des salles collectives, où des groupes de gens chantent en battant la mesure avec leurs pieds, où d'autres rient en jouant aux cartes, où des couples s'embrassent ou se câlinent, où d'autres crient ou se battent. L'amour et la haine aident à passer le temps.

En entrant dans la salle à manger, je repère Chubs et Bram en train de se parler à mi-voix. Bram a l'air irrité, tandis que Chubs esquisse un geste de protestation.

– Je file, dit Bram au moment où j'arrive derrière lui.

Puis il se retourne si brusquement qu'il me bouscule.

– Merde, murmure-t-il en me rattrapant par le bras.

– Tu vas quelque part ?

– Ouais, il faut que je...

Mais il s'arrête là.

Je tire une chaise à une table vide.

– Assieds-toi, dis-je à mi-voix.

– Euh...

Il jette un coup d'œil à Chubs.

– Bon, je vais chercher à bouffer, déclare ce dernier en lui donnant une tape dans le dos avant de s'éloigner.

Bram prend une grande inspiration et s'assied lentement.

– Allez, lâche le morceau.

– Hein ? fait-il avec un sourire qui cache mal son malaise.

– Pourquoi tu passes ton temps à me fuir ?

– Je ne te fuis pas !

– Tu me la refais ?

Il hausse les épaules en se forçant à rire.

Je réussis à ravaler mes émotions pour déclarer posément :

– C'est bon, j'ai compris. Tu t'es lassé.

– Lassé de *toi* ? demande-t-il d'une voix aiguë.

– C'est trop compliqué. Je suis trop compliquée.

– On peut le dire.

Bram sourit d'un air épuisé en passant lentement une main sur son crâne.

– Je blague, ajoute-t-il en voyant ma tête. Toi, pas du tout, manifestement.

– Qu'est-ce qui se passe, Bram ?

– À toi de me le dire. Ce n'est pas moi qui tombe sur les gens en leur ordonnant de s'asseoir.

– Je n'ai pas...

C'est la meilleure. Voilà qu'il renverse la situation en me demandant de *me* justifier.

– J'ai besoin de *faire* quelque chose, dis-je, laissant libre cours à ma frustration.

– C'est vrai que tu avais l'habitude d'avoir des journées très structurées. J'ai tendance à l'oublier. Ici, les gens n'ont pas besoin de ça. Ils s'adaptent.

– Eh bien, désolée, je ne suis pas comme eux.

– Calme-toi, Ève.

– Je suis très calme.

Je sais que je suis pénible, mais je me sens comme un lion en cage. Même si cette cage existe surtout dans ma tête.

– Tout va bien se passer, murmure-t-il en se penchant vers moi.

– Tu parles !

– Qu'est-ce que tu veux que je te réponde ? me dit Bram. Que non, ça ne va pas bien se passer ? Que dans tous les cas, il y aura d'autres victimes ? Que ton père, Hartman et les Mères seront peut-être morts le temps qu'on réussisse à entrer dans la Tour ? Que Vivian finira par te remettre la main dessus ?

J'ai la gorge nouée.

– Non.

– Bon, alors...

– Je suis tellement stressée, Bram ! dis-je. Toute cette attente, ces incertitudes...

Je sens mon corps se relâcher maintenant que je vide mon sac. Il pose sa main sur la mienne.

– On ressent tous ça, tu sais. Tu n'as pas à porter ça toute seule.

– C'est pourtant le cas, répliqué-je exaspérée.

– Parle-moi, Ève. C'est moi... me dit-il doucement.

Je plonge le regard dans ses magnifiques yeux bruns et je dis tout bas :

– Je voudrais que tout ça s'arrête pour qu'on puisse enfin commencer à vivre. Et en même temps, j'ai peur de ce que l'avenir nous réserve.

Je n'avais jamais eu le courage de l'admettre ne serait-ce qu'à moi-même. Je continue :

– J'ai fui la Tour, mais c'est comme s'ils continuaient à tout régenter. Je n'ai pas plus de contrôle qu'avant. J'ai cru que ce serait simple, mais tout est difficile, compliqué. C'est comme si mon cerveau me jouait des tours. Je suis plus près du vrai monde que je ne l'ai jamais été, et j'ai l'impression d'en être encore plus éloignée... Même toi, tu as pris tes distances.

– Hein ? Quand ça ?

Je me creuse la tête pour trouver des exemples, en vain. Et je me sens pitoyable tout à coup.

– C'est surtout une sensation...

– Ouais ? Tu me disais quoi, déjà ? Que ton cerveau te jouait des tours ?

Il fait claquer sa langue, puis soupire.

– Bon... OK. Ce n'est pas juste dans ta tête.

– Non ?

Ça y est, je panique déjà.

– Notre truc n'est pas passé totalement inaperçu, précise-t-il en nous désignant tour à tour.

– Saunders ?

Pas difficile à deviner. Même après être venu s'excuser, Saunders a continué à souffler le chaud et le froid avec moi. Il a l'air perturbé, et je me doute que je suis à l'origine de ses préoccupations.

– Lui et d'autres, me répond Bram en haussant les sourcils. Je n'ai jamais voulu faire de vagues ni éveiller de jalousies. Il y a trop de gens ici qui ont trop de temps pour ruminer.

– Contente de savoir que je ne suis pas la seule, dis-je entre mes dents.

– Ouais, mais ils se font des idées.

Une expression indéchiffrable mais désagréable passe furtivement sur son visage.

– Comment ça ?

– Oh, ça ne sert à rien que je t'embête avec ça… Ça te dirait de sortir d'ici ?

– Pour aller où ? Ça ne craint rien ? Je croyais que c'était dangereux et que j'avais pris des risques la dernière fois.

Maintenant que Bram me donne une chance de mettre le nez dehors, voilà que j'ai peur de le faire.

– Je connais un endroit. On pourrait faire les choses bien… ajoute-t-il d'un air d'invite. On pourrait appeler ça un rancard.

Je le dévisage, consciente qu'il se retient de respirer dans l'attente de ma réponse, et je souris.

– Je croyais qu'une guerre allait éclater.

– Oh, elle éclatera où qu'on se trouve, me répond-il. Tu disais que tu avais besoin de prendre l'air.

– Un rancard ! Mais quel gentleman ! dis-je d'un ton moqueur en repensant aux histoires sur le temps passé que me racontait mère Nina.

Elle se désolait toujours à l'idée que je n'aurais jamais l'occasion de connaître la dimension romantique d'une vraie rencontre.

– Un rancard...

Je goûte la saveur du mot sur mes lèvres.

27/MICHAEL

– C’est dingue ce que c’est épuisant de ne rien faire, constate Reynolds tandis que nous raccompagnons nos camarades de la Garde ultime à leurs chambres après une nouvelle journée sans Ève.

– Ouais, acquiesce Hernandez. Ils pourraient au moins nous envoyer en patrouille de recherches, non ?

Je reçois un coup de coude dans le dos.

– Hé, chef, on pionce ? me dit Franklin. Pas de petit discours d’encouragement pour les hommes ?

Je secoue la tête.

– Sympa. Si je comprends bien, c’est foutu pour la survie de l’espèce humaine.

– Elle est vivante, dis-je. Je le sais.

– Oh, le chef *sent* des choses. Sûrement qu’une connexion s’est créée avec Ève quand vous êtes devenus intimes dans l’ascenseur.

Je ne mords pas à l’hameçon. On n’a rien d’autre à faire que cancaner et se disputer ces derniers temps. Je me sens d’attaque pour les cancans, mais pas pour les disputes.

Pas après ce que je viens de voir.

– Au fait, c’était quoi, l’embrouille de l’autre matin ? me demande Reynolds alors qu’on tourne dans le couloir de nos chambres.

– Pardon ?

Je redoutais cette question sur notre rencontre devant le Portique du Dôme. À quelques secondes près, le Cardinal l’aurait tué avec mon arme.

– Qu'est-ce que tu faisais là-bas à l'aube ? Et ne me ressors pas cette connerie comme quoi on ne contrôle jamais assez les lieux. Tu sais très bien qu'il n'y a rien à garder dans le Dôme en ce moment.

– Bah, je n'arrivais pas à dormir et j'ai voulu être sûr qu'on ne laissait rien passer sous prétexte qu'Ève n'était plus là.

Ma réponse n'est pas géniale, mais elle me semble passable. Enfin, espérons.

– Sage décision, Turner. Mlle Silva apprécie votre dévouement.

Cette voix me fait m'arrêter net.

– Professeur Wells ?

Il se tient devant la porte de ma chambre, occupé à essuyer ses lunettes sur son cardigan.

– Garde ultime, garde-à-vous ! lancé-je.

Et toute l'unité pile pour exécuter le salut réglementaire.

– Repos, dit Wells. Je suis juste venu voir Turner.

Le soulagement qui s'empare de l'escadron est presque palpable. On est tous à cran depuis l'exécution collective des pilotes, et on se doute bien que si Ève ne revient pas bientôt, nous ne serons plus d'aucune utilité à l'EPO.

– Monsieur ?

– Suivez-moi, Turner. Il vous reste un travail à finir.

Il s'avance vers moi en fendant l'escadron en deux tel un bateau fendant le courant.

Une fois dans le dos de Wells, mes collègues me lancent un regard lourd de confusion et d'inquiétude. J'essaie de leur exprimer mon ignorance, mais je ne suis pas certain d'être parvenu à le faire clairement avant de devoir m'éloigner.

Le trajet se passe dans une ambiance oppressante. Avec ce type, un trajet dans l'ascenseur le plus rapide du monde paraît durer des heures. La voix robotique finit par annoncer :

– Étage de détention. Passez une bonne soirée, professeur Wells.

Je suis Wells vers les cellules des traîtres dans le couloir en béton désormais familier.

Je tente de briser la glace sur le mode professionnel, en demandant d'un air détaché :

– Une décision a été prise pour mère Kadi et le vieil homme ?

– Le sujet est entre les mains de Mlle Silva.

Je brûle de l'interroger sur l'exécution de Hartman. Le professeur Wells est-il pris au piège lui aussi, trop englué dans la toile de Vivian Silva pour pouvoir s'enfuir ? Ou bien est-il son complice ?

Alors que la question est sur le point de franchir mes lèvres, je m'aperçois qu'il m'observe par-dessus ses lunettes comme s'il déchiffrait toutes mes pensées.

– Turner, vous n'êtes autorisé à savoir que ce que Mlle Silva veut bien que vous sachiez. Notre rôle à tous est de l'aider à assurer la survie de notre espèce, et le bien des hommes du futur exige parfois de faire un peu de mal à ceux d'aujourd'hui.

Je hoche la tête. Il a lu dans mes pensées, en effet. Et on dirait que Mlle Silva lui a lavé le cerveau encore plus qu'aux autres.

– Si vous êtes là, c'est parce que, contrairement à beaucoup d'autres, vous avez montré que vous aviez compris cela, conclut-il.

Oh oui, j'ai compris. Ça ne veut pas dire que je suis d'accord. Et me voir rappeler ma docilité ne va pas sans un sentiment de honte.

Il se dirige vers les cellules et une nouvelle boule d'angoisse me noue l'estomac.

– La dernière fois que je suis venu ici, deux hommes sont morts, dis-je.

– Et la fois d'avant, quatre, me répond-il factuellement. Ce soir, vous allez assister au phénomène contraire.

Nous tournons dans le couloir des cellules.

Le contraire ? Qu'est-ce que c'est censé vouloir dire ? Qu'est-ce qu'ils ont tous à parler par énigmes dans cette tour ?

Devant nous, je vois les deux soldats masqués de Mlle Silva campés dos à la paroi de la cellule de Hartman comme s'ils montaient la garde.

Ils s'écartent à l'approche du professeur Wells et il plaque la paume sur le verre. Le système lui donne instantanément l'accès intégral à l'ensemble des options de contrôle de la cellule, auquel je n'ai jamais eu droit. Ça me donne une idée du pouvoir que Mlle Silva a accordé à cet homme.

Il commande l'ouverture de la cellule et les contours qui apparaissent sur la paroi transparente dessinent une porte ouverte. Il entre après m'avoir fait passer en premier, puis la porte se referme.

Les deux gardes reprennent leur poste sans broncher, et j'en éprouve un certain soulagement. Une menace en moins.

– Mode privé, articule distinctement le professeur Wells.

Le verre s'opacifie aussitôt de sorte que nul ne peut plus nous voir. Fin du soulagement.

– Excusez-moi de prendre la parole sans y être invité, monsieur, mais puis-je demander quel travail il me reste à finir ?

– Voilà ce qui me plaît chez vous, Turner. Vous ne tournez pas autour du pot. Toujours droit au but. Cela concerne Hartman.

Mon cœur bat plus vite.

– Hartman, monsieur ?

– Tout à fait.

Il me montre un petit disque transparent comme ceux sur lesquels étaient stockés les souvenirs des pilotes, promène le pouce dessus, puis sort de sa poche de pantalon quelque chose qui ressemble à un bout de caoutchouc souple. Il le déroule et je découvre une sorte de tablette de la taille d'un petit coussin.

– Qu'est-ce que c'est ?

– Pas quoi, mais qui, rectifie-t-il en souriant.

Il s'agenouille pour poser la tablette à l'endroit où Hartman est mort.

– Bon, ça ne m'a pas l'air mal, déclare-t-il en reculant pour juger du positionnement de l'objet.

Puis il insère le petit disque dans une fente sur le côté de la tablette et recule de nouveau.

L'objet s'illumine en passant du gris terne au blanc étincelant.

– Rayonnement, commande le professeur.

Soudain l'air de la cellule se remplit des mots « WELLS INNOVATIONS », aussi lisibles et palpables que s'ils étaient gravés dans la pierre.

– Ce que vous allez voir maintenant est le résultat des travaux de toute une vie, ajoute Wells. J'ai essuyé beaucoup d'échecs. Trop d'échecs. Mais, avec l'aide de Mlle Silva, je suis parvenu à concrétiser ma vision.

J'attends la suite en me demandant à quoi je vais assister cette fois-ci.

– À son réveil, il va être désorienté. Pour nous, il s'est passé plusieurs jours depuis son décès, tandis que son esprit à lui n'aura pas perçu d'intervalle temporel.

– Pardon, mais de qui parlez-vous ? Qui va se réveiller ?

Il m'a totalement semé.

– Hartman, répond-il avec un petit sourire.

Je le regarde fixement.

– Mais, monsieur… Hartman est mort.

– Physiquement, oui. Notre corps est faible et mal conçu. Ce n'est qu'une pauvre enveloppe pour l'essence véritable de notre existence : nos pensées. Celles de Hartman n'ont nul besoin de chair, de peau et d'os, il leur faut juste un nouveau véhicule grâce auquel communiquer avec nous.

– Et ce véhicule, c'est ça ? demandé-je en désignant la tablette.

– Exactement. Voyez cet appareil comme une sorte d'imprimante lumineuse 3D, qui nous permet de continuer à communiquer avec ceux qui ne sont plus physiquement disponibles. Il s'avère particulièrement utile lorsque quelqu'un meurt avant d'avoir fourni une information précieuse.

« Ceux qui ne sont plus physiquement disponibles » ? C'est bien la première fois que j'entends les morts définis ainsi.

– Je ne comprends pas, monsieur. Comment un enregistrement de pensées de Hartman peut-il nous donner accès à son esprit ?

– Il ne s'agit pas d'un enregistrement ni d'une simulation, mais de vraies pensées issues directement de l'esprit de Hartman.

– Vous parlez d'une Projection, comme Stephanie ?

Ma propre question me paraît dingue.

– Excellent, Turner, acquiesce Wells. Hartman n'a pas conscience qu'il est mort. Dans quelques instants, il aura la sensation de se réveiller d'un évanouissement, comme les fois précédentes, et ce phénomène va réactiver le fonctionnement du réseau de ses synapses – ou de ses pensées, si vous préférez – exactement comme s'il était encore en vie. Nous aurons affaire à l'esprit de Hartman en parfait état de fonctionnement. Et avec un peu de chance, il se montrera coopératif.

Je bats lentement des paupières.

C'est hallucinant.

– Je sais que c'est un gros morceau à assimiler. Et cela va l'être encore plus pour lui, raison pour laquelle j'ai besoin de vous. Vous devrez faciliter la transition de l'état de matière à celui de Projection. Plus l'environnement est semblable à celui dans lequel la personne se trouvait au moment de sa mort, moins elle aura de mal à accepter la situation.

– Écoutez, monsieur, je ne vais pas vous mentir… moi-même, j'ai un peu de mal à absorber tout ça.

– Vous n'avez pas le choix, Turner. Maintenant que le docteur n'est plus avec nous et que Mlle Silva est occupée à retrouver Ève, c'est vous qui devenez son point d'ancrage, le lien physique entre son existence d'avant et son nouvel état. À son réveil, Hartman va s'attendre à vous trouver là, ce qui fait de vous une composante nécessaire à la procédure. Vous allez vous plier à ce que je vous demande, ou je crains que Vivian ne se montre plus aussi compréhensive qu'elle l'a été jusqu'ici.

Je me sens pâlir.

Le sous-entendu est clair.

– Bien. Maintenant, oubliez la façon dont le dernier interrogatoire s'est terminé. Lorsque Hartman apparaîtra, dites-vous qu'on est de nouveau ce jour-là, prêts à repasser une nouvelle disquette.

– Et pour Mlle Silva et le docteur Chaudhury ? Il ne va pas s'étonner de vous trouver à leur place ?

J'évite instinctivement de m'approcher de l'endroit où Hartman est mort.

– Il va être désorienté. Si nous évitons d'attirer son attention sur ce point, il pensera que ses souvenirs sont confus et il essaiera de se raccrocher à la réalité qu'on lui présente. À savoir vous et moi, ici et maintenant. Si vous jouez correctement votre rôle, le fait que vous ayez également été présent la première fois lui suffira.

Mon cœur bat de plus en plus vite, de plus en plus fort.

Il va réellement ramener quelqu'un de la mort.

Quelqu'un que *j'ai* tué.

Il se tourne vers la tablette et se concentre.

– Réveillez-vous, ordonne-t-il d'une voix ferme, du ton dont on s'adresse à un logiciel plus qu'à une personne.

Les mots qui flottent dans l'air se mettent à briller jusqu'à ce qu'il soit impossible de les regarder en face, emplissant la pièce d'une lumière étincelante qui m'oblige à me protéger les yeux. Lorsque celle-ci s'éteint, il y a un corps au milieu de la pièce.

Il est là devant mes yeux, dans la position précise dans laquelle il est mort, vêtu du même uniforme de prison, les poignets retenus en l'air par des entraves qui, elles, ne sont plus là.

– Hartman, vous m'entendez ? demande le professeur Wells.

Hartman tousse et s'étrangle, la bouche ouverte pour aspirer un maximum d'air. Son image est si nette, si parfaite que j'ai l'impression de pouvoir le toucher. Il ne luit pas, on ne dirait jamais qu'il est constitué de lumière. Je vois maintenant comment Holly apparaissait à Ève dans le Dôme, et je comprends. Je suis incapable de distinguer la différence entre cette image et le vrai Hartman ; du reste, cette Projection est elle-même persuadée d'être le vrai Hartman.

– Vous vous êtes évanoui, Hartman, l'informe le professeur Wells tandis que sa respiration s'apaise. Mais vous voilà de retour parmi nous, avec Turner et moi-même.

– Où... Où est-on ? demande Hartman en regardant tout autour de lui.

– Dans votre cellule, où vous êtes détenu pour vous être rendu coupable d'actes de trahison qui ont abouti à l'enlèvement d'Ève. Et vous allez nous dire tout ce que vous savez sur les Libéréveurs, leurs plans, l'emplacement de leur cache et tout ce que Bram a pu vous dire d'autre.

Je n'arrive pas à détacher les yeux de Hartman.

C'est dingue.

Il est là... mais vraiment ! Il bouge, il parle, il respire, il vit... sauf qu'il n'existe pas.

C'est quoi, ce délire de malade ?

– Je me sens bizarre... marmonne Hartman.

Wells m'adresse un signe de tête discret pour me confirmer que tout cela est normal. Comme si on pouvait considérer cette manipulation comme normale !

– Vous avez déjà été mis à rude épreuve, Hartman, poursuit Wells de son ton posé un peu inquiétant, dans lequel j'entends presque un certain plaisir. Il est inutile de résister. Je n'arrêterai pas tant que je n'aurai pas ce que je veux.

Derrière ses lunettes, les yeux du professeur luisent de la même petite étincelle que ceux d'un gamin émerveillé par un spectacle incroyable.

– Hartman, écoute-le, dis-je.

Il me fixe. Du coin de l'œil, je vois Wells se tourner vers moi d'un air surpris. Je suis censé me montrer, pas me faire entendre, mais il est hors de question que je reste là passivement à le regarder subir les quatre volontés de Wells. Je l'ai tué une première fois pour lui éviter la torture, mais je ne peux pas tuer un rayon d'énergie.

– Allez-y, Turner, continuez, me dit le professeur.

Quand est-ce que j'apprendrai à la boucler ?

Comment m'y prendre pour protéger Hartman sans me dévoiler ? Ève doit rester ma priorité. Nous devons lui réserver notre loyauté jusqu'au bout, en toutes circonstances.

– Bram et Ève ne se pardonneraient jamais s'ils savaient ce que tu traverses... pour eux. Ce n'est pas ce pour quoi ils se battent, Hartman. Et tu les as déjà mieux servis que n'importe qui.

Je pense ce que je dis. Il en a déjà subi assez, plus qu'il ne le sait lui-même.

– Maintenant, le temps est venu de penser à toi. Ils ne te le reprocheront jamais, dis-je dans l'espoir d'alléger ses scrupules.

Wells hausse un sourcil approbateur, visiblement sans se douter que j'agis pour aider Hartman.

– Quoi que vous me fassiez, dit Hartman d'une voix rauque, ça ne suffira jamais à me faire trahir mes amis.

– Très bien, soupire Wells. Repos.

Hartman se fige aussitôt et reste parfaitement immobile. J'ai l'impression de voir sa statue parfaite.

– Il ne peut ni nous voir ni nous entendre lorsqu'il est dans cet état, me précise le professeur Wells. J'ai mis sur pause tous les neurones qui arrivent et qui partent de ses synapses. Pour lui, c'est comme si le temps s'était arrêté.

Puis, sortant un petit holopad, il tape dessus et une image en 3D apparaît au-dessus de sa paume.

– Qu'est-ce que c'est ?

Je ne suis pas très sûr d'avoir envie de le savoir.

Le professeur me répond par une autre question :

– Comment peut-on torturer une Projection ?

Je hausse les épaules.

– Par des informations, répond-il platement. Maintenant que nous avons affaire à un esprit pur, nous avons davantage d'outils à notre disposition. Nous ne sommes plus limités par la contrainte de montrer des images ou d'implanter des souvenirs. En exploitant toutes les données fournies par les pilotes, je peux faire revivre à Hartman des expériences vécues de tous leurs points de vue en même temps.

Je le dévisage en tâchant de faire passer mon dégoût pour de la perplexité.

– Imaginez que vous puissiez éprouver en même temps les sensations liées à l'écoute de toutes les symphonies de Beethoven.

– Ou à quatre morts.

– Voilà.

C'est de la folie pure, totalement dépourvue de morale. Je ne peux pas supporter l'idée de continuer à torturer cette âme perdue. Il faut que je fasse quelque chose.

Soudain, il y a un coup sourd derrière nous.

La silhouette de l'un des soldats frappe sur la paroi dépolie avec la crosse de son arme.

– Tenez-moi ça, me dit Wells en me donnant l'holopad.

Puis il pose la main sur la paroi pour ouvrir la porte.

– Il est là, monsieur, lui annonce le garde d'un ton pressant.

– Maintenant ? lâche Wells, furieux.

– Oui, monsieur. J'ai demandé qu'on le fasse patienter, mais…

– Pas ici, le coupe Wells, ne souhaitant clairement pas que j'en entende plus. Bien, je vais le voir.

Il se retourne vers moi pour ajouter :

– Nous n'en avons pas terminé, Turner. Restez ici, je n'en ai pas pour longtemps.

Il pose la main sur la paroi extérieure et la porte se referme en m'emprisonnant à l'intérieur.

– Attendez ! Professeur Wells !

Son ombre encadrée par celle des deux gardes s'éloigne dans le couloir, et je me retrouve seul.

Je me tourne vers le corps figé qui flotte au milieu de la cellule et un frisson me parcourt le dos. Je suis enfermé avec les pensées d'un homme que j'ai tué.

Puis mes yeux tombent sur l'holopad. Inutile de songer à y toucher ; Wells s'en apercevrait.

Ah, si seulement je pouvais parler à Hartman pour l'aider à comprendre ce qui se passe. Ou ce serait peut-être lui qui m'aiderait à comprendre, allez savoir.

Est-ce que ce serait possible de le remettre en marche ? Quelle peut être la commande ?

– Dégel, dis-je sèchement.

Ce n'est pas ça.

– Fin de la pause.

Toujours rien. Hartman n'a pas bougé.

Que dirait Wells ? Je repense aux commandes qu'il a utilisées.

– Réveil !

Non plus. En même temps, il est déjà réveillé. Peut-être autre chose qui pourrait l'humaniser ? Un truc qui donnerait à une Projection un sentiment d'authenticité ?

– Respire, Hartman.

Il tourne vivement la tête vers moi, debout là où Wells se tenait tout à l'heure. Sa poitrine se soulève et s'abaisse par saccades.

– Qu'est-ce qui s'est passé ? Où est Wells ?

Pour lui, Wells s'est évaporé en une fraction de seconde.

– Il a dû s'absenter un moment, Hartman. Je vais essayer de t'expliquer. Mais j'ai besoin que tu m'écoutes et que tu me fasses confiance. On n'a pas beaucoup de temps.

28 / MICHAEL

Comment annonce-t-on à quelqu'un qu'on l'a tué ?

– Je me sens bizarre. Tout embrouillé.

– Oui, c'est normal, dis-je aussi calmement que je peux. Tu dois ressentir toutes sortes d'effets secondaires.

– Des effets secondaires de quoi ?

Mes poils se dressent sur mes bras. Comment peut-il ne pas être réel ? La Projection est parfaite.

– Hartman… Wells t'a fait quelque chose de… difficile à expliquer. Ça ne va pas être évident à comprendre pour toi, mais il faut que tu saches la vérité.

– Essaie toujours. Après cette semaine, je crois que plus rien ne peut me surprendre.

Il crache par terre et je suis jusqu'au sol le trajet du filet de salive projetée par l'holopad.

Incroyable.

– Alors ?

Allez, il faut que je me lance.

– Tu es mort.

Direct. Sincère. Sans tortiller.

– Et c'est moi qui t'ai tué.

Hartman me regarde en clignant des paupières.

– Je suis désolé.

– C'est une blague ?

– Malheureusement non. Ils étaient en train de te torturer.

– Ils « étaient » ?

– Oui, bon, ça continue, mais… maintenant c'est différent. L'autre jour, j'ai vraiment eu la conviction que le geste le plus humain, le plus charitable pour toi, c'était de mettre fin à tout ça.

– De deux choses l'une. Soit tu n'as pas bien saisi la définition de « tuer quelqu'un », soit tu as massacré le job, parce que je suis là, fait-il en se regardant.

– Oui, ça, c'est pour la deuxième partie. Tu es là, mais pas physiquement. Comme je ne suis qu'un garde, je ne peux pas t'expliquer le principe, mais c'est ton cerveau qui parle. Ton « corps » n'est qu'une Projection.

Hartman se raidit à ce mot. Il fixe ses mains, ses pieds, son corps.

– Impossible. Tu dois te tromper.

Je me tais pour lui laisser le temps de s'examiner.

– Où sont les entraves ? demande-t-il en s'apercevant tout à coup qu'il n'est plus attaché.

– Elles étaient sur ton corps.

Je m'approche de lui en espérant qu'il va lire dans mes yeux que je suis sincère.

– Viens plus près, me dit-il en commençant à paniquer.

Il lève la main vers mon visage et j'ai un mouvement de recul.

Il laisse sa main en suspens et me regarde.

Je m'approche de nouveau pour lui tendre ma main à serrer.

Il la prend, et lâche un soupir soulagé.

– Tu te fous de ma gueule. Je sens parfaitement. Je sens ta main. Mais t'as bien failli m'avoir pendant une seconde. C'est une nouvelle tactique de Wells. Désolé, mais vous avez encore des progrès à faire.

– Bon. Regarde, maintenant.

Une fois qu'il a baissé les yeux, je presse le noyau d'énergie jusqu'à ce que ma main se fonde dans la sienne en traversant la projection.

Il s'étrangle. Suffoque. Essaie de vomir.

– Hé, OK, OK, reste calme. Essaie de te détendre, dis-je tandis qu'il se laisse glisser par terre. Je sais que c'est dur. Et je ne comprends rien à ce bordel.

Son image clignote et se déforme comme si ses pensées tournaient en spirale.

– Mais… Mais… comment c'est possible ?

– J'en sais rien ! Quand tu es mort, Wells a envoyé un type qui a… je sais pas… scanné ton cerveau, un truc comme ça. Il a fait construire tout un espace secret accessible depuis le Dôme et c'est là-bas qu'ils ont emmené ce qu'ils avaient pris dans ta tête. Et le coup d'après, je te retrouve ici comme si de rien n'était.

Hartman s'assoit et prend de grandes inspirations.

– Mais c'est dingue… Je sens l'air dans mes poumons, dit-il en amenant les mains devant son visage pour les examiner.

Puis il voit l'holopad sur lequel il est assis.

– Ça vient de là ?

– Oui. Si j'ai bien compris, c'est une sorte de projecteur.

– Il nous a fait tester ce truc pour Holly il y a quelque temps. Ce sont des espèces de tablettes capables de manipuler les ondes de lumière. À un moment, Wells avait prévu de réorganiser toute la Tour pour permettre à Holly et à toutes ses autres projections de se déplacer n'importe où.

Il passe un doigt sur la bordure de sa source lumineuse.

– Et pourquoi il ne l'a pas fait ? demandé-je.

– Silva a dû mettre son veto. Ce n'était pas nécessaire. Les projecteurs de Holly suffisaient aux besoins liés à Ève.

– Il faut croire qu'Ève n'est plus la priorité de Wells.

– Je me demande si elle l'a jamais été, répond Hartman d'un air ébranlé. Mais qu'est-ce qu'il fabrique dans ce nouvel espace dont tu m'as parlé ?

– Je ne sais pas encore, mais je connais quelqu'un qui pourra me tuyauter.

– Et tu lui fais confiance ?

– C'est mon frère.

– Et tu lui fais confiance ? répète-t-il.

– Je lui confierais ma vie. D'ailleurs, il me l'a déjà sauvée. Il est loyal à Ève.

– Ça ne l'empêche pas de travailler pour l'EPO.

– T'en as fait autant, riposté-je.

Il l'admet d'un hochement de tête.

– Est-ce que tu crois qu'il y a d'autres…

Je cherche comment formuler ma question avec délicatesse.

– D'autres quoi ? D'autres *trucs* comme moi ? me demande Hartman en agitant la main vers la plaque en caoutchouc blanc sur laquelle il est assis.

– Ce sont des personnes, Hartman, pas des choses. S'il y a d'autres Projections en bas, ça veut dire qu'il joue avec la vie des gens.

– Il faut que tu retrouves Bram avant Wells, me dit-il fermement.

– Où ?

Il se referme, et je le vois résister de toutes ses forces pour ne pas donner ses amis.

– Hartman, ce n'est pas le moment de te méfier de moi.

Il regarde de nouveau la plaque et lâche une expiration artificielle.

– Ils ont une planque enfouie sous l'eau dans le secteur historique. C'est…

– Coupez, ordonne Wells depuis le seuil derrière moi.

L'image de Hartman est aussitôt avalée par l'holopad.

– Non !

Wells me dévisage.

– Il allait parler, monsieur !

J'omets de dire que je n'avais aucune intention de lui transmettre l'information ensuite.

– C'est devenu inutile, me répond le professeur. La situation a changé. L'information nous est parvenue par une source fiable.

– Qui ?

Il faut que je sache qui les a trahis.

– C'est l'un des leurs.

Wells se penche pour récupérer la disquette dans l'holopad et elle va rejoindre les disquettes des autres pilotes dans la pochette en cuir. Quelque part, l'idée que Hartman a rejoint ses camarades de l'escadron H me réconforte.

– Rassemblez votre équipe, Turner. Aujourd'hui, on ramène Ève à la maison.

Et Wells s'en va en me laissant seul dans la cellule.

29/ÈVE

– C'est l'heure de se réveiller, me murmure-t-il à l'oreille.

Son souffle chaud me chatouille. Je me tourne pour passer les bras autour de son cou et l'attirer contre moi.

– Je suis réveillée, dis-je d'une voix rauque en collant ma bouche sur la sienne.

Il rit doucement.

– Si on veut y aller, c'est maintenant, avant que les autres se lèvent, ajoute-t-il. À moins que tu aies changé d'avis ?

– Ouais ! Notre rancard !

Je saute du lit et je m'habille vite fait, avec des vêtements noirs pour me fondre dans les ombres.

– Mets ça, me dit-il en me lançant un lourd manteau en laine, noir également.

– Sérieux ?

– Tu me remercieras, tu verras.

Il jette un coup d'œil dans le sac qu'il a préparé, se tâte les poches et regarde tout autour de lui pour s'assurer qu'il n'a rien oublié.

J'enfile le manteau de mauvaise grâce, le cœur soulevé par l'odeur qui imprègne la laine. En vivant ici, dans la Tanière, j'ai du mal à me rappeler la dernière fois que j'ai senti un parfum agréable.

Une fois vêtus et équipés, nous quittons la salle et nous traversons les lieux le plus discrètement possible. Les Libéréveurs dorment encore. Il règne un silence déroutant si on pense au nombre de personnes qui vivent ici. Nous atteignons la capsule sans nous être fait repérer. Je suis surprise par l'absence de Saunders, mais Bram monte dans l'engin et se met à actionner les commandes sans se démonter. Nous échangeons à peine quelques mots pendant que la petite sphère s'élève et nous dépose à la surface.

Une fois à l'extérieur, je prends le temps de m'arrêter malgré le froid et je ferme les yeux pour respirer l'air vif de l'aube. Je savoure cette sensation nouvelle, en me demandant si je pourrai un jour me tenir ainsi dehors sans me sentir euphorique. J'espère que je ne m'en lasserai jamais.

– Allez, viens ! me lance Bram.

Sortant de ma transe, je le rejoins prudemment à bord du canot pneumatique où il s'est installé, en essayant de ne pas trop nous faire tanguer.

Je ramasse la couverture posée par terre pour m'en couvrir la tête et les épaules. Me voilà à l'abri des regards sans rien perdre de ce qui se passe autour de moi.

D'une poussée, Bram nous engage dans le courant. L'obscurité gomme le brun vaseux de la rivière, dont la surface forme une toile de fond assez magique pour les reflets des monuments environnants. D'autres que moi ne percevraient peut-être dans toutes ces hautes tours, ces bâtisses en ruine et ces vitres brisées qu'un spectacle sinistre et menaçant, mais elles me fascinent.

Ça vient aussi du fait que je n'ai pas assisté à la décomposition de ce monde. Pour moi, c'est une vision entièrement nouvelle, alors que pour les autres, ce décor recouvre une réalité, un passé, toute leur vie.

– Pousse-toi un peu, me chuchote Bram en se penchant devant moi pour saisir un bout de toile détrempée qui pend au-dessus de nos têtes. Tiens-toi.

Le canot heurte la paroi d'un bâtiment avec une secousse.

– Désolé, dit Bram en amarrant solidement notre embarcation au mur.

Je lève les yeux vers la tour qui se dresse au-dessus de nous. La lumière des projecteurs de tours voisines souligne sa singularité en se reflétant sur ses panneaux de verre. Elle n'est pas rectangulaire, ni faite du même matériau gris que les autres. Elle ne semble pas non plus avoir été érigée à la hâte pour répondre à un besoin urgent, comme beaucoup d'autres. On sent que ceux qui ont participé à cette réalisation spectaculaire n'ont ménagé ni leur temps ni leurs soins.

– Attention, me dit Bram en me tendant la main pour m'aider à le rejoindre sur la plateforme.

Franchissant derrière lui l'énorme brèche dans la façade, je me laisse distancer en m'absorbant dans le spectacle. À en juger par les alignements de centaines de bureaux que je découvre, des gens ont dû travailler ici.

Mon œil s'arrête sur une photo posée sur l'un des postes de travail. Quatre visages me sourient : un homme, une femme et deux enfants – des garçons, bien sûr. Formaient-ils une famille unie ? Étaient-ils heureux ? Je me demande ce qu'ils sont devenus. Je glisse la photo dans ma poche avant de me forcer à repartir. Si Bram n'était pas là, je fouillerais chaque placard à la recherche d'autres bribes de ces vies dont j'ignore tout. *La prochaine fois*, me dis-je en courant pour rejoindre Bram.

– Bon, pas la peine de se précipiter, commente-t-il en désignant un escalier imposant.

Tout ce que je vois, c'est le défi qui se présente à moi. Je n'ai pas fait beaucoup d'exercice dans la Tanière et je n'ai rien vu d'aussi tentant depuis un moment.

– On monte jusqu'en haut ?

– Ouaip.

– Le premier arrivé a gagné ! crié-je en agrippant la rampe pour m'élancer.

– C'est de la triche ! proteste Bram du pied de l'escalier.

Puis j'entends le bruit de ses grosses bottes frapper les marches derrière moi.

Nos rires résonnent dans la cage d'escalier. L'excitation de la poursuite s'ajoute au désir de remporter la victoire. Et je veux gagner, férocement.

Mon corps réagit bien à l'effort, mais la gravité me pèse de plus en plus à mesure que je monte. Je m'obstine, refusant de m'arrêter. Et ça fait du bien de sentir mes muscles qui travaillent.

Lorsque j'arrive au sommet, mes jambes me brûlent et mon cœur bat si fort que j'ai peur qu'il explose. J'ai gagné, mais je n'ai plus assez d'air dans les poumons pour m'en vanter. Je me plie en deux pour reprendre haleine, fière de ce que je viens d'accomplir.

– Alors ? Ça valait la peine ? me demande Bram, qui, à mon grand dépit, paraît bien moins essoufflé que moi.

– C'est génial, dis-je avec un petit rire de joie.

– Je ne te parle pas de ça.

Je me redresse, la main toujours sur la poitrine. Et je reste bouche bée, les yeux écarquillés.

Un panorama. Un point de vue à trois cent soixante degrés sur toute la ville. Je peux avoir une vue complète et ininterrompue sur tout Central en faisant le tour de l'étage.

– Attends. C'est pour de vrai ?

– Tout à fait.

Je colle les mains et le front sur la vitre fraîche. La vie. La vraie vie. Une image non retouchée de la ville dans toute sa gloire brun-gris, détrempée et brisée. Central la magnifique, avec la Tour, colossale, pile au milieu. Elle a beau attirer l'attention comme un aimant, la beauté se trouve ailleurs, tout autour.

– Je me demande quel regard j'aurais eu sur tout ça s'ils m'avaient laissée le voir. Mais je crois que j'aurais adoré. Qu'est-ce qui leur faisait si peur ?

– Avant, je pensais qu'ils voulaient juste te présenter un monde idyllique. Leur utopie à eux, répond Bram en me rejoignant. Tant que tu vivais tranquillement là-haut, tu risquais moins de leur poser des questions. Mais le but n'était pas seulement de t'empêcher de sortir. Ils voulaient aussi empêcher les autres d'entrer.

Soudain, j'ai le souffle coupé en voyant une lumière vive embraser le visage de Bram et tout l'espace autour de nous. La main en visière, je me retourne et je découvre le soleil qui se lève au loin à l'horizon. Une mince bande d'un orange éclatant illumine les nuages menaçants qui planent au-dessus de la ville.

Sans détacher les yeux du spectacle, je glisse les bras autour de la taille de Bram et je respire son odeur, mais aussi tout son être. Et je me détends, baignant avec délice dans la lumière du soleil. Je voudrais que cet instant dure toujours. Que le temps s'arrête, pour me permettre de rester ici indéfiniment.

– Tu regrettes d'avoir vécu là-haut ? dis-je au bout d'un moment en désignant la Tour d'un signe de tête.

– On ne m'a pas laissé le choix, répond-il à mi-voix. Mais je suis heureux de l'avoir fait.

– Tu m'as rejoint dans ma cage, et tu en as fait la tienne.

Il me serre plus fort.

J'appuie mon front contre le sien et je repense à la vidéo de mes parents assis dans le couloir de l'hôpital.

– Tu sais que je t'aime vraiment ? dis-je en relevant la tête pour voir son expression.

Il a beau essayer de le réprimer, un sourire s'épanouit lentement sur son visage.

– T'es pas mal non plus, me dit-il en m'attirant de nouveau contre sa chaleur. Moi aussi, je t'aime.

Je lâche un soupir d'aise et je savoure la plénitude de ce moment, le sentiment d'être exactement là où j'ai envie d'être.

Soudain il y a un éclair au loin.

– Qu'est-ce que c'était que ça ? demandé-je en tapant la vitre.

– Quoi ?

Fouillant dans son sac, Bram en sort un instrument d'optique qu'il porte devant ses yeux.

Un deuxième éclair de lumière zèbre le ciel.

– Merde, dit-il d'une voix sourde.

Son ton ne peut vouloir dire qu'une chose.

La Tanière.

30/**BRAM**

L'explosion est puissante et ciblée. Je prie pour que ce ne soit que des explosions de gaz, ou de vieilles bâtisses qui s'écroulent, minées par l'âge, comme ça arrive parfois. Mais mes yeux sont déjà tournés dans la bonne direction et l'éclair suivant ne nous laisse aucun doute : la Tanière est attaquée.

Nous sommes à plusieurs kilomètres du panache de fumée qui s'élève de notre refuge, et pourtant j'ai le sentiment d'être là-bas avec les autres.

Nous avons perdu notre sanctuaire.

– C'est eux, mais les explosions doivent venir des nôtres. L'EPO ne mettrait jamais ta vie en danger, dis-je sans détourner les yeux de la base du nuage noir entouré d'un essaim de drones.

– Il faut qu'on aille les aider ! s'écrie Ève en se détournant du spectacle.

Je la rattrape par le bras alors qu'elle s'élance déjà en courant.

– Tu es dingue ? S'ils sont là, c'est justement pour toi ! Si tu y retournes, c'est fini. Vivian aura gagné. Ils te ramèneront à la Tour !

Elle hausse un sourcil comme pour me dire : « Et alors ? C'est exactement ce que je veux. »

– Et ça se passerait selon *leurs* conditions, pas les tiennes. Te faire capturer maintenant ne serait pas le meilleur moyen d'aider ton père.

Elle réfléchit, et je vois la frustration et la colère monter en elle. On est totalement impuissants.

– On ne peut pas rester sans rien faire, Bram ! Je ne vais pas rester planquée ici pendant qu'ils se sacrifient pour moi ! On…

Elle se tait en prenant soudain conscience de quelque chose.

– Si jamais ils te capturent, tu…

Je hoche la tête.

Ils me tueront.

Il n'y a aucun doute là-dessus, et elle le sait. Après tout ce que j'ai fait, en particulier l'émeute que j'ai aidé à fomenter, s'ils remettent la main sur elle, je ne serai plus pour eux qu'un empêcheur de tourner en rond à neutraliser au plus vite.

Je sens son désir d'y aller s'émousser. Pourtant, si je n'étais pas là, elle aurait déjà filé se battre aux côtés des Libéréveurs.

Est-ce de l'égoïsme de ma part ? Est-ce que ma motivation profonde pour rester ici est de sauver ma peau ?

– Mais ce n'est pas pour ça que je veux rester, dis-je. Si ce que tu veux, c'est les aider, je suis avec toi.

Et je ressens un élan sincère de voler à leur secours, mais pas aussi fort que mon instinct de protéger Ève.

Une nouvelle explosion fait voler mes doutes en éclats en même temps qu'elle envoie une onde de choc sur la rivière, dans un grondement de vibrations qui fait trembler le plancher sous nos pieds.

L'endroit où nous sommes ressemble à tout sauf à la forteresse imprenable qu'est la tour de l'EPO, mais c'est le refuge le plus sûr pour Ève dans l'immédiat. Elle pousse un soupir de résignation et se tourne de nouveau vers l'affrontement, le cœur lourd.

– Il y a qui là-bas ? demande-t-elle en regardant l'entrée fracassée de la Tanière qu'on aperçoit entre les tours.

Reprenant mon télescope, j'agrandis l'image. De la fumée noire s'élève du cadran de l'horloge, atteint par une nouvelle plaie béante. Sur la petite jetée, un gros cargo de l'EPO déverse tout un bataillon de troupes d'intervention rapide dans le repaire que l'on croyait si sûr.

– Les troupes entrent à l'intérieur, dis-je en désignant les petites fourmis qui s'engouffrent dans la Tanière, équipées de masques et de bouteilles de plongée.

Comment ont-ils su ?

– Ils vont les tuer ? me demande Ève.

– Ils n'utiliseront pas d'armes létales s'ils pensent que tu es à l'intérieur, dis-je, autant pour me rassurer que pour la rassurer, elle. Trop risqué. Ils vont se contenter de ramasser et de boucler tout le monde.

Au bout d'un moment, la fumée se dissipe et trois intercepteurs surgissent dans le ciel pour tourner comme des rapaces au-dessus de leurs proies. L'un des appareils descend jusqu'au quai et y dépose deux officiers de la Garde ultime. Puis l'intercepteur vide remonte dans les airs en pilotage automatique pour reprendre la surveillance de la zone.

– La Garde ultime est arrivée, dis-je en voyant les hommes en armes pénétrer dans notre monde par le cadran de l'horloge.

– La Garde ultime ?

– C'est ta garde, ta force de sécurité personnelle dans le Dôme. Ceux qui t'escortaient partout. Tu n'as jamais entendu personne les appeler comme ça ?

– Ketch ? demande-t-elle avec une tendresse évidente.

J'acquiesce d'un hochement de tête. Elle me prend le télescope pour regarder et je comprends que c'est lui qu'elle cherche.

– Il n'est plus là, Ève. En admettant qu'il ait survécu à la bataille dans le sanctuaire, ça m'étonnerait qu'il reprenne du service.

Elle ne répond pas. Et je comprends soudain qu'elle avait dû tisser un lien avec lui. À l'exception des Mères, Ketch était l'une des rares personnes à entrer en contact direct avec elle. Même moi, je ne la voyais qu'à travers les yeux de Holly, alors qu'ils se voyaient pour de vrai, face à face.

– Il a toujours été gentil avec moi, dit Ève.

– C'était un gars bien.

– J'espère qu'il est toujours vivant, murmure-t-elle.

– Moi aussi. Je ne lui reproche pas ce qui s'est passé au sanctuaire. On faisait tous les deux ce qu'on considérait être notre devoir envers toi.

Elle me jette un regard noir.

– Merci, tu sais trouver les mots pour me consoler.

Elle se retourne de nouveau pour observer la Tanière.

– Comment ont-ils fait pour nous trouver, Bram ?

– Je ne sais pas. Après tout ce temps, il y a peu de chances pour qu'ils nous aient localisés par hasard.

– Qu'est-ce que tu veux dire ?

– Qu'il est plus que probable que quelqu'un nous a donnés.

– Mais qui ? Je ne peux pas imaginer qu'un seul d'entre eux soit capable de...

– L'EPO est puissante et sait se montrer très persuasive. Même ceux qui sont prêts à mourir pour toi peuvent vaciller devant certaines offres. C'est une chose de jurer qu'on est prêt à mourir pour quelqu'un. Mais parmi eux, combien le feraient vraiment si on leur proposait une porte de sortie ?

– Je ne veux pas que qui que ce soit meure pour moi. Ni pour personne d'autre, dit-elle avec une tristesse qui me serre le cœur.

À travers le télescope, elle regarde sa nouvelle armée se faire escorter à bord du bateau de détention de l'EPO.

– Oh, Chubs... soupire-t-elle.

Je me penche vers la vitre en éliminant les reflets avec ma main et je vois des silhouettes piétiner et résister aux officiers sur le quai.

– Laisse tomber, Chubs. Laisse-les t'emmener... marmonné-je entre mes dents.

– Ils les emmènent où ?

– À l'étage de détention. Il y a l'équivalent de toute une prison dans la Tour.

– Quoi ?

– Ève, cette Tour est plus vaste qu'une ville de taille moyenne. Regarde ce monstre ! Elle contient tout ce qu'il faut pour faire tourner un monde miniature. On pourrait y vivre plusieurs vies sans jamais avoir besoin d'en sortir. Ils vont commencer par les amener là-bas pour les interroger.

– C'est tout ?

– Vivian ne tuera personne qui soit susceptible de lui dire où on se trouve.

– Tu en es sûr ?

– Certain.

Elle reprend son observation de la Tanière et de tous ces gens qui se font arrêter à sa place. J'essaie d'imaginer ce que ça fait de se réveiller un beau jour devant un monde nouveau, un monde dur, froid et compliqué, après toute une vie passée dans l'ignorance. Comme si le fait de porter sur ses épaules le destin de l'humanité ne suffisait pas, elle doit y ajouter l'idée que des gens perdent la vie pour défendre sa liberté. Ça doit être un fardeau écrasant.

– Michael, murmure-t-elle soudain.

Suivant son regard, je découvre un second intercepteur sur le quai, et un autre garde ultime.

– Laisse-moi voir, dis-je en tendant la main.

Mais elle ne bouge pas.

– Ève ?

– Pardon, me dit-elle en sursautant comme si je la tirais d'un rêve.

Elle me rend le télescope et je le reconnais aussitôt. Non seulement il est là, mais c'est aussi lui qui donne des ordres aux officiers d'intervention rapide et qui envoie les drones surveiller le périmètre. Ainsi, il a été promu commandant. J'en connais un qui doit avoir des amis haut placés…

Des amis haut placés… Ça me rappelle quelque chose. Mon père a toujours joué ce rôle pour moi. Quelle que soit l'énergie avec laquelle j'ai pu le nier, être le fils de l'infâme professeur Wells m'a conféré des privilèges. Jamais directement de la part de mon père, mais de ceux qui le servaient.

Michael doit bénéficier d'une influence à l'EPO, ou il aurait déjà été escamoté au lieu d'être là à faire la loi.

– Alors, me demande Ève, qu'est-ce qu'on fait maintenant ?

– On attend. On n'a pas d'autre endroit où aller pour l'instant. C'est encore ici que tu es le plus en sécurité.

Ève contemple la salle vide qui coiffe ce piton de verre désaffecté. Il y a quelques instants, cet endroit était un havre de paix, une bouffée d'air hors de la Tanière. Et voilà qu'elle ne songe plus qu'à y retourner pour la défendre.

– On ne pourra pas rester ici très longtemps, dit-elle. Si on nous a donnés, ils ne vont pas tarder à savoir où je suis.

– On a filé en douce ce matin. Personne ne sait qu'on est là.

– Tu es sûr ?

Je pose une main apaisante dans son dos et elle soupire en fermant les yeux. Puis elle les rouvre, me reprend le télescope et le porte à ses yeux.

– Bram, c'est Saunders.

Elle me repasse l'instrument et je vois deux soldats d'intervention rapide essayer de le maîtriser sur le quai.

– C'est idiot de leur résister ! dit Ève. Ça ne sert à rien.

Saunders tombe à genoux et les soldats s'arrêtent.

– Pourquoi ils ne l'emmènent pas avec les autres ? Pourquoi ils restent là ? demande-t-elle.

– Je ne sais pas.

31/MICHAEL

La sphère en cuivre se dépressurise et on débouche dans l'air étouffant de ce terrier sous les eaux. Franklin et les jumeaux Murphy prennent la tête dans le couloir.

– L'équipe d'intervention rapide a fait le tour des grandes salles, crachote la voix de Reynolds dans mon oreillette. Pas de visuel sur Ève. Je répète, pas de visuel sur Ève.

Ça pue, ici, ce qui n'a rien d'étonnant étant donné l'âge de ces murs. J'abaisse ma visière pour respirer un peu d'air propre et son écran éclaire le couloir sombre de sa lumière artificielle.

Je franchis les épais rideaux d'étanchéité qui séparent les salles et mon œil tombe sur des murs lambrissés datant d'une autre époque.

Des tirs éclatent au-dessus de nos têtes.

– Pas de tirs létaux ! m'écrié-je.

– Ce n'est pas nous, c'est eux, me signale la voix de Reynolds.

Puis une détonation retentit et les ondes d'un souffle d'énergie parviennent jusqu'à nous.

Ça, c'est nous, me dis-je. La violence de l'explosion a dû suffire à mettre au tapis tous ceux qui se trouvaient aux alentours.

J'accélère le rythme pour coller aux basques des trois autres tout en jetant un coup d'œil dans chaque salle sur mon passage.

Merde, c'est grand.

– Les salles sont vides, déclare Hernandez. Il reste juste un petit groupe barricadé dans l'un des grands halls.

– On doit tout retourner. Si Ève est ici, on la trouvera.

Mon cœur bat fort sous mon gilet pare-balles.

Chaque salle est différente. Vieille. Délabrée.

Une nouvelle volée de tirs signale que la résistance se poursuit en haut.

Hernandez et Ewan Murphy s'arrêtent au bout du couloir, séparé du suivant par un rideau d'étanchéité.

– Qu'est-ce que vous attendez ? On avance !

– Les gars n'ont pas encore sécurisé ce couloir, commandant, m'informe Murphy.

– Reynolds doit nous donner le feu vert, ajoute Hernandez.

– Je me fous de tomber sur toute l'armée des Libéréveurs, dis-je. On est là pour trouver Ève. Il peut y avoir une autre sortie, on n'a pas de temps à perdre. En avant.

C'est déjà n'importe quoi de devoir attendre qu'une autre unité passe l'endroit au crible devant nous. Si Ève est là, on doit la trouver les premiers.

– Mais, commandant, l'informateur a précisé qu'il n'y avait pas d'autre issue, me signale Hernandez.

– Je n'ai pas plus confiance dans ce traître qui vient de l'EPO que dans tous ceux qui nous tirent dessus. Maintenant, en marche. C'est un ordre, dis-je en passant devant.

La carte de localisation qui s'affiche sur mon écran me montre la position de chaque garde ultime en puisant dans les données de nos puces d'identification. Je vois qu'Hernandez et Murphy m'ont emboîté le pas.

Je ne laisserai personne s'approcher d'Ève. Libéréveurs ou EPO, je n'ai plus confiance en personne. Je ne suis loyal qu'à Ève.

Nous traversons les salles les unes après les autres : personne. Rien que des armes, du matériel technologique volé à l'EPO, des holocartes, des livres, des chambres, des cuisines… Un vrai labyrinthe.

La bordure de ma visière me présente l'image de toutes les salles qui ont déjà été contrôlées par les soldats, créant sous mes yeux une carte de plus en plus vaste de ce qu'ils appellent la Tanière.

Mon oreillette se remet à grésiller.

– Turner, je pense qu'il faut que tu voies ça, me dit Hernandez, dont un point rouge me signale la position sur la carte. Je crois qu'elle est venue ici.

Mon cœur fait un bond dans ma poitrine.

L'adrénaline inonde les muscles de mes jambes et je fonce à toute vitesse dans le dédale jusqu'à une grande salle majestueuse, où Hernandez se tient au pied d'un grand lit défait.

– Qu'est-ce que tu as trouvé ? demandé-je en reprenant mon souffle.

Il ramasse un tas de vêtements pour me les lancer. Dans les habits humides, je découvre un sweat-shirt à capuche noir.

– C'est à elle, dis-je en reconnaissant aussitôt un vêtement de l'EPO.

– C'est bien ce que je pensais, me répond Hernandez.

On y était tous les deux cette nuit-là. On participait à la poursuite dans le Dôme et on l'a vue sauter de notre monde dans celui-ci. Je n'oublierai jamais la tenue qu'elle portait : pantalon, sweat-shirt et chaussures de sport noirs, pas du tout son style habituel.

Elle avait préparé sa fuite.

– Et ce n'est pas tout, reprend Hernandez en ramassant un caleçon masculin avec la crosse de son pistolet. Je ne vois qu'un lit…

Mon sang bout dans mes veines. Je sais que c'est totalement irrationnel, mais l'idée qu'Ève a partagé un lit avec lui, avec Bram… la chair et le sang du professeur Wells…

J'essaie de chasser cette image. Merde, après tout ce que j'ai fait, je suis qui pour les juger, pour être jaloux de lui ?

Je voudrais me frapper.

On se concentre, Turner !

– On continue les recherches. Ils sont là, peut-être tout près.

Je renverse la table de chevet d'un coup de pied et son contenu s'éparpille sur le plancher humide.

– Commandant, on a arrêté tous les Libéréveurs, m'annonce la voix de Reynolds. Aucun signe d…

– D'Ève ni de Bram, dis-je.

– Correct, commandant. On a tout le plan d'architecte du bâtiment et il n'y a plus de signes de vie autres que ceux qu'on a déjà identifiés.

Je soupire.

Et voilà. Ça devait être ma chance de me racheter. Ou au moins de la ramener en sécurité.

En sécurité.

Je n'y crois pas moi-même. Personne n'est en sécurité entre les mains de Wells et de Vivian. Tout le monde veut Ève pour son bénéfice personnel. La sauvegarde de l'espèce humaine semble maintenant tellement à l'arrière-plan que je ne sais même plus si ça figure encore sur la liste des objectifs.

On en est où, du coup ? Je fais quoi si je la retrouve ? L'ordre de débarquer ici est tombé si brusquement que je n'ai pas eu le temps de réfléchir ni de prévoir quoi que ce soit. Est-ce que je la trahirais en la ramenant ? Mais si je la laisse s'échapper, sera-t-elle à l'abri avec Bram ? Seule avec lui ?

Peut-être…

– Turner ! me crie Reynolds, qui se trouve maintenant en face de moi.

– Désolé, je réfléchissais. Qu'est-ce qu'il y a ?

– C'est l'informateur, commandant. Il dit qu'il a d'autres renseignements à nous communiquer.

– Où est-il, ce salopard de menteur ? grondé-je en rejoignant Reynolds à grands pas. Conduis-moi à lui.

– Espèce de petite merde, craché-je quand je me retrouve en face de ce minable pathétique sur le quai improvisé devant le cadre de l'horloge.

– Je vous jure qu'ils devaient être là ! geint-il en rampant à genoux.

Les mains menottées, il essuie sur ses bras les larmes qui coulent sur son grand nez.

– Ce n'est pas à moi qu'il faut expliquer ça mais à Mlle Silva, dis-je en faisant signe aux gardes ultimes de l'emmener.

Les frères Murphy le soulèvent par les bras et l'escortent jusqu'au bateau qui tangue sur le courant agité.

– Non, attendez ! gémit-il tandis qu'ils l'entraînent. Le marché que j'ai passé me garantit l'amnistie seulement si Ève est ramenée vivante ! Si vous me ramenez là-bas sans elle, Mlle Silva me tuera !

– Il fallait y penser avant de trahir tes amis, Saunders. Mais c'est vrai que tu as toujours fait passer ta petite personne avant les autres. C'est même pour ça que tu as atterri ici.

J'agite la main pour que les gars l'emmènent, mais il se débat.

Un homme terrifié a une force décuplée. Parvenant à dégager un bras, il casse le nez d'Ewan Murphy, jette Finn Murphy à terre d'un croche-pied et s'apprête à sauter à l'eau, mais je suis plus rapide que lui.

Il se raidit comme une planche sous la décharge de mon gant pacifiant et s'affale sur le pont, incapable de bouger.

– Tu ne peux pas passer ton temps à fuir, Saunders, dis-je en me penchant pour le retourner vers moi, tandis que les frères Murphy retrouvent leurs esprits.

– Ils étaient là, j-je le jure ! gronde Saunders entre ses dents.

– Je sais. On a retrouvé leurs vêtements.

– Il n'y a qu-qu'un autre endroit où ils puissent être. Et je suis sûr qu'ils y sont t-tous les deux.

Mon cœur manque un battement.

Il n'avait jamais parlé d'un autre endroit. Si Ève y est vraiment, l'EPO n'est pas au courant.

Les pensées carambolent dans ma tête dans un combat entre le bien et le mal, les Libéréveurs et l'EPO, Bram et moi…

– J'écoute, dis-je en m'assurant que les jumeaux sont trop loin pour entendre.

– J-je peux vous emmener. Je p-peux vous y conduire tout de suite, bégaye Saunders, encore sous le coup de la décharge paralysante.

– Dis-le-moi maintenant ou je t'expédie à Mlle Silva, sifflé-je en lui signifiant du regard que je ne plaisante pas.

Il hésite.

Il rechigne à cracher le morceau, mais il n'a pas de marge de manœuvre et il le sait.

Ses yeux lâchent les miens pour se poser quelque part derrière mon épaule. Je suis son regard : parmi les tours massives qui nous entourent, il fixe une grande flèche qui jaillit de l'eau comme une écharde de verre géante.

– Là-haut ?

– Oui, me dit-il. En se dépêchant, on peut…

Une deuxième décharge lui coupe la parole. Déjà affaibli par la première, il s'évanouit avant d'avoir pu répéter son info à d'autres.

– Pour Ève, murmuré-je dans son oreille.

Les jumeaux Murphy soulèvent son corps inerte.

– Montez-le à bord, mais laissez-le à l'écart des autres. Et conduisez tout ce monde à la Tour ASAP.

– Oui, commandant, me répondent-ils en chœur.

Puis je me retrouve temporairement seul sur le quai. Tournant le dos aux aiguilles géantes de l'horloge, je contemple le squelette de verre brisé de la tour que Saunders m'a désignée. Encore un vestige d'un monde qui n'est plus.

Je ressens des picotements d'excitation à l'idée d'être aussi près d'elle, et que mon regard se pose peut-être sur l'endroit où elle se trouve. Avant de me rappeler que si elle y est, il y est aussi. Qu'ils y sont seuls tous les deux. La sauveuse et le fils d'un psychopathe.

32/MICHAEL

Saunders se réveille en sursaut. Désorienté, il se relève en vacillant et se protège les yeux des lumières froides braquées sur lui.

– Je suis… où ?

– Bienvenue à la maison, Saunders.

La voix de Vivian résonne sur les murs en béton de la pièce nue.

– Mademoiselle Silva, bredouille-t-il en se mettant mécaniquement au garde-à-vous.

Elle s'avance, ses traits rendus encore plus tranchants par la lumière crue. Pas un de ses cheveux n'est décoiffé. Sa présence commande immédiatement l'obéissance.

Elle passe devant les gardes ultimes tous alignés au garde-à-vous le long du mur. Nous sommes nerveux, en alerte. Beaucoup de gens sont morts la dernière fois que l'escadron s'est trouvé rassemblé.

– Pour le bénéfice de toutes les personnes présentes, pouvez-vous nous rappeler la raison de votre dernière visite, Saunders ? dit Mlle Silva. Il n'est pas si courant qu'un condamné en fuite revienne en suppliant qu'on le laisse entrer.

Saunders prend une inspiration qui reste bloquée dans sa gorge.

– Vous souvenez-vous de ce que vous m'avez dit ? demande-t-elle avec un calme déstabilisant.

– Oui, mademoiselle Silva.

– Je vous écoute.

– Je… Je suis venu vous proposer un marché.

– Continuez.

– La localisation d'Ève en échange de l'amnistie de tous mes crimes contre l'EPO.

Un silence s'ensuit.

Mlle Silva cesse d'arpenter la pièce comme pour nous laisser enregistrer l'information.

Quand Wells m'a dit qu'une « source fiable », plus précisément « l'un des leurs », avait révélé la cachette d'Ève, j'ai eu du mal à le croire. Et je n'ai pas trouvé ça plus vraisemblable en découvrant qu'il s'agissait de Saunders. Il est béat d'admiration devant elle, totalement épris. Qu'est-ce qui a bien pu le faire retourner sa veste ?

– Je devais vous accorder la liberté et le pardon de vos crimes en échange de l'emplacement de la forteresse des Libéréveurs, où vous souteniez qu'Ève se trouvait.

– Oui, mademoiselle Silva, dit-il dans un murmure à peine audible.

– J'avoue que vous êtes la dernière personne dont j'aurais cru qu'elle trahirait Ève, reprend-elle. Vous étiez libre, vous viviez en sécurité avec ces « Libéréveurs », et vous veniez de retrouver votre chère Ève. Je me demande ce qui a bien pu vous faire tourner le dos à tout cela. Vous devez avoir une motivation très sérieuse, Saunders.

Il se contente de baisser le nez.

– Pourquoi ce silence, tout à coup ? Nous savons tous ce qu'Ève représentait pour vous. Ce sont même vos sentiments pour elle qui vous avaient valu d'être incarcéré. Se pourrait-il que ces mêmes sentiments aient fait de vous un Judas ?

Cette vérité le transperce comme une lame de couteau. Il fait un tel effort pour réprimer ses émotions qu'il en tremble.

– Je suppose que ces retrouvailles n'étaient pas aussi précieuses pour elle que pour vous, poursuit-elle.

– Non.

– Je parie qu'elle a eu du mal à se souvenir de vous, que vous n'étiez plus qu'une petite lueur dans sa mémoire, un grain de sable au fond de la mer.

– Oui, réplique-t-il, pris de colère.

Je lis de la satisfaction sur le pâle visage de Mlle Silva.

– Mais elle se souvenait de Bram, articule-t-elle lentement.

Saunders serre les poings.

– Cela a dû être difficile.

– Elle n'est plus la même. Il l'a corrompue ! Elle est plus en sécurité ici, loin de lui. Sa place est ici ! s'écrie-t-il, cherchant encore à justifier son acte.

J'ai presque de la peine pour lui. Ce serait hypocrite de ma part de juger quelqu'un pour sa conduite irrationnelle en lien avec Ève. Mais de là à vendre ses propres amis, tous les défenseurs d'Ève… Il a totalement perdu les pédales et les Libéréveurs vont le payer au prix fort.

Mlle Silva s'est remise à faire les cent pas.

– Maintenant, à ce qu'on me dit, il a été procédé à une rafle à l'adresse que vous nous avez désignée. Et si nous avons réussi à capturer bon nombre de vos prétendus camarades Libéréveurs, Ève demeure malheureusement introuvable.

– C'est vrai mais…

– Cette fois, vous ne pouvez plus jouer sur les deux tableaux, Saunders, le coupe Mlle Silva.

– S'il vous plaît, mademoiselle Silva, je sais où ils sont ! l'implore-t-il. J'ai voulu le dire au garde Turner, mais il m'a paralysé. En agissant vite, on peut encore arriver à temps.

Vivian se tourne vers moi.

– Est-ce exact, Turner ? Vous a-t-il révélé une deuxième cachette ?

J'avale ma salive. À moi de jouer.

– Oui, mademoiselle Silva. Il a prétendu connaître un autre endroit où la sauveuse et le fugitif *pourraient éventuellement* se trouver, dis-je en choisissant d'aménager la vérité. Mais après avoir évalué l'importance de l'arsenal et des opérations des Libéréveurs, il m'a semblé trop risqué de me laisser entraîner par ce traître dans une nouvelle recherche aléatoire.

Mlle Silva médite un moment ma réponse.

– Vous avez bien fait de vous méfier de Saunders, Turner. Néanmoins, cette piste doit être suivie dès que nous en aurons fini ici, me répond-elle avec un regard sévère.

– Oui, mademoiselle Silva.

Je prends une grande inspiration, le plus discrètement possible.

– Mademoiselle Silva, en y allant tout de suite, on les aurait capturés ! plaide Saunders. C'est la faute de Turner, pas la mienne, si Ève n'est pas avec nous en ce moment même !

– Si Ève et Bram se trouvent toujours à Central, ils n'iront pas loin. La personne la plus célèbre de la planète et son ravisseur ? À mon avis, Bram doit se terrer, faire profil bas. S'ils se trouvent bien là où vous l'avez indiqué, nous les retrouverons.

– Et pour mon amnistie ? demande Saunders.

Elle le regarde avec un mélange de déception et de compassion.

– Turner, à vous l'honneur, me dit-elle sans même croiser mon regard.

Je sors du rang pour traverser la pièce. Le visage de Saunders exprime la terreur pure.

Ce pauvre type n'imagine pas à quel point les choses sont sur le point de dégénérer.

Je me tourne vers Mlle Silva pour obtenir confirmation.

– Merci, Turner.

Transpirant à fond, je tape sur le cercle luisant portant les mots « mode privé » et toute la paroi de la cellule devient transparente, révélant ses occupants.

– Que... s'étrangle Saunders devant ses camarades Libérêveurs.

Puis il tombe à genoux en se couvrant le visage, incapable d'affronter leurs regards.

On ne les entend pas, mais certains crient au traître tandis que d'autres vitupèrent en cognant sur la paroi.

– Eh oui, Saunders. Au cas où vous vous poseriez la question, ils ont suivi chacune de vos paroles, confirme Mlle Silva.

– Je vous demande pardon, sanglote-t-il. Je vous demande pardon…

J'ai du mal à regarder les Libéréveurs.

Ma position à l'EPO, mon uniforme et tout ce qu'il représente symbolisent l'ennemi à leurs yeux, alors même qu'au fond, nous croyons à la même cause : Ève.

En leur présence, je me sens encore plus passif et inutile.

À bien y réfléchir, je me demande qui est le pire, de Saunders ou de moi. Au moins, il est cohérent avec lui-même et agit en conformité avec ses opinions, tandis que je continue d'exécuter des ordres que je réprouve émanant de gens en qui je n'ai pas confiance.

D'une manière assez tordue, je suis un peu jaloux de lui.

– Souhaitez-vous dire quelque chose à ceux que vous avez trahis ? demande Mlle Silva à Saunders.

À genoux au centre de tous les regards, sous le faisceau de la lumière braquée sur lui tel un projecteur, il pleure tout son soûl devant la cellule où se tiennent ses amis, sa famille.

– Je vous demande pardon, dit-il entre deux sanglots. Je sais que ça ne suffit pas, que ça ne suffira jamais. Mais je vous demande pardon. S'il vous plaît… Qu'est-ce que vous allez leur faire ?

Ses mots sortent en se bousculant, poussés par ses émotions, et tout son corps est secoué par le remords.

– Vous avez trahi Ève une première fois en laissant vos sentiments l'emporter sur la raison. Et ces gens vous ont permis de vous en tirer, déclare Mlle Silva en marchant de long en large en bordure de la flaque de lumière. Si les rebelles n'avaient pas assailli la Tour à l'époque, vous seriez encore en train de moisir dans une cellule. Ils vous ont offert une nouvelle vie – une vie de forfaiture, certes, mais vous étiez libre… et vous revenez en trahissant Ève une deuxième fois ? Pourquoi ?

Saunders, qui craque de plus belle sous les regards des Libéréveurs, n'est pas en état de lui répondre.

– Saunders, reprend Mlle Silva d'un ton égal, vous êtes coupable de trahison, d'avoir mis en danger la vie de la sauveuse et d'avoir renié le serment que vous avez prêté à l'EPO. Vous êtes condamné à mort. Turner !

Pas moi, non, pas moi.

– Veuillez exécuter la sentence.

Je regarde Saunders recroquevillé par terre. Lentement, il se redresse pour me faire face.

– Pitié. Non, s'il vous plaît.

Il s'agrippe à mes bottes, priant pour un pardon qui ne viendra pas. Il remue la bouche en tendant les mains vers Mlle Silva, mais pas un mot ne sort. Il est si écrasé par l'idée de son sort qu'il n'arrive même plus à la supplier.

– Commandant Turner ! répète Mlle Silva.

Alors que je baisse la main pour prendre mon pistolet, je change d'avis en frôlant mon gant pacifiant. Glissant la main dedans, je déverrouille le capteur pour le régler sur la charge maximale et je vais me placer derrière Saunders.

– Une dernière déclaration à faire ? lui demande Mlle Silva.

Il renifle et postillonne de terreur en se redressant pour murmurer aux Libéréveurs qui le regardent :

– Pardon.

Ils sont peu à se détourner quand je pose la paume sur la tempe de Saunders pour lui administrer le choc fatal.

C'est rapide. Ses muscles convulsent, il se tord violemment et son corps heurte le sol avec un bruit sourd qui résonne sur les murs. Puis c'est le silence.

Je me penche pour prendre son pouls.

– C'est fini, dis-je à Mlle Silva.

Elle se contente d'un hochement de tête.

– Mademoiselle Silva, je vais mener une équipe jusqu'au lieu indiqué par Saunders. S'ils y sont, je veillerai personnellement au retour d'Ève et de Bram.

Les Libéréveurs protestent derrière la paroi insonorisante.

– Ève est le seul objectif, me précise-t-elle. Vous pouvez prendre Bram mort ou vif.

Et elle sort sans un regard pour Saunders.

Je m'accorde un moment pour reprendre mes esprits. C'est la deuxième personne que je tue pour l'EPO.

Je jette un coup d'œil vers les Libéréveurs. Je voudrais leur parler, leur crier que, bien que je sois de l'autre côté de la paroi, s'ils sont loyaux à Ève, mon cœur bat aux côtés des leurs. Je sens en moi une flamme que je n'avais jamais éprouvée, le désir de faire le bien, quelles que soient les conséquences.

Il faut que je retrouve Ève avant les autres.

La carte de la ville en 3D tourne lentement devant nous. L'image en temps réel montre toujours une fine volute de fumée qui s'élève de la Tanière.

Le cœur battant, je désigne la tour aux gardes ultimes et à la force d'intervention rapide.

– De là, ils doivent avoir une vue dégagée sur la planque des Libéréveurs, observe Franklin en passant des doigts nerveux dans ses cheveux ondulés. Tu crois qu'ils sont au courant pour le raid ?

– Avec le raffut qu'on a fait, certainement, lui répond Reynolds. La moitié de Central doit le savoir.

– On n'utilise que des armes non létales, dis-je. Il y a eu des tirs à balles réelles ce matin, c'est un risque que nous ne pouvons pas courir. Je veux que toutes les armes soient verrouillées en mode non létal.

Ce réglage de sécurité n'est pas automatique en dehors du périmètre de la Tour.

La nécessité de bloquer leurs armes pour les empêcher de tirer dans la direction d'Ève provoque des grognements. Si Bram se trouve à proximité, ils ne pourront pas tirer sur lui non plus.

– On n'est plus confrontés à la menace de l'armée des Libéréveurs, rappelé-je. Il s'agit seulement de Bram et d'Ève. Non létal, c'est clair ?

– Oui, commandant ! braillent-ils à contrecœur.

Je m'approche du mur pour allumer d'un geste l'écran de réaliTV. L'image qui s'affiche est aussi nette que si nous regardions par une fenêtre.

Comme chaque jour sans exception, le ciel à nos pieds est obscurci par un matelas de gros nuages sombres dont ne dépassent que les tours les plus hautes. Aucune autre construction n'approche de près le niveau de la Tour.

– Détourage des immeubles.

Sur mon ordre, l'écran de réaliTV fait apparaître les contours des constructions à travers les nuages et la brume de pollution.

– C'est celui-là ? demande Hernandez en pointant du doigt la tour en forme de boîte à chaussures que je leur ai montrée sur la carte.

Je hoche la tête, assailli par le stress que provoque mon mensonge.

– Force d'intervention rapide, vous devez sécuriser et fouiller le périmètre et laisser les gardes ultimes se charger de la suite.

– Oui, commandant, me répondent-ils.

– Repos.

La douzaine d'officiers d'intervention rapide se disperse aussitôt.

Aucun ne voudrait rater l'occasion de ramener la sauveuse à l'EPO. Ce serait un moment historique dans la liste grandissante des moments historiques récents.

Sauf que je sais qu'il n'arrivera pas.

Pas si je peux l'empêcher.

Le niveau sonore monte tandis que les hommes mettent leurs uniformes et vérifient leurs armes. Je profite du répit pour me familiariser discrètement avec l'emplacement *réel* que m'a fourni Saunders : la tour en verre pointue adjacente à la ruine rectangulaire où j'envoie les hommes.

Espérons qu'elles soient assez proches pour que je puisse passer de l'une à l'autre sans me faire repérer.

À quoi tu joues, Turner ?

De toute façon, il est trop tard pour faire demi-tour.

33/ **ÈVE**

Je suis réveillée en sursaut par un bruit de bottes raclant l'escalier. Après le départ des troupes de l'EPO, Bram et moi avons décidé de rester à notre poste d'observation en attendant que les choses se calment à la Tanière. Puis nous avons fini par nous assoupir serrés l'un contre l'autre, écrasés par l'inquiétude. Je ne sais pas combien de temps j'ai dormi, mais c'était imprudent de rester ici. Sans autre issue que l'escalier, on est acculés. Un saut du haut d'une tour m'a largement suffi. Je ne suis pas près de recommencer.

– Bram, sifflé-je en me levant d'un bond.

Mais il a entendu aussi et fixe le haut de l'escalier les poings serrés. Ses yeux sont encore bouffis de sommeil. Il s'est laissé prendre de court, lui aussi. Cette pensée m'angoisse.

– Qui sait qu'on est là ?

– Personne.

On reste figés, l'oreille à l'affût de nouveaux bruits. Je retiens mon souffle.

On a vu les Libéréveurs se faire capturer. Soit l'un d'eux a réussi à s'échapper, soit nous ne sommes pas les seuls à apprécier cet endroit, soit l'EPO nous a retrouvés.

– Ce n'est que moi, Ève. Je ne te ferai pas de mal.

Je reconnais cette voix. Elle me ramène à la Tour, à l'ascenseur et au laboratoire.

La peur m'envahit au souvenir de tout ce qui est arrivé là-bas ces derniers temps, et à l'idée de ce qui va se passer maintenant.

C'est lui.

La vision de son visage devant la Tanière m'a fait un choc en provoquant dans ma tête une collision entre les deux mondes, mais je n'ai pas été horrifiée que ce soit lui. Au contraire. Après avoir rencontré tous ces inconnus dans la Tanière, le fait de tomber soudain sur un visage familier, le sien en particulier, avait quelque chose de rassurant. Il a assisté à des moments importants, douloureux de ma vie. Je repense aux instants où il aurait pu me faire du mal, et où il ne m'a témoigné que de la gentillesse et de la compréhension. Je n'ai pas peur de lui.

– Michael ?

Il entre dans la pièce les mains en l'air pour nous montrer qu'il n'est pas armé. Il ne représente pas une menace. Mais Bram le charge déjà.

– Bram !

Il ne m'écoute pas. Il lui rentre dedans. Ils percutent le mur et ne se séparent que pour se jeter de nouveau l'un sur l'autre. Michael se prend un direct dans la mâchoire et s'affale avec un grognement. Il riposte aussitôt en fauchant les jambes de Bram, qui tombe à son tour. Puis ils roulent par terre en grognant, agrippés l'un à l'autre.

Une voix rauque leur crie d'arrêter, et je me rends compte que c'est la mienne. Mais ils ne m'entendent même pas. Ils sont dans leur monde, coupés de l'extérieur. Je me précipite vers eux.

– Arrêtez, j'ai dit !

Ils vont vraiment se faire mal s'ils continuent comme ça. Mais ils ne sont pas les seuls à savoir se battre.

Il est clair que Michael est venu seul. On doit écouter ce qu'il a à nous dire et se servir de ses informations au lieu de perdre un temps précieux à lui cogner dessus.

J'attrape le bras de Bram pour retenir son prochain coup, mais à la seconde où ma main se replie, je me rends compte que j'aurais dû lui envoyer un signal d'avertissement avant d'envahir son espace. J'aurais dû le prévenir que c'était moi et pas un autre membre de l'EPO.

Manque de réflexe.

Lâchant Michael, Bram a fait volte-face et balaye l'air de son bras en y mettant tout le poids de son corps.

Je suis projetée en arrière à plus d'un mètre du sol.

Mon dos va buter contre la paroi vitrée. Ça fait mal, mais je réussis à retomber sur mes pieds. Furieuse, je me dresse face à Bram et Michael qui me fixent, horrifiés.

– Ève, je suis désolé ! s'exclame Bram en s'approchant de moi.

– Ça va ? me demande Michael.

– Ça suffit ! dis-je en ignorant mes os meurtris.

On a mieux à faire, eux et moi, que de se pencher sur mes bobos.

– Qu'est-ce qu'il fout là, lui ? gronde Bram, le souffle court, en fusillant Michael du regard. Il est avec eux !

– Mais non ! s'écrie Michael.

– Ah non ? Il suffit de regarder tes actes ! On a vu ce que tu as fait là-bas ce matin. On a une vue parfaite d'ici.

– Il ne faut pas se fier aux apparences, se défend Michael avec véhémence. Ève, vous, vous savez que je ne vous ferai pas de mal. Ni à vous ni à lui.

– Essaie un peu, grommelle Bram.

– Qu'est-ce que vous faites là, alors ? demandé-je.

– Je suis venu vous avertir, dit Michael en se redressant légèrement. Vous n'êtes pas en sécurité. Ils savent que vous êtes là.

– Comment ? demande Bram.

– Saunders.

Oh.

– Quelle pourriture ! lance Bram en donnant un coup de poing dans le mur avant de se mettre à faire les cent pas. J'aurais dû savoir qu'on ne pouvait pas lui faire confiance. Où est-il, ce sale vendu ? Maintenant qu'il nous a planté un couteau dans le dos, je parie qu'il fait le toutou aux pieds de Vivian et de mon père. Je vais tuer cette petite merde...

– Il est mort.

On se tait, un peu sonnés.

Je repense à Saunders, à sa Holly, et je me sens coupable qu'il se soit fait entraîner dans cette vie avec moi. Il était tellement jeune ! Peut-on vraiment lui reprocher son comportement alors que sa vision de la réalité était aussi déformée que la mienne ?

– Il leur avait promis de vous livrer et il n'a pas tenu sa promesse, explique Michael.

– Et vous, vous ne leur avez pas promis la même chose ?

– Je ne ferais jamais ça.

Je le crois. Depuis le moment où il m'a prise dans ses bras dans l'ascenseur alors que mon monde s'écroulait, je n'ai jamais douté de lui. Son geste était déplacé, violait le protocole et toutes les règles, mais il m'a traitée comme une personne qui avait le cœur brisé. Il m'a consolée et montré de la compassion.

Je regarde Bram, qui doit se sentir coupable, lui aussi. Il s'est passé tellement de choses en si peu de temps…

– Saunders… murmure-t-il, la tête entre les mains.

On reste un moment silencieux, le temps de digérer la nouvelle. Saunders a fait quelque chose de terrible, mais il comptait pour nous.

– Et mon père ? Il est encore en vie ? dis-je en portant la main à ma cicatrice, le seul lien concret qui me rattache à lui.

Michael acquiesce d'un signe de tête mais sans croiser mon regard, et je suis à la fois soulagée et inquiète.

– Si Saunders nous a donnés, comment se fait-il que les autres ne soient pas là avec toi ? demande Bram d'un air méfiant.

– Bram, j'ai confiance en…

– Suivez-moi, me coupe Michael.

Il fait le tour de la plateforme d'observation pour gagner l'autre côté de la tour. À un angle, il nous arrête d'un geste et jette un coup d'œil derrière le mur avant de nous dire :

– Regardez vous-mêmes. Je leur ai donné une fausse information. Vu que Saunders n'était plus là pour me contredire…

Il rougit en prenant conscience de ce qu'il vient de dire.

– Pendant qu'ils sont occupés à chercher ailleurs, vous avez un peu de marge pour filer. C'est pour ça que je suis venu : pour vous dire de partir. Filez vers l'ouest. Pas le nord, précise-t-il en fixant Bram.

– Pourquoi ?

– Trop de monde, c'est trop risqué. À l'ouest, ça devrait aller. C'est peuplé de gens tranquilles qui ne demandent qu'à vivre en paix. Vous serez bien traités et ils vous protégeront.

J'avance la tête par-dessus le mur. La tour voisine grouille de gardes qui escaladent les façades. Ils investissent les salles l'arme au poing et renversent les meubles sur leur passage en fouillant partout.

– Ça ne sert à rien que je m'enfuie ni que j'aille encore me réfugier auprès d'autres inconnus, dis-je d'un ton décidé en me retournant vers eux. Regardez-les. Je n'arriverai jamais à quitter Central. Même si j'y parvenais, je devrais passer ma vie à regarder par-dessus mon épaule.

Michael me regarde avec perplexité. Je continue :

– Ce n'est pas ça, être libre. Depuis le début, il n'y a jamais eu qu'un seul moyen pour que je gagne ma liberté, c'était de retourner là-bas et de me battre. Sinon, ça ne changera jamais. Ils n'arrêteront jamais de me rechercher.

– On ne peut plus se battre, Ève, me dit doucement Michael. Ils ont arrêté toute votre armée. Les seuls qui restent, c'est nous trois.

– Toi ? fait Bram en fronçant les sourcils. Tu t'imagines qu'on va te…

– Quoi ? Tu ne me fais toujours pas confiance ?

– En quel honneur je te ferais confiance ?

– Il faut que vous partiez, me dit Michael.

– Je n'arrête pas de lui dire, mais elle ne m'écoute pas, lui explique Bram comme si je n'étais pas là. Pourquoi elle reste à Central, à ton avis ?

– À cause de son père.

– Gagné.

– Mais plus longtemps elle se tiendra loin de la Tour, plus il a de chances de rester en vie, argumente Michael. Il leur est plus utile vivant que mort. Il faut qu'elle parte. Ève, il faut que vous partiez.

Il me supplie presque.

Il ne veut pas que sa démarche n'ait servi à rien.

– Elle ne veut pas.

– Je ne peux pas, dis-je, accablée.

– Même pas pour lui ? s'enflamme Michael en se tournant vers moi. Ils vont vous capturer, Ève, vous le savez ! Et ils le tueront !

– Elle le sait aussi, lui dit Bram d'un ton indifférent, alors même qu'on parle de sa vie.

– Mais elle ne sait pas comment. Elle n'a pas vu les tortures qu'ils pratiquent là-haut, ce qu'ils nous ordonnent de faire, les crimes odieux qu'ils commettent. Qu'ils m'ont fait commettre.

Ses yeux sont remplis d'horreur.

– Ils lui feront subir des atrocités, Ève. Ils ne vont pas se contenter de prendre un pistolet et de tirer, et vous prierez pour qu'ils le fassent. Vous ne pourrez jamais vivre avec ça.

– Elle ne va pas avoir le choix, on dirait, annonce Bram d'une voix sombre tandis qu'une lumière éblouissante inonde la façade en nous exposant à la vue de l'intercepteur qui plane à l'extérieur.

Ils nous ont découverts.

C'est trop tard.

J'ai conduit Bram à la mort.

34/**BRAM**

Les phares de l'intercepteur zèbrent la salle de rayons aveuglants qui transpercent les fenêtres et tranchent l'air jusqu'à nos visages.

Il n'y a nulle part où se cacher.

Saisissant son arme, Michael braque le canon sur ma poitrine avant que les occupants de l'intercepteur en vol stationnaire derrière la vitre aient pu analyser ce qui se passait.

– Je les ai trouvés ! communique-t-il à son équipe dans son oreillette. Je répète : j'ai trouvé les fugitifs.

Les crépitements dans son oreillette sont audibles à plusieurs mètres. De l'autre côté de la rivière, derrière les fenêtres de l'immeuble voisin, ses hommes dirigent sur nous un ballet frénétique de lampes torches.

– Frappe-moi, me dit Michael entre ses dents.

– Hein ?

– Allez. Il faut que j'aie l'air de vouloir te capturer, ou ils vont voir que j'essaie de t'aider. Je ne pourrai rien faire pour vous dans la Tour si je me fais arrêter.

Il a raison. Une fois de retour à l'EPO, sans lui, Ève et moi ne serions que deux soldats face à toute une armée. On a besoin de quelqu'un dans les murs.

On a besoin de lui.

Je serre les poings. Puis j'entends un coup sourd, et Michael percute le sol avant que l'idée de le frapper ait fini de se former dans ma tête. Ève se tient au-dessus de lui en frottant les jointures de ses doigts.

Elle me jette un regard rapide.

– Qu'est-ce que t'attends ?

Soudain la jambe de Michael arrive sur moi comme un ressort et le sol se dérobe sous mes pieds. Je heurte le carrelage froid. Il me tombe dessus sans me laisser le temps de me relever et me cloue au sol de tout son poids.

– Quand ils seront là, surtout, ne résiste pas. On a l'ordre de te ramener mort ou vif.

Aiguillonné par cette information, j'arrive à rouler sur moi-même et à me dégager. On se balance quelques coups assez convaincants, tout en se laissant à chacun le temps d'esquiver ou de bloquer.

Alors que je recule, je bute sur une colonne. Michael en profite pour m'immobiliser et me colle deux directs dans les côtes, assez puissants pour me faire un mal de chien sans aller jusqu'à me blesser.

Bondissant sur le dos de Michael, Ève le déséquilibre et on tombe tous les deux à la renverse. À cet instant, la baie vitrée explose et un garde saute dans la salle dans le souffle de l'intercepteur.

– Reynolds ! C'est Ève ! crie Michael, d'une voix rauque.

L'autre garde écarte la main et l'électricité statique fait grésiller des étincelles entre ses doigts tandis qu'il s'approche pour aider son commandant.

– Tout va bien, je le maîtrise, lui lance Michael. Attrape-la.

Mais avant que Reynolds ait pu réagir, Ève lui assène un coup de coude dans le plexus solaire et il se plie en deux. Dans la foulée, il se prend un direct dans le bras et son gant pacifiant va lui frôler le visage, lui envoyant une décharge suffisante pour lui faire perdre connaissance.

Il tombe comme une masse.

– Bon Dieu, Ève, lâche Michael alors qu'elle se penche pour vérifier qu'il respire encore.

– Ne bougez pas ! lance une nouvelle voix tandis que les lieux se remplissent d'un martèlement de bottes désordonné.

– Reste couché, me dit Michael en me tordant le bras.

De ma position allongée, je compte deux douzaines de soldats qui déboulent avant de s'arrêter abruptement devant le spectacle.

Éclairée par les projecteurs de l'intercepteur, Ève se relève lentement derrière le soldat inconscient et un grand silence envahit la salle. Alors que nous sommes cernés par des hommes en armes, sans échappatoire, sans possibilité de nous battre, une immobilité presque surnaturelle s'est emparée de l'escadron, fasciné par la présence d'Ève. Ils ont trop peur pour s'emparer d'elle. Ils sont même trop sidérés pour s'approcher.

Ce n'est pas la première fois que ces hommes voient Ève en chair et en os – beaucoup de gardes ultimes l'ont souvent escortée dans le Dôme – mais quelque chose chez elle a changé, comme si elle avait acquis une force nouvelle depuis son départ de la Tour. Et il est clair pour nous tous que c'est elle ici qui détient le pouvoir.

– Commandant… demande l'un des soldats. Qu'est-ce qu'on fait ?

– Emparez-vous du fugitif, répond Michael en me forçant à me relever pour me pousser vers eux.

– … Et la sauveuse ?

– Mon nom, c'est juste Ève.

Le soldat croise son regard et détourne aussitôt les yeux.

– Désolé, Ève, corrige-t-il d'un air soumis.

– Gardez vos menottes, je vous suivrai, dit-elle avec défi en faisant quelques pas vers la porte.

Tout l'escadron s'écarte sur son passage.

– Alors ? fait-elle en se retournant sur le seuil. Vous nous emmenez, oui ou non ?

Les hommes l'entourent aussitôt pour l'escorter dans l'escalier sombre qui forme la colonne vertébrale de la tour délabrée.

Michael la suit de près, davantage pour la protéger que pour la surveiller, bien que nous soyons les seuls à le savoir.

Bien.

Deux gardes ultimes me collent un direct dans le dos.

– Avance, le traître, aboient-ils en me braquant avec leurs armes.

Mort ou vif. Les mots résonnent dans ma tête.

Est-ce donc ainsi que Vivian Silva et mon père me voient maintenant ? Je ne ferai pas long feu dans la Tour. Quoi qu'on puisse faire pour sauver le père d'Ève et nous sortir de là, on va devoir le faire sans traîner.

Je me sens brusquement accablé, comme si la tâche qui nous attend me pesait physiquement. Elle me paraît soudain impossible.

Elle *est* impossible.

– Pssst ! me siffle une voix derrière moi. Mon frère et moi, on a fait un petit pari. Comment t'as fait ? Hein ? Comment t'es rentré dans la Tour, espèce de malade ?

C'est l'un des gardes qui me braquent leurs armes dans le dos.

Je ne réponds pas.

– Oh, allez, tu peux nous le dire. C'est pas comme si tu risquais de nous refaire le coup, fait-il en désignant d'un geste arrogant le bataillon qui nous escorte.

– Je n'ai pas besoin de recommencer. Cette fois c'est vous qui nous faites entrer.

Ça lui ferme le clapet.

On me pousse en avant dans l'escalier, en direction du bateau de l'EPO qui nous attend. Je prends une grande inspiration avant de monter à bord.

Le combat continue.

35/ÈVE

C'est fou ce qu'on peut apprendre par la vision périphérique. Il faut croire que j'ai passé ma vie à observer du coin de l'œil les hommes qui m'entouraient, à reconstituer leur image complète en reliant bout par bout des bribes éparses. Je les ai toujours trouvés rigides et dépourvus de personnalité, mais en remarquant leurs expressions soulagées, excitées ou tendues, leurs visages en sueur et leurs joues rougies, je comprends que je m'étais trompée. Cette équipe est constituée d'hommes. De personnes douées d'émotions, qui ont été manipulées.

Comme moi.

Bien que nous ne soyons plus dans le Dôme, bien que personne de l'EPO ne soit là pour contrôler le respect du protocole, la plupart ne se permettent même pas de regarder dans ma direction. Pas étonnant, vu la façon dont on leur a martelé cette interdiction pendant des années. Mais je sens leur curiosité. Ils me jettent des petits coups d'œil à la dérobée. Reynolds, le pauvre gars que j'ai frappé, a l'air tout penaud dans son coin et s'agite sur son siège quand mon regard tombe sur lui.

La tension est palpable. Tous mes sens sont en éveil, sans que je sache si c'est parce que je suis une prisonnière en chemin pour sa cage ou à cause de l'espoir de retrouver mon père, ou bêtement parce que le fait de cogner Michael et Reynolds m'a donné une poussée d'adrénaline.

Malgré les exhortations de Bram et la mise en garde de Michael, je ne serais jamais partie. Il n'y avait qu'une issue possible.

Michael lance des ordres en restant vissé à mes côtés. Il commande à ses hommes de garder l'œil ouvert en cas d'attaque – improbable, maintenant que tous les nôtres ont été arrêtés –, de préparer la Tour pour notre arrivée et de se tenir prêts à gérer la foule massée au pied de la Tour. Il semble redouter ses réactions imprévisibles.

Pendant tout ce temps, son petit doigt tapote doucement la couture de son pantalon. Il est nerveux. Je me demande une seconde si c'est ma présence qui le met à cran, avant de repousser cette idée. Il ne s'agit pas de notre rencontre dans l'ascenseur ni d'aucune autre qui a pu précéder. Il s'agit de notre survie.

Je me demande ce qui l'a fait basculer ainsi. Le spectacle du labo dans la Tour et de toutes les horreurs qui s'y déroulent y ont peut-être suffi… Je voudrais lui demander. J'ignore presque tout de Michael, comment il s'est retrouvé dans l'EPO, quel âge il a… je ne connais pas le plus petit détail sur lui ou sur sa vie, et pourtant il me rassure. Sa présence me réconforte.

Soudain, il réagit à quelque chose qu'on lui dit dans son oreillette, soupire et fait un effort pour se redresser.

– Venez, me dit-il d'un ton bourru.

– Où ça ?

– Levez-vous, Ève, insiste-t-il d'un ton neutre.

Je traverse le bateau devant lui sans discuter.

– Toi, derrière moi, ordonne-t-il lorsqu'on passe devant Bram, qui se lève pour nous suivre, les poignets menottés.

Michael nous fait sortir sur le pont métallique et mon cœur bat plus vite lorsque mes yeux tombent sur notre destination. Cette Tour est imposante, colossale, de plus en plus menaçante à mesure qu'on l'approche.

Des images de ma vie d'autrefois surgissent dans ma tête : ma chambre, la vue de ma fenêtre, l'À-pic, le jardin, les Mères… et je suis surprise par la nostalgie qui me prend à la gorge. J'ai eu beau me répéter que tout cela n'était que mensonges, je sais que c'était réel. C'était ma vie, et je donnerais cher pour retrouver le confort, la sécurité et l'amour dont j'étais entourée. Tout cela a existé pour de vrai et ça me fait de la peine d'avoir un tel attachement pour un endroit qui n'a causé que mon malheur. Un endroit dont je ne m'échapperai jamais vraiment parce que, quoi que je fasse, il a gravé son empreinte en moi et modelé le regard que je porte sur le monde.

Alors que nous nous glissons à l'ombre de la Tour, au milieu d'une forêt d'immeubles de plus en plus dense, et que je vois une masse de gens s'assembler à notre arrivée, un projecteur s'allume au-dessus de nos têtes.

– Nous avons retrouvé la sauveuse ! tonne une voix tout autour de nous.

Je me raidis aussitôt. Vivian.

– Votre attention, citoyens de Central ! Nous avons retrouvé la sauveuse ! Elle est vivante et en bonne santé. Elle revient.

Je n'ai pas besoin de voir son visage pour imaginer l'expression de triomphe qui accompagne cette déclaration.

Des acclamations retentissent dans le noir sur les berges et les ponts. Me voilà de retour dans la lumière des projecteurs. Le trophée de l'EPO.

– Arrêtez ! crie soudain Bram derrière moi.

En me retournant, je le vois qui se tient l'épaule couché à terre, cerné par deux soldats aux mines menaçantes.

– Laissez-le tranquille !

Les deux hommes relèvent les yeux d'un air penaud et regardent rapidement Michael avant de m'obéir. Et je comprends que si le public croit à la version officielle de l'enlèvement, les gardes présents sur ce bateau savent, eux, que j'ai quitté la Tour de mon plein gré. Beaucoup d'entre eux nous ont vus fuir. Et pourtant, ils sont fiers de nous ramener. Certes, c'est précisément ce que je veux, mais ils l'ignorent. Sommes-nous si faciles à manipuler ? Si prompts à obéir sans prendre en compte ce que nous voyons de nos propres yeux ou ce que nous pensons être bien ?

Je me demande dans quel état je vais retrouver mon domaine au sommet de la Tour. Ont-ils tout déblayé, maintenant qu'ils n'ont plus besoin de maintenir les apparences ? Vais-je tomber sur un endroit sombre et nu où tous les écrans seront éteints ? Et les Mères ? Me pardonneront-elles un jour de m'être enfuie ?

L'idée de la déception que j'ai dû leur causer me noue l'estomac. Il y a dans cette tour des gens qui doivent me détester pour ce que j'ai fait, qui doivent se sentir trahis.

Je prends une profonde inspiration pour chasser ces sombres pensées. De toute façon, je ne compte pas rester longtemps, et j'espère que ces femmes seront de nouveau fières de moi en me voyant réclamer ce qui m'est dû.

Ce qui *nous* est dû.

Le bateau s'amarre et Michael m'ordonne de descendre. Je refuse la main qu'il me tend pour m'aider et je monte seule sur le quai en veillant à marcher d'un pas ferme. Je sais qu'*elle* regarde. Je ne lui ferai pas le plaisir de me voir vaciller.

Une mer de gens attend, des hommes et quelques femmes qui se tiennent tête baissée le long de l'interminable chemin qui mène à la Tour. Ils portent au creux de leurs mains des petites lumières qui font penser à des étoiles dans le ciel. Si cette image ne me replongeait pas dans mon passé, je trouverais presque cela joli.

Lorsque Helena a traversé la foule en me portant sur ses épaules, la foule autour de moi paraissait en colère, agressive et hostile. Cette fois, l'atmosphère est différente. Mais il ne règne pas non plus la même euphorie qu'à mon arrivée à la Tanière.

L'humeur est sombre, figée, un mélange de soulagement, de regret et de désespoir.

La fille perdue est revenue, mais à quel prix ?

Il y a des pleurs, des épaules secouées par les sanglots.

Tenant ma tête la plus droite possible, j'avance au milieu de la foule. Ils doivent être des milliers, mais le silence est tel que j'entends le bruit de mes pas sur le béton.

Les gens s'agenouillent sur mon passage en tenant leurs bougies au-dessus de leurs têtes comme des offrandes. Des offrandes à quoi, je ne sais pas.

La voix grinçante de Vivian tranche soudain le silence.

– Nous avons aussi capturé le traître, piaille-t-elle. Regardez-le ramper derrière Ève. Il sera puni en temps voulu. Il nous a tous trahis. Il doit être châtié.

Un remous agite la foule. Ses paroles sont une incitation à se jeter sur celui qui leur a volé leur sauveuse.

Je m'arrête et Michael trébuche, surpris.

– Continuez, me siffle-t-il à l'oreille.

Je me retourne. Son expression m'implore de me hâter jusqu'à l'entrée. Mais si je le fais, je n'aurai plus aucun contrôle sur ce qui se passe derrière moi. Et à en juger par les murmures confus qui se répandent autour de nous, les prochaines secondes vont être déterminantes. Soit ils se tiennent tranquilles, soit ils évacuent leurs angoisses sur Bram. Dans le deuxième cas, il n'arrivera pas à l'entrée vivant.

Secouant la tête, je fais demi-tour jusqu'à Bram, traîné par deux gardes. Ils le lâchent en me voyant approcher et il tombe. Il se relève en regardant la foule d'un air paniqué.

– Vas-y, Ève ! me lance une voix hargneuse. Colle-lui un pain ! Fais-le payer !

Je m'arrête à quelques pas de Bram et j'attends que le silence revienne. Ils semblent attendre la suite des événements avec la même tension que moi.

Je tends les mains pour les replier sur les siennes, maintenues par les menottes.

Une sorte de cri étouffé parcourt la foule, qui a compris : il ne m'a pas forcée à partir. Je l'ai fait *avec* lui, de mon plein gré.

Puis je me tourne de nouveau vers la Tour et je me remets en marche.

Avec mon amour à mes côtés.

Je regarde les visages qui m'entourent. Je leur souris, je hoche la tête pour les remercier. Je m'efforce d'être tout ce qu'ils veulent que je sois : douce, abordable, magnanime, forte et déterminée. Je ressens ces émotions un peu plus à chaque pas que je fais. L'amour fait tout bouger, l'amour conquiert, l'amour inverse le cours des choses. Je n'avais jamais mesuré combien l'amour d'inconnus pouvait renforcer l'estime de soi, et chaque étape de ce voyage m'a permis de découvrir un peu plus ma force et ma résilience. Ceux de la Tour, Vivian et ses laquais, avaient réussi à me persuader que j'étais faible et sans valeur, mais la vérité commence enfin à se faire jour. Je me suis réveillée, et je ne ferai pas marche arrière. Je ne me rendormirai pas.

Flanquée de Michael et de son escadron, j'avance au milieu de la foule vers les monstrueuses arches de métal de l'entrée en m'accrochant à Bram.

– Nous y sommes, marmonne-t-il.

Avant que la vie s'arrête, avant que je sois avalée par la Tour pour y subir ce qui m'attend, quoi que cela puisse être, je me retourne vers les gens, vers la vraie vie qui se trouve derrière ces murs. Je leur adresse un dernier signe, un dernier sourire. Puis, les yeux fermés, j'inspire une dernière bouffée d'air naturel en me rappelant que je ne suis la prisonnière de personne. Je suis revenue ici pour me battre pour la liberté, la mienne et celle de tous ceux qu'ils ont arrêtés.

J'ai toujours rejeté le titre dont on m'avait affublée ; je trouvais « la sauveuse de l'humanité » quelque peu écrasant. Au fond, peut-être que je suis là pour nous sauver du présent et non du futur. Peut-être que le premier acte de ce nouveau pan de ma vie consiste précisément à gagner le contrôle de mon propre corps et mon libre arbitre.

J'entre.

36 / BRAM

L'air stérile me picote les narines et les souvenirs m'assaillent dès l'entrée dans la Tour, où de nouveaux regards vigilants remplacent ceux de la foule.

– Merci, glissé-je à Ève lorsque la porte se referme derrière nous.

– On n'en a pas encore fini, me murmure-t-elle.

Dans les interstices entre les têtes de nos gardes, j'aperçois celle de Michael quelques mètres devant nous. Il fait signe à Ève de le rejoindre et les gardes s'écartent pour la laisser passer.

– Vas-y, lui dis-je.

– Je ne vais nulle part sans toi.

– Écoute, c'est déjà assez compliqué pour lui, et on a besoin de lui. Alors joue le jeu.

Ève hoche la tête en me pressant la main avant de rejoindre Michael. Elle prend la tête et il traverse le hall derrière son prétendu trophée. Tous autour de nous se sont immobilisés, comme mis sur pause, sidérés par le spectacle stupéfiant du papillon qui regagne son cocon.

Un petit filet d'applaudissements s'élève. Puis les autres suivent comme des moutons et, au bout de quelques secondes, un tonnerre d'applaudissements résonne dans l'entrée. Des gens s'approchent pour serrer la main de Michael ou le féliciter, comme s'il était un chasseur arborant son butin, mais les gardes les repoussent pour protéger Ève. La foule recule docilement.

Je croise les regards de quelques employés de l'EPO et je sens comme un malaise. Ils affichent leur satisfaction devant le retour d'Ève et le succès des gardes ultimes, mais que se passe-t-il réellement derrière cette façade ? J'ai la sensation qu'ils ne sont pas tous enchantés de voir leur sauveuse rentrer dans sa cage dorée.

Michael suit une ligne lumineuse jaune qui vient d'apparaître par terre à ses pieds. Les ordres délivrés aux gardes ultimes se traduisent toujours ainsi, par le balisage du trajet qui les mène droit là où Vivian a besoin d'eux.

Glissant un rapide coup d'œil sur l'arsenal qui équipe les gardes ultimes, je conclus qu'on est foutus, sauf si Michael a un plan secret vraiment génial dont il ne nous aurait pas informés. Il est notre dernier espoir.

Est-ce que je lui fais confiance ? Non.

Est-ce que j'ai le choix ? Non plus.

Revenir ici par effraction pour en sortir Ève, même avec l'avantage de l'effet de surprise, était déjà une entreprise vouée à l'échec à 99,9 %. On a eu une chance énorme. Mais en revenant ici menotté, au milieu de gardes tous prêts à me descendre, sans Michael, c'est perdu d'avance.

On a besoin de toi, Michael.

Plus qu'à espérer que tu ne nous as pas embrouillés.

Après un bref instant d'attente devant l'ascenseur, on me pousse à l'intérieur.

Michael attrape mes menottes et me colle au fond, à l'opposé d'Ève.

– À l'étage de détention, annonce-t-il.

– On ne va pas dans le Dôme ?

– Silence, traître ! me jette-t-il.

Il est dans son rôle.

– Je veux aller au Dôme, déclare Ève.

C'est drôle, avec elle, il s'écrase.

– Plus tard. Nous avons ordre de vous escorter tous les deux à l'étage de détention, lui explique-t-il d'un ton respectueux.

Il y a quelque chose d'étrange dans l'atmosphère. Ces hommes seraient prêts à mourir pour Ève et leur attitude dans la tour de verre désaffectée a bien montré qu'elle avait une autorité implicite sur eux. Mais les voilà qui la condamnent en parfaite connaissance de cause à une vie dont elle ne veut pas.

L'ascenseur s'arrête et la porte s'ouvre sur le long couloir froid de la prison dans la prison. Je surprends le petit regard que s'échangent les hommes.

Il se passe un truc.

Ils sont tendus.

Soit ça s'annonce très mal, soit eux non plus n'ont aucune idée de ce qui va se passer. L'un dans l'autre, ce n'est pas rassurant.

Je ne suis jamais venu à cet étage, mais c'est ici que j'aurais passé le restant de mes jours si j'avais raté mon évasion. Peut-être que je devais finir ici. Peut-être que c'était mon destin.

Sortant la première, Ève suit la ligne lumineuse de l'ordre de Michael, mais il se dépêche de passer devant elle. Il a peut-être peur de donner à Vivian l'impression qu'il ne contrôle pas la situation.

Ce que ses hommes savent déjà.

Il nous conduit aux cellules, dont les parois transparentes nous révèlent l'intérieur vide. Autrefois, je pensais que cet endroit était réservé aux criminels endurcis, aux terroristes cherchant à détruire tout espoir d'avenir pour notre espèce. Je me rends compte maintenant qu'il sert surtout à Vivian à se débarrasser de ceux qui représentent une menace pour ses projets. Quels qu'ils puissent être.

Le groupe s'arrête si abruptement que je manque de foncer dans le gilet pare-balles du garde qui marche devant moi.

Tendant le cou, je vois qu'Ève s'est immobilisée. Michael tourne pour lui indiquer la bonne direction, mais elle ne le suit pas.

Je me hisse sur la pointe des pieds pour voir pourquoi.

La cellule qui se trouve sur sa gauche n'est pas vide. Elle est même tellement pleine qu'on ne voit plus les murs.

Ce sont eux. Les Libérêveurs. Tous ceux qui se sont fait capturer lors du raid de l'EPO sur la Tanière sont là, entassés entre ces quatre murs comme un troupeau de bétail mené à l'abattoir.

Ils nous voient. Ils voient Ève, et je peux presque entendre leurs cris qui se brisent sur la paroi.

Tout ce pour quoi on a œuvré est anéanti. Tout ce qu'on a traversé, tout ce qu'on a sacrifié, tous ceux qui sont morts, tout cela a été perdu maintenant qu'Ève est de retour ici.

J'essaie de leur transmettre mes pensées : *Ils n'ont pas encore gagné.*

– Qu'est-ce qu'on fait ici ? demande Ève d'une voix sèche.

– Je ne sais pas encore, lui répond Michael. Nous avons reçu l'ordre de vous amener ici avec le traître.

– Pour voir qui ?

Michael sursaute. Sa puce émet une faible lueur orange sur sa poitrine sous son gilet pare-balles.

L'ordre suivant.

Je suis content que les pilotes n'aient jamais eu à se faire poser ces trucs. Bien sûr, le moi d'avant aurait accepté sans hésiter. Je me serais fait implanter tout ce que l'EPO aurait voulu sans me poser de questions. Je suppose que Michael a réagi de la même façon. Et je parie qu'il le regrette maintenant.

Donnant une tape sur sa poitrine, il porte le doigt à son oreille pour écouter. Et son regard se pose sur moi.

Merde.

Dès la fin du message, il s'approche de moi et m'entraîne jusqu'à la cellule bondée. Agitant la main devant la paroi, il fait apparaître le panneau de configuration, tape dessus et le verre se sépare en deux pour ouvrir un passage.

– Entre.

Une fois à l'intérieur, je me rends compte que je ne suis pas directement dans la cellule, mais dans une sorte de sas qui permet de faire entrer ou sortir un prisonnier sans risquer que ses occupants s'échappent.

Michael tape de nouveau sur le panneau de contrôle. La paroi se referme et une nouvelle ouverture me permet maintenant de rejoindre les autres.

– Je suis désolé, leur dis-je. Ça va ?

Ils m'entourent, me donnent l'accolade, me frottent le dos, me serrent contre eux.

– C'était Saunders.

– On sait, me répond la voix d'Helena.

Quelques camarades s'écartent et je la vois assise par terre, le dos contre le mur. Je m'agenouille à côté d'elle.

– Helena ! Comment tu te sens ?

– Ne me regarde pas comme ça, fait-elle d'un air gêné.

– Comme ça comment ?

– Comme si j'étais une mamie. J'ai toujours la niaque, tu peux me croire.

Elle me donne une pichenette sur le menton avant de prendre mes poignets menottés entre ses mains recouvertes de mitaines effilochées.

– Ça, on peut dire que tu es la mamie la plus redoutable que je connaisse.

Elle se force à rire.

– Saunders est mort, lui dis-je.

– On sait, intervient Chubs derrière moi. On y a assisté. Elle voulait qu'on le voie. Franchement, il l'a cherché, ce salopard. Si le garde ne s'en était pas chargé, c'est moi qui l'aurais fait.

Il me désigne Michael d'un coup de menton et je comprends que c'est lui qui a reçu l'ordre d'exécuter Saunders. Ça n'a pas dû être facile.

– Qu'est-ce qu'ils vont faire d'Ève, maintenant ? me demande Helena sans tourner autour du pot.

Je me retourne vers la paroi extérieure.

– Je ne sais pas trop, mais j'ai l'impression qu'on ne va pas tarder à le savoir.

– Qu'est-ce qu'il fait ? demande Chubs en voyant Michael poser la main sur sa poitrine.

– Il reçoit un ordre.

Michael a pâli. De toute évidence, ce qu'on lui demande de faire ne lui plaît pas. Il respire à fond et saisit le bras d'Ève.

Les Libéréveurs frémissent.

– Ne la touche pas avec tes sales pattes ! braille Chubs tandis que les autres se mettent à proférer des invectives.

Mais Ève ne résiste pas, cette fois. Elle le suit au fond du couloir, qui baigne dans une flaque de lumière crue. Michael s'arrête devant quatre entraves empilées par terre comme une petite tour de métal froid. Il désigne un endroit où Ève se place d'un air impassible, mais je vois que les muscles de son visage sont tendus. Il y a de la peur dans son expression, mais pas de la peur pour elle. Ses yeux rencontrent les miens et mon cœur fait un bond dans ma poitrine.

Ne t'en fais pas pour nous, lui dis-je mentalement. Si je le pense assez fort, elle m'entendra peut-être.

Michael lui met les entraves aux poignets et aux chevilles puis sort de la flaque de lumière. Il y a un silence, pendant lequel tout le monde se regarde.

Brusquement, une fine bande de lumière rouge éclairant les entraves signale qu'elles sont activées. Les bras d'Ève se lèvent à l'horizontale sur les côtés, ses jambes se tendent et elle est soulevée du sol par une force invisible.

– Non !

Les cris de révolte et de compassion des Libéréveurs résonnent sur les parois de la cellule.

Ève, elle, n'a pas bronché. Elle a fermé les yeux et semble accepter la douleur, comme si elle se détachait mentalement de la sensation d'être ainsi suspendue par les bras.

Mon sang s'est mis à bouillir. Vivian fait suspendre l'être humain le plus précieux du monde comme un vulgaire morceau de viande, exposant sous nos yeux la précarité de notre avenir.

Les gardes ultimes alignés en rang en face de nous s'agitent nerveusement en voyant la personne à laquelle ils ont voué leur vie se faire traiter comme une criminelle.

Ce spectacle doit les contraindre à se demander qui les rebelles ont trahi. Ève peut difficilement être considérée comme s'étant trahie elle-même.

De nouveau, Michael tressaille tandis que la lueur orange reparaît sur sa poitrine.

L'ordre suivant.

Il reste calme et se dirige d'un air impassible vers la cellule qui se trouve en face de la nôtre. Alors seulement, je me rends compte que sa paroi est opaque, nous cachant l'intérieur.

Il plaque sa paume sur le verre en écartant les doigts.

Les battements de mon cœur s'accélèrent.

Le verre devient transparent, et l'on découvre un vieil homme affalé sur une chaise vissée dans le béton au centre de la cellule.

La poitrine d'Ève se soulève dans une respiration saccadée et ses lèvres tremblent.

– Papa, articule-t-elle.

Les Libéréveurs sont horrifiés de voir Ernie dans cet état.

– Il est vivant ? demande Helena derrière nous.

Personne ne lui répond. Au bout de quelques secondes, le regard de Michael croise le mien et il me désigne le panneau qui arbore les fonctions vitales d'Ernie.

– Oui, il est vivant, murmuré-je enfin en voyant son rythme cardiaque affiché sur le panneau.

Tandis que l'attention de tous est captée par Ernie, Michael passe de nouveau la main sur la plaque de configuration qui se découpe sur la paroi de notre cellule et les sons du couloir nous parviennent brusquement.

– Papa ! s'écrie Ève. C'est moi… Ève. Ton Ève.

Le visage crispé par l'effort, le vieil homme se concentre pour ouvrir les yeux. Il finit par y parvenir et un éclair d'incrédulité passe sur ses traits.

– Ravie de te revoir, Ève, dit soudain une voix froide.

Toutes les têtes se tournent vers la silhouette pleine d'autorité qui vient de surgir au bout du couloir.

Vivian.

37/ÈVE

Maintenant que je l'ai vu, je ne veux plus détacher les yeux de lui. Maintenant que je l'ai retrouvé, je ne veux plus jamais qu'on soit séparés. Mon père. Mon père courageux et aimant, qu'on m'a volé toutes ces années.

Ce n'est pas ainsi que j'avais imaginé nos retrouvailles, bien sûr. J'avais rêvé d'étreintes, de rires partagés, de pardon et de promesses balbutiées de ne plus jamais se quitter. Au lieu de quoi je suis prise au piège, suspendue par les poignets, obligée d'assister aux horreurs, quelles qu'elles puissent être, qui attendent mon père, Bram et mon armée.

Je ne peux pas croire que tout va s'arrêter là.

Je refuse de me résigner à ce que ce soit la fin de l'histoire. Pour aucun d'entre nous. Si je cesse d'y croire, alors on a déjà échoué.

Je tire sur les entraves qui m'enferment les poignets et je lâche un cri de douleur en sentant mon articulation sortir de sa cavité avant de se remettre en place.

Les yeux fermés, je respire profondément pour apaiser la douleur.

Non.

Non.

Non, je ne donnerai pas à l'EPO le plaisir de m'humilier, ni même de m'exposer sous un jour faible et vulnérable.

Je ne laisserai pas les Libéréveurs me voir dans cet état alors qu'ils ont mis toute leur foi en moi.

Je ne les décevrai pas.

Je regarde mon père, et je vois comment ils l'ont traité ; je regarde les hommes et les femmes que j'ai rencontrés dans la Tanière ; je regarde Bram. Et ma colère monte.

C'est *elle*, la responsable de tout cela. Je repense au temps où nous courions dans les prés, à son insouciance et à sa joie d'alors, et je me demande comment elle a pu devenir aussi tordue et aussi méprisable. Est-ce le pouvoir qui lui est monté à la tête ? Ou a-t-elle toujours été ainsi et me suis-je laissé berner, avec ma tendance à toujours chercher ce qu'il y a de bon chez les gens ?

Il suffit de la regarder, flanquée de son armée de soldats terrifiés qui ne savent plus quoi penser. Et parmi eux Michael, qui tente de prendre un regard d'acier en sa présence. C'est horrible de voir toute la peur qu'il y a dans ses yeux. Si moi, je la vois, les autres doivent s'en apercevoir aussi. Elle doit s'en apercevoir, non ? À moins qu'elle n'ait tellement l'habitude de regarder *à travers* les gens qu'elle n'enregistre même pas leurs émotions, du moment qu'ils lui obéissent ?

– On ne dit plus bonjour ? me demande-t-elle.

Je ne réponds pas.

Elle hausse un sourcil avant de se tourner vers mon père.

– Je pensais l'avoir élevée mieux que cela, Ernie, lui dit-elle en faisant glisser son doigt sur la paroi. Ah, les jeunes. Dès qu'ils se mettent à avoir de mauvaises fréquentations, il n'y a plus moyen de les tenir. Mais ils finissent toujours par revenir.

Les épaules de mon père s'affaissent, secouées par les sanglots, et mon cœur se brise. Je voudrais pouvoir le prendre dans mes bras et l'emmener loin d'ici. Je voudrais pouvoir lui dire que rien de tout cela n'est sa faute, qu'il m'a donné la vie et qu'il a tout fait pour me donner ma liberté.

Vivian s'approche de moi d'un pas glissant sans me quitter des yeux. Elle s'arrête à quelques pas et me fixe, comme pour me provoquer et avoir ensuite quelque chose sur quoi m'attaquer. Je décide d'attendre mon heure et de la laisser abattre ses cartes.

– Tout le monde dehors, dit-elle en se retournant et en faisant signe aux gardes de sortir. Sauf vous, Turner. Vous restez. Vous m'avez étonnée aujourd'hui. Excellent travail.

Jetant un coup d'œil vers Michael, je le vois incliner la tête en guise de réponse. C'est précisément ce qu'il nous faut : qu'il reste avec nous, même si je suis terrifiée par le fait qu'elle le traite à part. Comment a-t-il monté les échelons en si peu de temps ? Qu'a-t-il pu faire pour se concilier Vivian à ce point ?

Les gardes se retirent sans se retourner ni se soucier de moi. Tous des traîtres.

Le claquement de la porte derrière eux me fait sursauter, provoquant aussitôt une douleur atroce dans mes bras.

– Tu n'étais jamais venue ici, n'est-ce pas, Ève ? reprend Vivian. Et il y a une bonne raison : tu n'étais pas censée connaître l'existence de l'étage de détention. Bien qu'il ait été construit *pour* toi, bien sûr, pour ta protection, comme le reste de la Tour. Pour que tu sois à l'abri. La vie dehors est imprévisible, Ève. Tu as vu par toi-même ce que les gens ont fait à ce monde. Comment ils ont réussi à détruire tout ce qu'il avait de bon. Nous voulions que tu aies tout. Nous t'avons offert la société idéale.

– Vous m'avez offert une prison, dis-je, les mâchoires crispées.

– Peut-être, mais une prison superbe. Quel dommage que tu aies tout gâché ! Mais si tu veux te comporter en prisonnière, je n'ai pas d'autre choix que te traiter comme telle. Si j'agis ainsi, c'est pour le bien du plus grand nombre.

– On les connaît, vos conneries ! lui crie Helena. Elle n'est qu'un pion dans votre jeu !

– Helena ? C'est vous ? demande Vivian en se tournant vers la cellule des Libéréveurs. Oh, elle est terrible, celle-là, Ève. C'est l'une des pires. Tu devrais voir le dossier qu'on a sur elle. Je ne pourrais même plus dire combien de gens elle a tués. En ton nom, bien sûr, précise-t-elle en enfonçant chaque syllabe comme un clou. Tu dois être fière d'avoir des amis pareils. Un ramassis de vulgaires criminels. Des terroristes qui croient qu'ils vont sauver le monde alors qu'ils ne sont que des épines sur chaque rose que nous créons.

Les Libéréveurs l'écoutent réécrire leur histoire, incrédules. Tout le bien qu'ils ont essayé de faire se trouve soudain sali. Est-ce cette image qu'on gardera d'eux ?

– Enfin, nous vous tenons, maintenant, et nous allons enfin pouvoir mettre un terme à votre pénible croisade. Oh ! Bram ! s'exclame-t-elle soudain comme si sa présence lui avait échappé. La vie à l'extérieur de la Tour ne t'a pas réussi, on dirait. Si seulement tu t'étais contenté de faire ce qu'on te demandait au lieu de te rallier à cette racaille…

– Je ne me suis pas rallié à eux, dit-il d'un ton plein de colère. Je les ai conduits à Ernie et j'ai facilité l'évasion d'Ève. Ils ont suivi *mes* ordres. De sorte que si quelqu'un doit être puni, c'est moi.

– Voilà qui me surprend, reprend-elle d'un air sincèrement étonné. Je n'aurais jamais cru que tu aurais assez de caractère pour cela. Sortez-le de là, crache-t-elle à Michael.

Un geste de Michael sur le verre de la paroi fait apparaître un cercle de lumière verte sur le sol de la cellule.

– Reste là, ordonne-t-il à Bram, toujours du même ton impassible que Vivian doit attendre de lui. Les autres, contre le mur.

Bram se place au centre de la lumière verte tandis que ses camarades reculent. La porte intérieure s'ouvre pour lui permettre de se glisser dans le sas, puis se referme derrière lui. Aussitôt après, la seconde porte se dessine sur la paroi côté couloir et Michael tire Bram à l'extérieur par ses menottes. Dès qu'il est dans le couloir, les gardes lui entravent les chevilles par une chaîne fixée à un anneau de métal.

Les Libéréveurs se sont déjà collés à la paroi, les mains sur la vitre, aussi désespérés par leur impuissance que moi. Nous le regardons tous avec horreur être soulevé de terre et tourné face à Vivian par la force des entraves.

– Tout cela est tellement charmant, roucoule Vivian. Tu as dû être un chef très populaire… Regarde comme ils se précipitent tous pour te voir. Regarde comme ils pleurent déjà ta mort.

– Vivian, s'il vous plaît ! Ce n'est pas à lui que vous en voulez. Je suis là ! Je suis revenue ! Punissez-moi ! C'est moi que vous voulez !

Je me débats dans mes entraves malgré la douleur qui me brûle à chaque secousse. Il faut que je l'arrête.

Je savais que Bram mettrait sa vie en danger en revenant, mais je ne me serais jamais attendue à ce que les choses aillent si vite, ni à ce que nous soyons aussi impuissants à nous défendre. Je ne comprends rien à ce qui se passe.

Vivian ne réagit même pas. Elle reste concentrée sur Bram, la tête penchée sur le côté comme si elle essayait de le cerner. Puis, jetant un coup d'œil vers nos amis, elle s'illumine comme sous l'effet d'une idée. Presque aussitôt, Michael sursaute en posant la main sur sa poitrine, puis à son oreille. Encore un ordre. Je le vois frémir en écarquillant les yeux.

– Oui, mademoiselle Silva, dit-il lentement.

Il s'approche de la paroi de la cellule comme s'il avait du mal à faire obéir ses jambes. Au début, je pense que c'est l'allure d'un homme écrasé par le poids de sa conscience. Puis je suis prise d'un doute. J'ai été bernée assez souvent. Je repense à la mort de Saunders et aux horreurs que Michael nous a avoué avoir commises. Jusqu'ici, il a été incapable de résister aux ordres de Vivian. Mais je n'aurais pas imaginé qu'il irait jusqu'à exécuter Bram.

Sans plus me maîtriser, je me mets à implorer :

– Vivian, non, s'il vous plaît. Pas Bram. Personne n'a besoin de mourir.

Mais elle reste sourde à mes sanglots et se campe devant Bram. Elle ébauche un sourire, consciente que nous retenons tous notre souffle dans l'attente de ce qui va suivre.

– As-tu quelque chose à dire à tes fidèles adeptes ? Une dernière déclaration à faire ?

J'ai suspendu ma respiration. Même s'il savait ce qu'il risquait, il devait encore nourrir un espoir, avoir un plan dont il n'a pas parlé. Quelque chose, n'importe quoi... Ce n'est pas possible !

Il s'humecte les lèvres et ses narines se dilatent. Il redresse fièrement la tête et je vois sa bouche tressaillir. Puis il se tourne vers moi et nos regards se croisent. Et je me rappelle notre rencontre, quand il est entré dans ma vie sous les traits de Holly et qu'il est devenu ma première et seule véritable amie. Je me rappelle nos jeux idiots sur l'À-pic, nos soirées pyjama là-haut dans ma chambre. Je me rappelle la collision entre nos deux mondes devant l'ascenseur, la sensation de ses doigts autour des miens le fameux jour de notre jeu avec le Rubik's Cube alors que plusieurs étages nous séparaient physiquement. Je me rappelle notre premier baiser et son effet électrisant. Je me rappelle le dernier, et le sentiment de sécurité qu'il m'a procuré. Et je ne peux retenir mes larmes pendant que les souvenirs me submergent.

– Je t'aime, dis-je d'une voix étranglée.

– Alors, Bram, jette Vivian. Ça vient ?

Il respire à fond sans détacher ses yeux des miens.

– Pour Ève, dit-il fermement, calmement.

38 / **BRAM**

Je ferme les yeux dans l'attente de l'inéluctable, en essayant de faire la paix avec l'idée que le voyage va s'arrêter ici pour moi et qu'Ève le poursuivra seule.

Il ne se passe rien.

Je prends une inspiration saccadée, surpris qu'on m'en accorde encore une.

Puis je perçois de l'agitation du côté des Libéréveurs et je rouvre les yeux. Une épaisse vapeur blanche noie déjà leurs chevilles et monte rapidement.

– Non !

Je hurle en me débattant, mais les entraves me retiennent.

– Vivian, non ! Ils n'ont rien fait ! Ils voulaient juste faire ce qu'il fallait pour Ève !

Mais elle se contente de fixer l'intérieur de la cellule, où mes frères et mes sœurs disparaissent dans les volutes du gaz mortifère.

– Vivian, non ! crie Ève d'une voix qui se brise.

– Tu as demandé à être puni à leur place, me dit Vivian, et il n'y a pas de plus grand châtiment que de voir mourir ses camarades en en portant la responsabilité. Ève et toi, vous n'avez plus qu'à assumer les conséquences de vos actes.

Les silhouettes de mes amis que l'on devine dans la fumée gisent toutes au sol. Le grand nuage blanc les a emportées.

Soudain, quelque chose apparaît dans cette brume. Une main. Elle est résolument plaquée sur la vitre, les doigts écartés, non dans un geste de peur ou de désespoir mais dans une affirmation de force.

Helena.

Une autre main se joint à la sienne, puis une autre, jusqu'à ce que tout le bas de la paroi affiche un dernier baroud de solidarité. Si les visages et les corps ont été engloutis par le nuage, ils affrontent la fin ensemble.

Alors je lève ma main ouverte aussi haut que les menottes me le permettent et je la tends vers eux. Je sais qu'ils ne peuvent pas me voir, mais j'espère au fond de mon cœur qu'ils savent que je suis avec eux.

Une à une, les mains retombent et se font avaler par la brume blanche, jusqu'à ce qu'il n'y ait plus rien à voir qu'une épaisse vapeur laiteuse.

– C'est fini, déclare Michael sans parvenir à masquer son abattement.

– Non, ce n'est pas fini, intervient Ève entre deux sanglots. Ce ne sera jamais fini. Pas pour moi.

– Non, en effet, confirme Vivian d'une voix glaçante, dénuée de toute émotion. Pas pour toi. En revanche, pour Bram…

Ève arrête de pleurer.

– Non. Pas Bram. Je suis revenue, Vivian. Vous m'avez, moi. C'est ce que vous vouliez. Trop de gens sont déjà morts pour moi. Assez ! Pas Bram ! crie-t-elle.

– Mettre en danger la vie de la sauveuse de l'humanité est un crime puni par la loi. Dont la peine est, Turner ?

– La mort, répond Michael, qui a retrouvé sa voix de robot.

– Exact, Turner. Vous semblez toujours vous croiser dans les circonstances les plus extrêmes, tous les trois. Certes, la situation est totalement renversée par rapport à votre première rencontre.

Vivian agite la main et la paroi vitrée de la cellule s'éclaire en affichant des images vidéo.

La porte de l'ascenseur s'ouvre. Aussitôt, j'écarte violemment Michael d'Ève et je lui balance mon poing dans la mâchoire. Il s'étale par terre avant d'être arrêté et emmené.

La brève séquence vidéo est suivie par une autre, enregistrée juste avant dans l'ascenseur.

– Je ne suis pas sûre que tu aies déjà vu ces images, Bram, me dit Vivian.

Ève et Michael sont tout proches l'un de l'autre. Il s'humecte les lèvres. Elle lui parle d'un air calme. Sans le son, je ne peux que supposer qu'elle lui demande de réfléchir à ses actes.

La main de Michael frôle le haut de la longue tunique d'Ève et hésite avant de se poser sur sa joue. Il s'approche en fermant les yeux, et son visage exprime toutes les émotions que lui cause cette proximité : le choc, la joie, l'horreur et le désir.

Ils parlent. Il recule. Il déboutonne la sombre tunique kaki des Mères sous laquelle Ève cachait son identité jusqu'à ce que le vêtement tombe par terre, révélant la robe qu'elle porte dessous. Ils parlent de nouveau. Leurs regards s'évaluent. Soudain Ève paraît désespérée. Michael ouvre aussitôt des bras consolateurs et Ève se réfugie contre lui. Il ne l'a pas forcée. Elle se laisse faire, voire recherche ce réconfort.

Fin de la séquence. Au tumulte d'émotions qui m'agitaient déjà s'ajoute maintenant un incontestable pincement au cœur.

– Votre frère a imploré qu'on vous laisse la vie sauve, Turner, déclare Vivian. Si Ketch n'avait pas été un rouage aussi important de notre système, je vous aurais fait exécuter sur-le-champ. En outre, je ne pouvais pas vraiment me permettre de perdre un garde ultime dans la confusion liée aux Potentiels.

– Alors vous vous êtes contentée de m'enfermer dans ma chambre, comme un gamin qui a fait une bêtise, dit Michael.

– J'ai vite discerné les avantages que je pouvais tirer de cet épisode. Alors que nous avions échoué à créer une alchimie entre Ève et l'un des Potentiels, elle avait eu lieu spontanément entre vous. Étiez-vous son sauveur ou son ravisseur ? La situation était ambiguë et je savais que cela troublerait Ève. D'autant qu'un contact physique direct, aussi bref fût-il, ne pouvait qu'avoir un gros impact sur elle, créer un lien plus fort que tout ce qu'elle pouvait avoir avec l'une de ses Holly. En conséquence, j'ai pensé que ce moment pourrait servir de catalyseur à quelque chose de plus important. Il s'avère que j'ai eu raison.

Vivian sourit. Du coin de l'œil, je vois Michael jeter un regard furtif en direction d'Ève, mais je ne peux pas me résoudre à les fixer.

– Ne comprenez-vous pas, Turner ? C'est vous qui me les avez amenés. Vous. Et cela ne pouvait être que vous, car elle vous faisait confiance.

Vivian décrit un geste dans le vide et la paroi vitrée s'illumine de nouveau. Cette fois, nous sommes tous les trois sur l'image.

Mon cœur saute un battement.

Nous nous tenons en haut du gratte-ciel en verre de la vieille ville et les images tremblantes ont clairement été prises depuis un intercepteur. Alors que le véhicule se stabilise au niveau de la vitre, la caméra détecte nos visages et affine automatiquement la définition de l'image.

Michael est en train de parler. Bien qu'il soit impossible de l'entendre, même un idiot verrait qu'il n'essaie pas de nous arrêter. Il donne plutôt l'impression d'être celui qui s'est fait prendre.

– Elle vous a suivi à cause du lien qui s'est formé lors de votre petite *aventure* dans l'ascenseur.

Le mot employé par Vivian me transperce comme une lame de couteau. Un peu honteux, je repousse aussitôt cette jalousie mesquine.

– Il suffisait que je vous laisse faire, continue Vivian d'un air satisfait qui me donne envie de l'étrangler.

Je remarque que la respiration de Michael s'est accélérée. Ses épaules se soulèvent et s'abaissent comme s'il luttait contre ses émotions. Il essaie de comprendre ce que tout cela implique pour lui.

– Ne vous inquiétez pas, Michael, ce n'est pas votre faute. Les femmes ont l'art de sentir ces choses et d'influencer subtilement les situations. Ce qu'on appelle de la manipulation.

– Assez ! m'écrié-je.

– Assez ? Tu en as assez ? Eh bien, passons donc à la suite, me répond Vivian en révélant une légère fissure dans son calme imperturbable. Turner, je vous offre une chance de vous racheter et de me prouver votre loyauté. C'est le moment de choisir quelle version de l'avenir vous soutenez. La leur… (elle fait disparaître l'image d'un geste de la main pour révéler les corps qui gisent dans la vapeur de la cellule) ou la sienne. (Elle désigne Ève.)

La poitrine de Michael vibre une fois de plus et la lueur de sa puce teinte son menton de rouge. Il écoute l'ordre qu'il vient de recevoir, mais je sais déjà ce que c'est.

– Pourriez-vous avoir la gentillesse de partager vos instructions avec nous ?

Michael baisse les yeux sur le pistolet qu'il porte à la ceinture.

– Mademoiselle Silva… s'il vous plaît… demande-t-il d'une voix tremblante.

– S'il vous plaît ? Qu'est-ce que vous vous étiez imaginé ? Que vos actes n'auraient pas de conséquences ? Votre échec – que dis-je, votre *crime* – a fini par faire revenir Ève à nos côtés. Maintenant, montrez-nous une fois pour toutes dans quel camp vous êtes. Prenez votre arme et appliquez la sentence, ou votre nom sera le prochain sur la liste des exécutions.

Michael évite mon regard, la main au-dessus de la crosse de son arme.

Je sens Vivian se rapprocher et s'attarder derrière moi, comme pour narguer Ève à chaque pas qu'elle fait autour de Michael et moi.

– Inutile de chercher à gagner du temps, Turner. Vous n'avez que deux options.

Il s'empare de son arme et la braque sur ma tête. Il a fait son choix.

– Michael, non ! hurle Ève.

– À cette distance d'Ève, le tir est bloqué, signale-t-il.

En effet, je remarque la lumière rouge allumée sur le flanc de l'arme, à quelques centimètres de mon visage.

– Considérez cette restriction comme temporairement levée, déclare Vivian.

Un léger déclic se fait entendre et la lumière passe au vert. Une commande que seule Vivian peut donner.

– Michael… Je vous en supplie… l'implore Ève d'une voix faible.

Le regard de Michael se concentre. Les muscles de ses bras se raidissent. Je vois qu'il est déjà trop tard, que son index se replie déjà sur la détente.

– Je suis désolé, Bram.

Puis, en une fraction de seconde, il relève la pointe du canon au-dessus de ma tête, vise Vivian et presse sur la détente.

39/**MICHAEL**

L'arme fait feu.

J'ai entendu des gens expliquer qu'ils avaient vécu des événements graves au ralenti. J'ai toujours cru que c'était un conte, une exagération, jusqu'à cet instant.

Je peux presque voir la balle sortir du canon dans un éclair de lumière blanc et rouge et traverser les airs vers sa cible.

Dans cette fraction de seconde, mon cerveau semble rejouer chacune des décisions qui m'ont amené à ce point.

Ève.

L'ascenseur.

Mon frère.

Wells.

Les pilotes.

Hartman.

Saunders.

Mais, avant tout, Ève.

Je n'ai pas eu le choix. Si j'avais tué Bram pour conserver ma couverture, j'aurais perdu la confiance d'Ève, et qui sait ce que Vivian aurait encore exigé ?

Il fallait qu'elle disparaisse.

Je ne suis pas le meilleur tireur, mais même un enfant de quatre ans ne pourrait pas manquer sa cible à cette distance.

Il n'y a aucun obstacle entre nous.

Vivian n'a pas le temps de réagir. J'ai été trop rapide, trop imprévisible. Et je suis déjà en train de penser à l'étape suivante : l'évasion. On va devoir agir sans perdre une minute et accomplir je ne sais quel miracle, mais on a quelques minutes devant nous, le temps que les autres découvrent que Vivian…

Ces pensées se brisent net à l'instant où la balle touche la poitrine de Vivian, où elle devrait traverser sa peau et pénétrer dans son corps.

Ce qu'elle ne fait pas.

C'est quoi, cette connerie ?

La balle se contente de traverser son image sans laisser aucun impact. Comme si Vivian était faite de lumière et non de chair et d'os.

Elle ne réagit pas à l'impact, ne tombe pas, ne saigne pas. Elle reste exactement comme elle était, sans une égratignure, malgré la balle qui vient de lui transpercer la poitrine avant de ricocher dans la pièce et, d'après le bruit, de se ficher dans le béton.

Vivian n'est pas réelle.

Elle bat des paupières en me fixant avec une haine comme je n'en ai jamais vu.

Puis, brusquement, tout son corps tremblote comme une ampoule en bout de vie.

Bram tressaille sous le choc.

Les particules de lumière qui constituent le corps de Vivian se figent et son image clignote sous nos yeux.

Elle est là.

Elle n'est plus là.

Une charge d'électricité statique grésille là où elle se trouvait il y a une seconde, puis tout disparaît, ne laissant plus que Bram, moi et…

Je me rends compte qu'Ève était juste derrière Vivian quand j'ai appuyé sur la détente.

– Ève ! Merde ! Ça va ?

– Oui… Oui… Tout va bien. J'ai senti un choc dans le bras, mais je ne suis pas touchée, me répond-elle, pantelante. Je crois que la balle a ricoché sur ma menotte.

– Ouf, souffle Bram.

– J'aurais pu vous tuer !

– Ça va ! Je n'ai rien.

– Mais qu'est-ce qui se passe ici, Bram ? demandé-je. Vivian était… est une…

– Une Projection, oui, j'ai vu.

– Tu le savais ?

– Bien sûr que non ! hurle-t-il.

– C'est bon ! Je pensais juste que les Projections, c'était un peu ton truc.

Il se tourne de nouveau vers Ève d'un air inquiet.

– Puisque je vous dis que je vais bien ! s'impatiente-t-elle. Ne soyez pas ridicules.

Soudain un vacarme explose dans le couloir et une bonne trentaine d'hommes en armes surgissent au bout du couloir en nous visant, Bram et moi.

C'est terminé. Dans la confusion provoquée par la découverte de la nature de Vivian, on a laissé passer notre chance de s'échapper.

– Pas un geste ! braille un soldat. Lâchez votre arme ! Maintenant !

Je sens mon pistolet peser dans ma main. Je pourrais tirer, en descendre quelques-uns. Ils n'oseraient pas ouvrir le feu à proximité d'Ève…

Bram me regarde en secouant la tête avant de fixer ses menottes, puis Ève, immobilisée par ses entraves.

– C'est fini, soupire-t-il.

J'observe la petite armée qui a été déployée pour me désarmer et je reconnais qu'il a raison. Il est trop tard pour qu'on sorte d'ici.

Je jette mon arme par terre.

– Le reste aussi, aboie le soldat.

Retirant ma ceinture, je jette mon gant pacifiant et mon couteau.

– Couloir sécurisé ! crie le soldat.

Cela dit, aucune arme n'aurait pu nous tirer de là.

– Merci de votre collaboration, déclare posément une voix grave que j'identifie aussitôt.

Le professeur Wells.

– Espèce de salopard, crache Bram à son père qui vient de sortir du rang des soldats derrière lequel il se protégeait.

– Moi aussi, fils, je suis content de te voir, répond Wells d'un ton sarcastique.

Il s'avance en enjambant mes armes et lâche à mes pieds des entraves identiques à celles d'Ève.

– Je suppose que vous savez comment les mettre, me dit-il.

Sans discuter, je place les gros anneaux de métal à mes chevilles et à mes poignets, et elles se resserrent automatiquement.

– Très bien. Dommage que vous n'ayez pas été aussi coopératif il y a dix minutes, dit Wells, tout souriant. Cela nous aurait évité quelques désagréments.

– Où est Vivian ? demande Ève.

– C'était toi, pas vrai ? reprend Bram en tirant vainement sur les chaînes qui l'immobilisent au centre du couloir. Tu la pilotais ! J'aurais dû m'en douter. J'aurais dû te reconnaître dans ses yeux.

– Tu aurais dû, oui. Mais tu étais trop distrait par Ève, trop aveuglé par ta lubricité. Cela t'a empêché de voir ce qui se trouvait juste sous ton nez. Et le reste du monde est tombé dans le même panneau. Ils ne voient qu'Ève, ce qui me laisse toute liberté pour diriger dans l'ombre.

– Non, lâché-je en bredouillant. C'était Vivian Silva qui détenait le pouvoir. C'est elle qu'on reconnaissait comme chef, parce qu'on lui faisait confiance.

– Ah oui ? Mon pauvre garçon, vous l'avez à peine connue.

– Où est-elle ? La vraie Vivian ? répète Ève.

– Est-ce qu'elle a réellement existé, au moins ? demande Bram, avec l'air de redouter la réponse.

– Oh oui, tout à fait. Elle est on ne peut plus réelle, et tout aussi brillante que vous le pensez tous. Du moins elle l'était. Toutefois, nous ne partagions pas la même vision de ce que devait devenir ce monde…

– Alors tu l'as tuée ? demande Bram.

– Enfin, pour qui me prends-tu ? Je ne suis pas un monstre. Elle est en vie… ou en tout cas elle le redeviendra un jour. Tout comme les milliers d'autres femmes qui dorment paisiblement en bas dans leur cryocuve.

Les mots du professeur rebondissent dans ma tête sans que je réussisse à leur donner un sens.

Vivian. Cryocuve. Donc, elle n'est pas morte. Elle est seulement cryogénisée.

– Elle va très bien, reprend le professeur Wells. N'oublions pas que l'une des principales fonctions de cette tour est sa Chambre froide. Je l'ai conçue moi-même, à l'époque où nous envisagions le programme *Projection* comme une solution viable pour perpétuer notre existence.

– Et que s'est-il passé ? hurle Bram, hors de lui. Vivian t'a demandé de mettre un terme à ce programme et tu n'as pas pu accepter l'idée que pour une fois, tu t'étais peut-être trompé ? Que ton petit projet de scientifique fou était peut-être devenu obsolète après la naissance d'Ève ?

J'ai du mal à croire que ces deux-là sont père et fils.

– Je n'ai jamais eu besoin de Vivian, réplique le professeur. Seuls ses moyens et son influence m'étaient utiles. Elle était respectée parce qu'elle te contrôlait, Ève. Or, mes idées méritaient davantage de respect que sa morale.

– Ça fait combien de temps ? demande Ève. Quand lui avez-vous volé sa vie ?

Il sourit.

– Est-ce que j'ai un jour connu la vraie Vivian ? crie-t-elle.

– Oh, mais oui, bien sûr. Le lien qui existait entre vous a même beaucoup facilité la transition avec sa Projection. Tu n'avais aucune raison de remettre en cause celle en qui tu avais plus confiance qu'en personne d'autre.

– Je ne peux pas le croire… murmure Ève.

Puis elle se laisse aller dans ses entraves, pleurant silencieusement.

Je partage sa tristesse. Et moi, ai-je jamais connu la vraie Vivian ?

– Ce que tu crois m'importe peu, reprend Wells en s'approchant d'elle.

Il avance son visage à quelques centimètres du sien, d'une manière presque menaçante.

– Opérer à l'ombre d'une femme que tu as condamnée à vivre dans une cuve, c'est ça que tu appelles le pouvoir ? s'emporte Bram. Ce n'est que de la lâcheté !

– Le pouvoir ? Je n'en ai jamais eu besoin, son illusion me suffit, riposte Wells.

Il balaye l'air de son bras et tout l'escadron qui nous visait s'évapore sur-le-champ.

– Espèce de salaud, grondé-je.

Mes entraves pèsent sur mes bras et mes jambes. Il m'a fait m'entraver moi-même sous la menace de son peloton alors qu'en réalité, il est entré seul ici.

– C'est fou ce qu'on peut faire quand les gens ne se posent pas de question sur la réalité de leur environnement. Au fond, la réalité n'est jamais que l'acceptation du monde dans lequel nous vivons. N'est-ce pas, Ève ?

40/ÈVE

Je regarde Wells sans réagir. Moi qui ai passé toutes ces dernières semaines à m'interroger sur la part de mensonge qui avait constitué ma vie, je suis choquée de ne jamais avoir soupçonné celui-là.

J'ai tout de suite su, à propos des Holly. C'étaient des enfants, censés être des filles de mon âge. Or s'il en avait existé d'autres comme moi, ils n'auraient pas eu besoin de m'enfermer comme ils l'avaient fait. Mais pourquoi aurais-je douté de Vivian ? Pourquoi aurais-je soupçonné une adulte d'être aussi l'une de leurs créations ? Je n'avais aucune raison de remettre en cause ce que je voyais.

Je pense à mes conversations et à mes accrochages avec elle. Pendant tout ce temps, je parlais à cet homme. Au père de Bram.

– Tu ne t'en tireras pas comme ça ! lui crie Bram.

Le professeur Wells s'approche de la paroi de la cellule. Il regarde à l'intérieur en plissant les yeux, comme pour essayer de voir les corps des Libéréveurs, et se tourne vers son fils d'un air triomphant.

– Regarde autour de toi, fils. Et tu verras que je m'en suis déjà tiré. J'ai gagné.

Je baisse les yeux, qui tombent sur la douille de la balle. J'ai vraiment eu de la chance. Elle a dû frapper ma menotte de plein fouet pour que j'en sente encore le choc dans tout mon bras. Et en ramenant mon attention sur moi, je m'aperçois que mes entraves ne sont plus aussi serrées. Elles n'opposent plus autant de résistance lorsque j'essaie de bouger. Jetant un coup d'œil sur mon poignet gauche, je vois que la balle a créé une fissure qui traverse toute la largeur de la menotte.

Un maillon faible.

Je me tourne de nouveau vers le professeur, le cœur battant. Il reste un espoir que les choses ne se passent pas aussi facilement pour lui qu'il l'espère. Mais d'abord, j'ai besoin de réponses, et je n'aurai pas d'autre occasion de les obtenir.

– Il n'y a pas que moi à qui vous ayez menti, dis-je. En fait, on n'a tous fait que jouer le rôle que vous nous aviez écrit ?

Cette pensée est à la fois rassurante – je ne suis pas la seule à avoir été crédule – et terrifiante : jusqu'où a-t-il étendu son tissu de mensonges ?

– Autant dire qu'on s'est tous carrément fait avoir… hein, *papa* ? lâche Bram d'un ton lourd de sarcasme.

Le professeur Wells ne réagit pas, ne le regarde même pas, comme si Bram n'existait pas. J'ai toujours rêvé d'avoir un parent auprès de moi, de pouvoir avancer dans la vie en sachant que j'ai un lien fort avec quelqu'un et que je ne suis pas seule dans ce monde. Mais les liens du sang ne suffisent pas.

Je me rappelle le jour où Bram m'a parlé de sa relation avec son père. Sa douleur et son amertume étaient palpables, même derrière les traits de Holly. Il avait présenté son père comme quelqu'un qui avait besoin de contrôler les autres, mais, avec mes notions romantiques, je n'y avais vu qu'un amour parental un peu étouffant. Et c'est un choc de constater que Bram avait raison. Cet homme a manipulé son fils comme un pion parmi d'autres.

Je me tourne vers mon propre père, qui est sorti de sa prostration pour s'approcher de la vitre de sa cellule, et je mesure ma chance. Le mien ferait n'importe quoi pour moi.

– Et maintenant ? demandé-je. Tuer n'est visiblement pas un problème pour vous. Vous n'avez pas de conscience. Vous ne devriez pas avoir de scrupules à vous débarrasser de Michael et de votre propre fils pour les empêcher une fois pour toutes de vous nuire. Et ensuite ? Qu'allez-vous faire de moi, professeur Wells ? Comment allez-vous m'utiliser maintenant ?

Je me force à respirer calmement pour poursuivre avec une colère froide :

– Est-on censés continuer à tromper tout le monde ? Va-t-on organiser une petite rencontre avec mon troisième Potentiel ? Ou allez-vous m'assommer à coups de médicaments pour m'intégrer dans vos expériences à la Frankenstein ?

Rien que le souvenir de ce labo me donne un haut-le-cœur.

Il rit, d'un rire qui me rappelle celui de Vivian.

– Oh, Ève, Ève… tu n'as toujours pas saisi, hein ? Je me moque totalement de tout cela. L'idée que toi et tes rejetons tentiez héroïquement de nous sauver de l'extinction est d'une totale absurdité. Il n'y a jamais eu la moindre chance que ça marche. Bien sûr que j'ai joué le jeu : tu étais leur *sauveuse* à tous !

– Alors que je ne suis qu'un petit rouage, dis-je en me rappelant la formule utilisée un jour par Vivian.

– Je vois que tu commences à comprendre, me dit-il, l'air de me féliciter. Bien que, dans ma vision de l'avenir, tu ne sois même pas cela.

– … dit le petit homme qui a passé sa vie caché derrière l'apparence d'une femme puissante, ironise Bram.

– Bram avait raison tout à l'heure. J'ai passé ma vie à chercher des solutions qui ne dépendent pas de la naissance d'une *fille*, reprend Wells d'un ton légèrement méprisant. Ces questions de fertilité nous empoisonnaient depuis des décennies. Elle avait déjà beaucoup baissé bien avant la disparition des naissances de filles. La nature avait montré ses limites et il était temps de faire avancer les choses en s'appuyant sur les sciences modernes. De mettre au point des techniques qui nous affranchiraient des faiblesses du corps humain. Dès lors que l'on trouve comment prolonger l'existence des vivants, ils n'ont plus besoin de se reproduire.

– Ce qui implique qu'il n'y aurait plus de gens après nous ? dis-je, perplexe.

– Il y en aura autant qu'on voudra, rectifie-t-il en ouvrant les bras avec un grand sourire. Tu as vu à quoi ressemblait le monde du dehors, Ève. Tu as vu comment ils l'ont détruit par leur avidité et leurs guerres. La vie sur cette planète n'est plus possible. Elle est devenue totalement inhospitalière et ne cesse de s'effriter. Personne ne devrait plus naître dans ce monde. Mais j'ai une alternative à offrir à tous ! Un nouveau monde utopique !

Sa passion serait presque contagieuse.

– En les enfermant dans un Dôme où on aura planté quelques arbres ?

– En les libérant de leur corps et en leur donnant un monde indestructible ! Plus de surconsommation, plus de pillage, plus de limites. Sans les contraintes corporelles, nos esprits et nos pensées peuvent survivre éternellement !

– Si c'est si merveilleux, pourquoi Vivian ne s'est-elle pas laissé convaincre ?

– Elle avait une vision étriquée.

– Elle s'y est opposée, dit Bram.

– Alors je me suis débarrassé d'elle, ajoute le professeur sans l'ombre d'un remords. C'était une lâche, qui avait peur de toute pensée audacieuse. Mais toi, *toi*, je t'ai gardée, dit-il en me pointant du doigt.

– Pourquoi ?

– Je suis peut-être insensible, mais tu n'étais qu'un bébé, et un bébé qui revêtait une importance capitale aux yeux du monde.

– Comme c'est touchant, dis-je sèchement.

– Quelle blague, gronde Bram. Ton âge n'avait rien à y voir, Ève. Il n'a pas de cœur. C'est un psychopathe. Tu étais simplement trop précieuse pour qu'il te tue. Sans toi, il n'y aurait pas eu besoin de toute sa technologie et lui et ses idées tordues, ils se seraient fait virer d'ici depuis longtemps.

– C'était une autre raison, concède Wells en se mettant à marcher lentement entre nous. J'avais besoin que les gens soient occupés à te regarder grandir, qu'ils tombent amoureux de toi et qu'ils acceptent tout ce qui se passait ici. Tant que tu vivrais avec nous dans la Tour, ils nous feraient confiance. Il fallait qu'ils croient au miracle de ton existence. L'illusion d'Ève donne de l'espoir à une population – ou à une génération – qui manquait désespérément d'un but, d'une chose à quoi croire.

– Alors je suis le cheval de Troie ?

– Je n'irais pas jusque-là, mais je me réjouis de voir qu'il te reste des souvenirs de tes cours d'histoire. Cela aurait fait plaisir aux Mères.

Puis, portant une main à sa bouche d'un air faussement contrit :

– Oups ! Décidément, je suis en mal de confidences. C'est le jour des révélations. Eh oui, Ève, ta cour fidèle s'est dispersée. Finie la belle vie, si l'on peut dire. Encore un dommage collatéral de ton petit coup de tête. Quel dommage… Tout cela par ta faute.

– Ne l'écoute, pas, Ève, me dit Bram.

Mais c'est trop tard. J'ai le cœur brisé à l'idée de ce qu'il a pu leur faire. Où sont-elles maintenant, ces femmes qui ont pris soin de moi, mes amies, mes mères ?

Je n'ai jamais voulu cela.

– Bref, cela m'allait très bien de poursuivre officiellement le programme de Vivian. Je savais que ça ne donnerait rien et que mon heure viendrait. Tout ce grand spectacle était la façade idéale, derrière laquelle je pouvais me consacrer à loisir à ma vision personnelle. Et le moment venu, je serais parfaitement prêt.

Il nous raconte tout cela en tournant dans le couloir, prenant plaisir à partager son projet. À moins que ce ne soit encore une nouvelle forme de torture de nous montrer à tous les trois que nous n'avons fait que favoriser ses plans. Et nous sommes même là pour assister à sa danse de la victoire.

– L'EPO s'est montrée habile. Elle a bâti la Tour, en a fait une ville autonome dans la ville, une forteresse qui permettait de protéger les derniers êtres humains d'un environnement destructeur. Si tu devais repeupler la terre, Ève, il fallait que tout commence ici. Dans notre arche de Noé.

– Mais ce n'était pas votre projet, signale Michael, qui a écouté jusque-là en silence.

– Non, en effet. Ce que je leur ai vendu, moi, c'était une carte à jouer contre le fléau, en leur disant qu'il était temporaire. Je leur ai proposé la possibilité de mettre leur corps et leur esprit à l'abri le temps de découvrir un remède à notre problème d'infertilité.

– Tu te rappelles les pubs qu'on nous a passées pendant une période, Michael ? demande Bram, comme s'il évoquait un souvenir de classe amusant. C'était une animation. Ça montrait un gros nuage cotonneux qui sortait d'un cerveau tandis que le corps de la personne glissait dans une grosse boîte, et les deux se séparaient sur fond d'une petite musique joyeuse. Et ensuite, l'image numérique d'une jeune femme apparaissait d'un coup sur l'écran et prononçait le slogan tout tranquillement.

– « Faites congeler votre corps physique pour permettre à votre esprit de vivre sans restriction », récite Michael automatiquement, ce qui me fait me demander combien de fois il a pu l'entendre. « Le moment venu, votre Projection personnelle décongèlera votre corps et vous pourrez vous reproduire et repeupler la terre. »

Dans le silence qui suit, j'imagine les foyers dans lesquels cette pub est passée, les gens assis sur leurs canapés à côté de leurs proches et trouvant du réconfort dans cette idée.

– Combien de gens ont signé ? demandé-je.

– Assez pour remplir plusieurs étages de la Chambre froide, dit Bram.

– Une vraie réussite, confirme le professeur Wells, et il continue à en venir sans cesse. Ce n'est que le début de l'histoire, bien sûr. Une fois qu'ils découvrent ce que nous avons à leur offrir, ils ne voient plus l'intérêt de retrouver un jour leur corps. Notre esprit peut nous emmener tellement plus loin ! J'irais même jusqu'à dire que ces prisons de chair et d'os si fragiles nous empêchent de réaliser tout notre potentiel. C'est la pensée qui a donné sa puissance à notre espèce. Et le monde que nous avons créé est devenu trop sophistiqué pour cette terre, s'enflamme-t-il en secouant vigoureusement la tête. C'est la pensée qui est l'essence de l'humanité, la source de notre réussite.

C'est sur notre esprit que nous devons nous concentrer. Et voilà que, grâce à mon travail, il peut vivre et interagir éternellement avec les autres ! Vivian croyait en toi, Ève, mais la sauveuse ne peut offrir la vie sans fin ! Mes Projections, si !

– C'est barbare, commente Michael avec une grimace.

Wells s'approche de lui pour lui ficher l'index dans la poitrine.

– Oh, tout à fait. Ce que *vous* avez fait est parfaitement barbare. Te souviens-tu de Hartman, Bram ? demande-t-il en se retournant vers son fils d'un air innocent.

Michael blêmit. Comprenant le sous-entendu, Bram les observe tour à tour et l'expression horrifiée de Michael confirme ses craintes. Hartman, son meilleur ami, n'est plus, et de toute évidence, Michael a joué un rôle non négligeable dans sa mort.

Incapable de se contenir, Bram tire violemment sur ses entraves dans sa rage de se ruer sur Michael ou sur son père.

Je partage sa douleur, physique et morale.

41/ ÈVE

– Moi aussi, cela m'a choqué, déclare le professeur Wells d'un ton compatissant en posant une main de fer sur l'épaule de Michael. J'aimerais pouvoir dire que Hartman n'a pas souffert, mais malheureusement, il est mort dans des circonstances assez horribles. Je peux te montrer les images, Bram, si tu le souhaites.

Et il lève la main comme Vivian l'avait déjà fait.

– Non ! le supplie Michael.

– Non, répète Bram, incapable de les regarder l'un comme l'autre.

– Je comprends, répond Wells. Pas facile de se regarder en face, n'est-ce pas ? Ni d'admettre les conséquences de nos décisions sur ceux qui nous entourent.

– Personnellement, j'aurais aimé prendre ne serait-ce qu'une décision dans toute ma vie, signalé-je. Mais vous m'en avez privée.

– Oh, mais c'est là que tu te trompes. Si tu avais accepté de faire ce qu'on te demandait, je m'en serais satisfait. Tu aurais trouvé un compagnon, auquel tu te serais unie dans une charmante petite cérémonie sous le regard ému du monde entier. Puis tu aurais échoué à porter un enfant. Et je t'aurais laissée te faner là-haut pendant que le monde se serait détourné de toi peu à peu. Cela n'aurait rien changé à mes projets.

– Je n'aurais pas échoué, répliqué-je. Au contraire, je crois que j'aurais donné au monde ce qu'il attendait de moi. Et que je le ferai, à l'heure et dans les conditions que j'aurai choisies.

– Tu n'es qu'une anomalie, me répond-il avec dédain. Mais inutile de te fustiger, tu as bien rempli ton rôle. Si tu n'étais pas née, rien de ce j'ai fait n'aurait été possible. Tu as aidé l'EPO à conserver son pouvoir et j'ai pu aller au bout de mes recherches.

Soudain, j'éclate de rire. C'est plus fort que moi, même s'il n'y a rien de drôle. Cet homme méprisable a fait de nous des pantins. Il nous a instrumentalisés, il s'est servi de nos rêves, de nos sentiments, de nos pensées comme de denrées sans valeur, comme si rien ni personne ne comptait en regard de ses ambitions.

– Ce n'est plus vrai, rappelé-je.

Si j'ai été jusqu'ici sa tête chercheuse, le phare qui apportait leur petit réconfort à tous ceux du dehors, me voilà devenue une sérieuse menace.

– Le fait est que tu es devenue un handicap et que je ne peux pas te laisser partir, admet-il.

– Je vois. La vérité ne doit pas sortir des murs de la Tour.

– La vérité est que j'ai bien plus à offrir que tu ne le pourras jamais, et que tes tirades ridicules ne feraient que saper les chances d'avenir de l'humanité.

– La vérité, c'est que tu n'es qu'un salopard narcissique ! lance Bram.

– Ce côté hargneux doit te venir de ta mère, commente le professeur Wells d'un ton neutre. Bien, aussi captivante que soit cette conversation, le travail m'attend et nous allons devoir en finir. Alors, Ève, tant que nous sommes tous réunis, ce n'est un secret pour personne que nos deux amis sont tombés amoureux. Il n'y a plus qu'une fille sur terre, et chacun des deux s'imagine qu'il a une chance, ricane-t-il. Si tu nous éclairais ? Si tu avais pu choisir, lequel aurais-tu pris ?

Tout en parlant, dans un débit à la fois rapide et nonchalant, il s'est saisi de l'arme à sa ceinture et la laisse pendre au bout de son bras.

– Lequel garderais-tu ?

C'est un jeu ? Une ruse ? Y a-t-il une chance pour qu'il épargne celui que je choisirai ? Mon cœur crie Bram, mais ma tête m'ordonne de me taire.

Je ne l'ai déjà que trop mis en danger.

Je ne connais le professeur Wells que depuis quelques minutes, mais vu son amour de la manipulation, je ne serais pas étonnée qu'il tue celui que j'aurai choisi. Je ne lui donnerai pas ce plaisir. Et je ne veux blesser aucun des deux. Indépendamment des sentiments, chacun a risqué sa vie pour moi.

– Ni l'un ni l'autre.

– Vous entendez ça ? glousse Wells. Vous êtes vraiment superflus pour tout le monde. Quel dommage…

Il prend une inspiration et s'apprête à lever son arme. Pendant une fraction de seconde, je le sens hésiter, je lis dans ses yeux un éclair de regret, de tristesse, et je sais exactement qui il va viser.

Alors que son arme se lève pour braquer sa cible, je tire sur mon bras de toutes mes forces. La menotte fissurée cède. Un bras puis l'autre ; l'ouverture d'une entrave semble commander celle des autres. Un pied détaché, puis libéré, et enfin le deuxième. Je me jette sur le professeur en bandant tous mes muscles et je le heurte à la seconde où son index presse la détente. Un unique coup de feu résonne dans le couloir.

42 / BRAM

La douleur me brûle le biceps comme la lame d'un couteau. Le sifflement aigu de la balle m'a assourdi. J'ai les mâchoires verrouillées, le souffle coupé.

Et je tombe.

Mais je suis vivant.

La brûlure est atroce. Je sens sur ma peau froide la tiédeur humide du sang, qui s'étale rapidement en taches rouge sombre sur ma combinaison.

– Ève ! hurle Michael.

Mon ouïe s'est rétablie.

Relevant les yeux, je vois les entraves d'Ève qui gisent par terre.

– Ève, attention ! crie encore Michael en tirant vainement sur ses propres entraves qui le clouent au sol.

Changeant de cible, mon père la vise maintenant à la tête. Mais elle a déjà esquivé et lui décoche un coup de pied dans les côtes. On entend un craquement et mon père va heurter la paroi de la cellule d'Ernie.

Le vieil homme trouve assez d'énergie pour cogner sur la vitre au niveau de la tête de mon père, et celui-ci se retourne. Pendant quelques secondes, les deux hommes se fixent, symboles de deux mondes opposés : l'un capable de donner sa vie pour sa fille et l'autre prêt à prendre celle de son propre fils.

Ève en profite pour remonter à l'assaut. Ses gestes sont sûrs et précis, atteignant presque simultanément la mâchoire de mon père d'un direct et son genou d'un coup de pied. Il n'a cependant pas lâché son arme.

Il tente de la brandir, mais Ève lance déjà une nouvelle attaque. Mon père l'évite d'un mouvement brusque qui fait voler ses lunettes dans les airs. Il contre en lui portant un coup à la poitrine et elle recule en vacillant.

L'espace qu'elle vient de mettre entre eux est précisément ce qu'il fallait à mon père, qui la met en joue. Mais elle a l'avantage de la vitesse. Ses gestes sont encore plus rapides et plus agiles que l'esprit de mon père. Sans hésiter, elle se jette sur lui de tout son poids, droit sur le canon du pistolet. À la dernière seconde, elle se laisse glisser sur les genoux et le fait tomber en lui fauchant les jambes.

Un deuxième coup de feu résonne. La balle est allée se ficher dans le mur en nous enveloppant dans un nuage de fumée grise.

Je me sens totalement inutile.

Je *suis* totalement inutile, et Michael ne fait pas mieux.

Nous ne pouvons que regarder mon père se relever péniblement. Il a tout à fait l'air du meurtrier psychopathe qu'il est, avec ses mèches de cheveux gris hérissées sur sa tête.

– Ève, attention ! crie Michael en voyant mon père lever de nouveau son arme.

Mais mon père appuie sur la détente.

Mon estomac se révulse.

Il a manqué sa cible.

D'un cheveu.

La balle heurte la vitre blindée de la cellule d'Ernie dans un fracas assourdissant avant de ricocher vers nous, et on se recroqueville par réflexe en se couvrant la tête.

Quand je relève les yeux, c'est pour voir une Ève au visage féroce submerger mon père sous une avalanche de swings, de blocages, de crochets et de coups de pied.

Il tente de se défendre comme il peut en lançant des coups pathétiques dans tous les sens, jusqu'à ce qu'elle lui balance un direct sur le nez, une manchette dans le cou et son pied dans la poitrine, avec une violence qui le soulève du sol et l'envoie s'écrouler contre le mur. Cette fois, il a lâché son arme.

Ève la ramasse aussitôt et la braque sur mon père tandis qu'il essaie de reprendre sa respiration, la main sur sa gorge.

– Vas-y, dis-je.

Elle hésite.

– Ne réfléchis pas, Ève, tire ! lui crie Michael.

À cet instant, mon père se retourne et commence à glisser à reculons, une main sur sa côte cassée.

– Elle ne le fera pas, Michael, dit-il en crachant du sang. Ce n'est pas une tueuse comme vous.

Le tir part sans avertissement et des fragments de béton tombent du mur à côté de la tête de mon père.

– Vous n'avez pas la moindre idée de qui je suis ni ce dont je suis capable, lâche-t-elle en le visant de nouveau. Détachez-les.

Glissant lentement une main tremblante dans la poche de sa veste couverte de poussière, mon père en tire une télécommande sphérique. Dès qu'il appuie dessus, les bandeaux de lumière rouge qui zèbrent nos menottes passent au vert et s'ouvrent.

Michael se dégage avant moi et se précipite vers Ève.

– Passe-moi le pistolet, dit-il en tendant la main.

– Non. Fais sortir mon père de cette cellule, ordonne-t-elle d'un ton sans réplique.

Aussitôt, il file à la cellule et plaque les mains sur la paroi. En quelques secondes, il a obtenu l'accès et ouvert la porte.

– Ma fille... dit Ernie d'une voix rauque en sortant d'un pas mal assuré, l'air plus frêle que jamais.

– Papa.

Ève éclate en sanglots tandis qu'ils tombent dans les bras l'un de l'autre.

Distrait par leurs retrouvailles, je détache un instant les yeux de mon père, qui saute sur l'occasion.

En une fraction de seconde, il traverse le couloir pour appuyer sur le bouton d'appel d'urgence du panneau de la cellule d'Ernie, qui est resté allumé.

Je me jette sur lui en bousculant Michael, alors que la porte de la cellule, passant en mode de verrouillage d'urgence, commence à se refermer. Mais mon père a eu le temps de se glisser à l'intérieur.

Le hululement de la sirène d'urgence déchire tout l'étage, accompagné de signaux de lumière rouge clignotants.

Je frappe violemment contre la paroi.

– Ouvre ! hurlé-je à Michael pour couvrir le vacarme.

– Je ne peux pas ! Il a déclenché la sécurité d'urgence, les cellules sont bloquées !

– Espèce de lâche ! Tu vas encore rester planqué pendant que les autres font le sale boulot ! Tu n'as jamais su faire autre chose ?

Il répond à ma fureur par un éclat de rire.

– Tu trouves ça drôle ?

Soudain Michael porte vivement la main à sa poitrine tandis que sa puce se met à vrombir frénétiquement.

Des lignes de lumière se mettent à courir sur le sol.

Regardant mon père, je vois qu'il tient quelque chose dans son poing : il est en train d'envoyer des ordres aux gardes ultimes.

– On ne doit pas rester là ! hurle Michael. Il a appelé les gardes ! Ils viennent nous arrêter !

Il nous désigne une ligne jaune orangé qui le relie à mon père.

– Et où comptez-vous aller ? ricane mon père. Vous ne sortirez pas vivants de la Tour, encore moins avec lui.

Il nous montre Ernie d'un geste moqueur.

– Je l'ai fait deux fois. Je peux le refaire, dis-je en passant le bras autour des épaules du vieil homme pour me diriger vers l'ascenseur. Vite, on file !

Ève me suit en soutenant son père de l'autre côté, mais Michael n'a pas bougé.

– Michael ? lui lance Ève.

Il se penche pour ramasser quelque chose par terre : une pochette en cuir, du genre démodé qu'affectionne mon père. Puis il prend les disques transparents éparpillés par terre pour les ranger dedans.

– Ceci ne vous appartient pas, Turner, dit mon père dont le ton s'est brusquement durci.

– Ça ne vous appartient pas non plus, réplique Turner en glissant l'étui dans sa poche.

– Vous ne sortirez pas d'ici vivants ! nous hurle mon père.

– Ça tombe bien, on ne sort pas… nous murmure Michael en nous rejoignant devant l'ascenseur. Suivez-moi.

43 / MICHAEL

J'agite frénétiquement la main devant le capteur pour appeler cette saloperie d'ascenseur.

– Mais qu'est-ce qu'il fout ?

– Ève… bredouille Ernie. Quelle idée d'être revenue… Laissez-moi ici, je ne ferais que vous ralentir. Tout ce que je voulais, moi, c'était que tu puisses t'échapper et vivre la vie à laquelle tu avais droit.

Il est clair que la présence d'Ève apaise sa souffrance.

– J'ai bien essayé de lui dire, mais elle est aussi têtue que vous, Ernie, blague Bram.

– Tu crois sérieusement que j'aurais pu rester dehors en te laissant mourir ici ? lui demande-t-elle en souriant. À quoi bon sauver le monde si je ne peux pas sauver mon père ?

L'ascenseur arrive enfin.

– Passez-moi le pistolet, dis-je.

Elle me le tend et je le braque sur la cabine tandis que la porte s'ouvre, m'attendant plus ou moins à tomber sur un escadron de gardes ultimes. Mais nous nous retrouvons juste nez à nez avec les deux soldats qui escortaient Wells ces dernières semaines.

Profitant de l'effet de surprise, je tire. J'en atteins un à l'épaule et l'impact le projette contre la paroi du fond.

L'autre se précipite sur moi. Réagissant instinctivement au grésillement familier du gant pacifiant qu'il porte à la main, je l'esquive d'un bond sur le côté.

Surgissant derrière moi, Bram le repousse dans l'ascenseur malgré sa blessure au bras et l'envoie buter sur son collègue.

Un éclair d'électricité statique traverse la cabine lorsque le gant pacifiant du soldat inconscient entre en contact avec son collègue, qui se trouve neutralisé à son tour.

– Les abrutis ! dis-je en entrant pour m'emparer de l'équipement du soldat. On comprend pourquoi l'usage du gant pacifiant est réservé aux gardes ultimes. Ces deux-là vont rester dans les vapes quelques heures. Montez.

Puis je fournis notre destination à l'ascenseur :

– Le Dôme.

– Quoi ? s'exclame Ève, perplexe.

– Tu es dingue ? ajoute Bram. On ne sortira jamais de là-haut une deuxième fois !

– Ah non ! Je ne ressaute pas ! confirme Ève en serrant son père plus fort.

– C'est vrai, on ne peut pas entrer dans le Dôme, acquiescé-je. On ne franchirait même pas le Portique. Mais je sais où on peut aller. Ce n'est pas gagné, mais c'est notre meilleure chance. Et ton cher papa ne verra pas venir ce coup-là, en tout cas pas avant qu'on soit à l'intérieur.

L'ascenseur gravit en flèche plusieurs centaines d'étages.

– À l'intérieur de quoi ? me demande Bram en regardant Ève d'un air inquiet.

– Écoute, je sais que vous ne me faites pas confiance. Et je ne vous donne pas tort. Le mieux est même que vous ne fassiez confiance à personne, Ève, ajouté-je en la regardant dans les yeux. Mais dans l'immédiat, soit vous me suivez, soit on est tous morts.

– Je vous fais confiance, Michael, me dit-elle en me tendant la main.

Je la lui serre, un peu estomaqué par son geste.

– On doit tous se faire confiance maintenant, reprend-elle. On ne peut compter que les uns sur les autres.

J'ai l'impression que cette remarque est avant tout un conseil adressé à Bram.

– Va dire ça à Hartman, réplique-t-il aussitôt.

Sortant l'étui en cuir de ma poche, j'y prends la disquette contenant les images de Hartman pour la lui donner.

– Tu pourras lui dire toi-même à notre arrivée.

Il l'examine, lisant le nom de son camarade gravé sur le disque en verre.

– Qu'est-ce que c'est ? me demande Ève.

– J'ai déjà vu ces trucs-là, répond Bram. Des disquettes de Projections ?

J'acquiesce d'un hochement de tête.

– Il est vraiment mort, alors.

– Physiquement, oui, dis-je. C'est tout ce que j'ai pu faire pour mettre fin à sa torture. Mais je l'ai vu dans ce truc, après. Il peut revenir. Ils peuvent tous revenir.

Je tends l'étui à Bram pour qu'il en inspecte le contenu et il lit les noms les uns après les autres.

– C'est pas vrai, murmure-t-il en découvrant sur les disques transparents les noms de ses camarades pilotes.

– Je suis désolé, dis-je en posant une main sur son épaule.

– Ève a raison, répond-il en refermant l'étui. Il n'y a plus que nous maintenant. On est dans le même bateau et on doit se faire confiance.

– Ça marche. Déjà, tu peux me croire quand je te dis que ça risque de chauffer dans les heures qui viennent.

L'ascenseur s'arrête.

– On y est ? demande Ève.

– Non.

– Ceci est une annonce d'urgence, résonne soudain la voix de Vivian dans le système de diffusion de la Tour. Des traîtres ont infiltré la Tour et tentent de prendre la fuite avec notre sauveuse. Ils sont armés et extrêmement dangereux. L'accès de la Tour restera verrouillé tant qu'ils n'auront pas été capturés.

Soudain, ma poitrine se met à vibrer.

– Merde ! dis-je en saisissant le couteau que j'ai pris au soldat.

– Qu'est-ce qu'il y a ? s'inquiète Ève.

– C'est cette puce, elle va me faire repérer et...

La charge électrique qui me saisit ne ressemble à rien que je connaisse. Mes membres se raidissent. Mes dents se serrent si fort que j'ai l'impression qu'elles vont éclater.

– Michael ! crie la voix d'Ève.

Mais je ne vois plus qu'une lumière blanche.

Les palpitations augmentent à un rythme délirant. Mon cœur ne pourra pas supporter longtemps les chocs émis par la puce pour neutraliser tout garde ultime qui n'obéit pas aux ordres.

La lumière blanche vire au gris.

La sonnerie aiguë s'apaise, puis se tait.

Je m'assois brusquement, respirant à grandes goulées.

– Doucement, doucement, tout va bien, me dit une voix qui s'efforce de rester calme.

– Qu'est-ce que... Ève ?

Je respire lentement en essayant de comprendre ce qui s'est passé.

Puis je vois ma poitrine en sang, et le filet rouge guide mon regard jusque par terre, où une petite pièce en métal clignote en crachotant des petites étincelles.

– J'ai dû te l'enlever, m'explique Bram. J'ai fait du mieux que j'ai pu. La plaie n'est pas très profonde, mais il vaut mieux que tu continues à faire pression dessus.

Il joint le geste à la parole en retirant sa main de ma poitrine pour y appuyer la mienne, avant de me rendre mon couteau puis de me tendre la main pour m'aider à me relever.

– Maintenant, debout ! L'ascenseur repart.

– Mais on ne risque pas de tomber sur les gardes quand la porte de l'ascenseur s'ouvrira sur le Dôme ? s'inquiète Ève en se préparant à soutenir son père pour sortir.

– Attendez ! nous lance Bram.

Et, se penchant sur les soldats inconscients, il entreprend de les déshabiller.

– Toi, mets l'autre, me dit-il. En cas de mauvaise rencontre, avec les visières, on nous prendra pour les deux soldats en train d'escorter la sauveuse et son père.

– Nous escorter où ? demande Ernie.

– N'importe, il suffira de leur laisser croire ce qu'ils voudront, répond Bram, déjà en train de boutonner son nouvel uniforme par-dessus sa combinaison toute froissée. L'idée est juste de gagner quelques minutes avant qu'ils se rendent compte que quelque chose cloche.

J'enfile l'autre uniforme avec une grimace de douleur et Bram me tend la visière.

– On ne peut pas les laisser là ! s'exclame Ernie.

Il est peut-être vieux, mais il a gardé de bons réflexes.

– Poussons-les sur le côté, dis-je.

– Vous êtes arrivés au Dôme, nous informe l'ascenseur pendant qu'on repousse les gardes dans les coins, hors de vue pour quelqu'un qui se trouverait à l'extérieur.

À cet instant, la porte s'ouvre sur six paires d'yeux ébahis.

C'est pas vrai…

Il y a là toute la Garde ultime : Reynolds, Franklin, Hernandez et les jumeaux, à la fois perplexes et vigilants. Mauvais mélange.

Ils échangent un regard avant de brandir leurs armes. Bram a le réflexe de se placer en bouclier devant Ève.

– Repos ! ordonne-t-il.

Ils n'en font rien.

Alors je m'éclaircis la gorge en priant pour que mon bluff marche.

– Vous arrivez trop tard, dis-je en essayant de déguiser ma voix autant que possible.

– Trop tard ? Hé, pour qui vous vous pren… ?

Je lève la main pour l'interrompre, exactement comme le soldat qui portait cet uniforme l'a fait il y a quelques instants.

– Nous détenons la sauveuse et son père et nous les escortons suivant les ordres du professeur Wells, enchérit Bram. Quiconque voudra nous en empêcher subira le même sort que les pilotes.

Il n'y a pas à dire, il est bon.

Ils hésitent en regardant nos uniformes, puis Ève et Ernie, qui se montrent honorablement convaincants dans le genre nerveux. Même s'ils n'ont pas besoin de se forcer beaucoup.

– Repos, messieurs, dis-je. Vous pourriez envisager de faire quelques exercices d'intervention d'urgence pour améliorer votre temps de réaction.

Et j'agite la main devant le panneau pour refermer la porte.

– On a eu chaud… murmure Ève.

– On n'est pas encore tirés d'affaire.

Bon, eh bien c'est parti.

– Éternère, dis-je sans perdre davantage de temps.

Obéissant à mon ordre, l'ascenseur commence à tourner sur lui-même.

– C'est quoi, ça, Éternère ? demande Bram.

– Pas quoi, mais où.

– OK, merde, c'est *où,* Éternère ?

– Vous n'allez pas me croire, dis-je alors que la porte se rouvre sur le long couloir.

Je sors et me mets sur le côté pour les laisser passer.

– Vite, venez !

– Qu'est-ce que tu fais ? s'étonne Bram.

– Rez-de-chaussée, dis-je d'une voix ferme en repassant rapidement la tête à l'intérieur de l'ascenseur.

Espérerons que le poids des deux soldats inconscients entassés contre la paroi suffira à donner à l'engin l'illusion qu'il est toujours occupé.

Je me recule et je l'écoute amorcer sa descente.

– Ils vont traquer ma puce et croire qu'on descend. Ça peut nous faire gagner un peu de temps.

– Bien vu, approuve Bram. Maintenant tu nous expliques où on va ?

Je les emmène à l'autre ascenseur au bout du couloir et on monte dedans en silence.

Le calme qui règne tout à coup est presque plus stressant que les bruits de bottes et les coups de feu qui l'ont précédé.

Presque.

On s'échange des coups d'œil nerveux. Plus question de faire machine arrière, maintenant. Mes grandes interrogations sur quel camp choisir me semblent déjà être de l'histoire ancienne.

Et tandis que l'ascenseur descend au cœur de la tour géante, je me rends compte que je ne reverrai peut-être jamais l'extérieur.

J'ai un peu le vertige, tout à coup. Peut-être parce que ma blessure à la poitrine m'a fait perdre du sang, ou à cause du changement de pression dû à la descente, ou peut-être pas. La sensation que j'ai à l'estomac ne ressemble pas au stress intense que j'ai pu éprouver en me faisant tirer dessus. Là, c'est différent, nouveau, presque excitant, et ça vient avec le sentiment de faire quelque chose qui en vaut la peine. Quelque chose de bien. Pour une fois.

L'ascenseur s'arrête et Bram et moi rabaissons nos visières volées.

La porte s'ouvre sans bruit sur une silhouette massive qui nous fait face, le canon de son arme braqué sur la cabine.

– Ne tire pas, c'est moi ! crié-je en révélant mon visage.

Ketch lâche son arme d'un air sidéré en découvrant Ève derrière moi.

– Mais qu'est-ce que t'as fait, frangin ?

44 / ÈVE

C'est un soulagement de le voir, malgré son air atterré.

Sa phrase résonne dans ma tête et je distingue tout à coup leur ressemblance. Frères. Je ne m'en étais jamais doutée. J'espère sincèrement que leur lien est moins ténu que celui qui relie Bram et son père.

– Tout va bien, Ketch, dis-je en laissant le poids de mon père reposer sur Bram.

On a besoin de son aide, et vite. Qui sait combien de temps on a avant que les autres nous retrouvent ?

Je m'avance vers cet homme qui a toujours été le garant de ma sécurité, les mains levées pour lui montrer que je ne suis pas armée.

– Il n'a rien fait. Il essaie juste de m'aider.

– C'est vrai, ça ? demande Ketch en regardant notre petit groupe d'un air perplexe.

En me retournant pour voir ce qu'il voit, j'ai sous les yeux un trio débraillé et mal-en-point : un homme âgé qui a grand besoin de soins, un autre blessé au bras et le troisième à la poitrine en sang. On ne semble pas vraiment porteurs de paix et d'harmonie. Pas étonnant que Ketch soit perturbé.

– On s'en tire mieux qu'on n'aurait pu, dis-je à tout hasard.

– C'est le moins qu'on puisse dire, confirme Michael.

Il laisse tomber sa visière par terre avec un bruit sourd qui fait sursauter tout le monde. On est à cran.

– Tu n'aurais pas dû revenir, Mickey, dit Ketch, visiblement mal à l'aise. Tu n'es même pas censé connaître l'existence de cet endroit.

– Ce n'est pas comme si j'avais le ch...

– Et encore moins l'amener ici ! lâche Ketch en me pointant du doigt.

– Ketch !

Je ne me serais pas attendue à une telle froideur de sa part.

– Je suis désolé, Ève, mais vous ne devriez pas être ici, me dit-il en fixant le carrelage.

– Et je devrais être *où*, alors ? Le Dôme est une prison, la Tanière est une planque clandestine, est-ce qu'il y a un endroit quelque part où je pourrais être libre ?

Mes paroles font leur effet car il rosit légèrement.

– On n'avait pas d'autre choix, reprend Michael en aidant Bram à soutenir mon père, qui chancèle. Tu n'imagines pas ce qu'on a vu. J'ai la tête qui tourne rien qu'à essayer de comprendre ce qui est réel ou pas ici. Wells a embrouillé tout le monde. Et il a failli nous tuer ! *Tous !*

– Même Ève ? Qu'est-ce qui s'est passé ?

Ketch s'est redressé d'un air indigné, et je suis un peu rassurée sur le fait qu'il se soucie de nous, en dépit de sa première réaction.

– En résumé, mon père est un psychopathe, déclare Bram.

En le regardant, je m'aperçois qu'il est tout pâle. Je ne peux pas imaginer ce qui se passe dans sa tête. C'est une chose d'être renié par son propre père. Mais de là à ce qu'il vous braque une arme sur la tête...

– En fait, la seule personne dont je sois sûr, là, c'est toi, poursuit Michael. Tu es le seul vers qui je peux me tourner. On n'a aucun autre moyen de sortir d'ici. Et même si on y arrivait, on se ferait aussitôt rattraper par la foule dehors. Ici, c'est le seul endroit possible qui me soit venu à l'esprit. Je me suis dit que Wells n'y penserait pas. Il faut que tu nous laisses entrer.

– Qu'est-ce que c'est que cet endroit, à ton avis ? demande Ketch.

– Notre seule chance, lui répond Michael du tac au tac.

– Mickey...

– Écoute ton instinct et dis-moi que j'ai tort ! insiste Michael en posant une main sur sa poitrine douloureuse et l'autre sur l'épaule de son frère.

Soudain je comprends que si Ketch se montre si réticent, c'est par inquiétude pour ma sécurité et non par crainte d'enfreindre le règlement.

– Ketch, dis-je à mi-voix. Merci d'avoir veillé sur moi toutes ces années. Vous m'avez toujours été dévoué et vous avez toujours agi pour mon bien, pas simplement pour obéir à Vivian et à l'EPO...

– Et tu as bien fait, enchérit Michael. Tu as bien fait !

– Il faut qu'on se bouge, nous rappelle Bram.

– Vous êtes conscients qu'une fois que vous serez là-dedans, je ne pourrai plus rien faire pour vous ? nous avertit Ketch.

Je le dévisage.

De fait, je n'ai pas la moindre idée d'où on met les pieds.

– On n'a pas d'autre solution, répond Michael, les mâchoires serrées. Je te demande juste un dernier acte de loyauté, Ketch... pour Ève.

Son frère le regarde dans les yeux, puis soupire en hochant la tête. Il a compris.

– Bon. Mais vous devez faire vite.

Et il se retourne pour nous guider dans le vaste espace.

Nous lui emboîtons le pas, Bram et Michael portant mon père malgré leurs blessures.

Et ce que je découvre me stupéfie par sa surface, sa grandeur et sa sophistication. Puis je repense au Dôme et au petit jardin refuge que l'EPO a créé pour moi « dehors », et je me dis que ça ne devrait pas m'étonner tant que cela.

– C'est l'œuvre de mon père, tout ça ? demande Bram, aussi incrédule que moi.

– Ce n'est pas celle de Vivian, en tout cas, réplique platement Michael.

– Ça sert à quoi ? demandé-je.

– À vrai dire, je ne sais pas trop, admet Michael.

– Quoi ? fait Bram en s'arrêtant pour raffermir sa prise sur mon père.

– Écoutez, ce qui est sûr, c'est que c'est notre seul espoir de survivre jusqu'à demain et que chaque minute de vie en plus est une petite victoire.

– Tu veux dire que tu ne sais rien et que tu as amené Ève ici sur une intuition ? réplique Bram en haussant le ton.

– Parfaitement, répond Michael en s'efforçant de garder son calme. Notre seule certitude est que toutes les alternatives nous feraient descendre immédiatement tous les quatre. Je te rappelle que ton père n'a plus besoin d'Ève.

Bram se tourne vivement vers moi, les yeux chargés d'angoisse. Jusque-là, seule sa vie était menacée. Désormais, la mienne aussi.

– Vous auriez dû partir sans moi, Ève, gémit Ernie, plié par la douleur. Je ne fais que vous ralentir. C'est ma faute.

– Arrête de dire ça, papa, dis-je en posant une main sur sa joue.

– Je n'ai jamais rien fait pour toi, insiste-t-il en secouant la tête.

Il me brise le cœur. Je me demande combien de temps il continuera à se dénigrer pour quelque chose qui n'a jamais été sa responsabilité.

– Papa, tu n'aurais jamais pu…

– Oh, mais nous avons de la visite ! lance une voix mélodieuse qui fait grogner Ketch et tressaillir les autres.

– Stephanie, se hâte de dire Ketch, ils venaient juste…

– Ève ! s'exclame-t-elle en tournant son visage parfait vers moi.

Son expression à la fois innocente et complice me fait penser à Holly, mais dans un genre différent. Son regard intrigué me pousse à me redresser et à raffermir ma posture. Puis elle s'intéresse aux autres.

– Bram Wells, Michael Turner et Ernest Warren, dit-elle, tout sourire. Suivez-moi donc dans notre entrée VIP pour éviter les encombrements.

Je jette un coup d'œil furtif à la grande salle déserte.

– Merci, lui dit Michael.

Il se met en route en entraînant Ernie et un Bram réticent, et je suis le mouvement.

De toute évidence, cet endroit est prévu pour accueillir du monde. Nous passons devant une multitude de guichets d'accueil et d'information, que nous contournons pour gagner la grande entrée en forme d'arche.

– Veuillez vous avancer un par un, entrer dans ce cylindre et vous arrêter sur la marque dorée, nous explique Stephanie en s'arrêtant à quelques mètres de la machine. Vous allez être scannés de la tête aux pieds.

– Pourquoi ? s'inquiète Bram.

– C'est le protocole. Les portes d'Éternère ne s'ouvriront que si nous savons qui vous êtes.

Bram jette un regard interrogateur à Ketch et Michael, mais Stephanie poursuit :

– Il est important pour nous de faire la part entre la lumière et la matière qui pénètrent ici.

– Pas de problème, intervient Ketch. Une fois qu'elle vous aura identifiés comme étant de la matière, le scan s'attardera un instant sur votre cœur pour vérification. Il a juste besoin de s'assurer que vous êtes humains, c'est une simple question de statistique. Placez-vous ici, faites-vous scanner et filez. Il faut activer, Mickey, conclut-il d'un ton pressant en jetant un coup d'œil nerveux derrière son épaule.

– Allez-y, dis-je. Papa, tu peux te tenir debout tout seul ?

– Seulement pendant quelques secondes, me répond-il en serrant les dents.

– On va vous soutenir pendant que vous serez à l'intérieur, un devant vous et un derrière, propose Michael.

Il déporte doucement le poids de mon père sur Bram pour passer le premier dans la machine et réceptionner Ernie ensuite de l'autre côté.

Quant à Ketch, il va se placer sur le côté du cylindre en verre.

Je regarde Michael se positionner sur le point doré. Lorsqu'il ne bouge plus, un faisceau de lumière vive balaye son corps de sa tête jusqu'à la pointe de ses bottes militaires. Puis les données transitent jusqu'au panneau de verre qui le sépare de Ketch, sur lequel s'affichent sa silhouette et ses organes internes.

Satisfait, le rayon remonte sur sa poitrine où il s'attarde un instant. Un bip retentit et un point apparaît sur l'image à l'emplacement de son cœur. Il est déclaré comme étant constitué de matière – ce que je trouve rassurant après toutes les surprises de la journée.

– À votre tour, Ernest Warren, dit Stephanie.

Bram l'aide à entrer dans le cylindre. Rayon de lumière, petit bip signalant que le cœur est localisé, petit point de lumière rouge.

Matière.

Michael le rattrape de l'autre côté et ils attendent tous deux sous la grande arche circulaire.

– Bram Wells, appelle Stephanie avec un geste d'invite.

– Je n'aurais pas cru que tu étais encore en vie, déclare Ketch à Bram d'un ton sans chaleur.

– Bah, piston familial. Tu connais mon père, rétorque Bram d'une voix enrouée par la fatigue en entrant dans le cylindre.

Puis il s'arrête et revient sur ses pas.

– Je suis désolé, dit-il à Ketch en le regardant dans les yeux. Je n'ai jamais voulu ce qui s'est passé au sanctuaire. On a juste... Ça a... dérapé. On...

Il s'arrête, envahi par l'émotion.

Ils continuent à se fixer.

– Merci, finit par répondre Ketch. Tu ferais mieux d'aller aider Ernie...

Bram hoche la tête, le visage toujours assombri par le remords, et va se placer sur le point doré.

Rayon de lumière, petit bip signalant que le cœur est localisé, petit point de lumière rouge.

Matière.

– Ève, annonce Stephanie.

J'entre dans le cylindre en regardant les trois hommes qui m'attendent à l'autre extrémité.

Rayon de lumière.

Rayon de lumière.

Deux petits bips.

Pas de petit point de lumière rouge.

– Quoi ? lâché-je, atterrée, en me tournant vers Ketch.

– Une seconde.

Il fronce les sourcils, se dirige vers une tablette et appuie sur une touche pour recommencer l'opération.

– On a le temps ? s'inquiète Michael.

– Oui, réplique Ketch d'un ton rogue sans quitter l'écran des yeux.

– Vous ne pouvez pas contourner le système et la laisser passer ? lui lance Bram.

– Un peu de patience, il n'y en a que pour une minute.

Soudain, on entend des cris et des bruits de pas précipités à l'autre bout de la salle.

– Emmenez-le ! dis-je à Bram et Michael qui soutiennent toujours mon père. Vite !

Ils hésitent, puis obéissent, quittant l'arche pour s'engager dans le couloir qui la prolonge.

Rayon de lumière.

Rayon de lumière.

Deux petits bips.

Un petit point de lumière rouge plane au-dessus de mon cœur.

Matière.

Soulagée de ne plus avoir à douter de ma propre existence, je me tourne vers Ketch, mais il garde les yeux rivés sur la paroi vitrée d'un air stupéfait. Je suis son regard et je le vois : un deuxième point de lumière rouge trente centimètres en dessous du premier.

Un deuxième battement de cœur.

Un *deuxième* battement de cœur.

Je reste sans voix. Le souffle coupé.

– Ève, murmure Ketch.

Relevant les yeux, je découvre une expression d'étonnement et d'espoir sur son visage.

– Ça veut dire que… ?

J'essaie encore de comprendre ce que je vois.

– Il faut partir, me dit-il. Tout de suite.

Mais j'ai la sensation que mon corps tout entier s'est changé en gélatine.

– Vite.

J'obéis enfin, plaçant un pied incertain devant l'autre vers un nouveau monde.

Un monde auquel je ne suis pas préparée.

Un monde dans lequel je suis enceinte.

À suivre…

REMERCIEMENTS

Commençons par un immense merci à toi, lecteur ou lectrice. Si tu as ce livre entre les mains, c'est sans doute que tu as lu le premier tome de cette trilogie, et nous pouvons espérer qu'il t'a assez plu pour te donner envie de connaître la suite. HOURRA ! Espérons aussi que celui-ci te donnera envie de te plonger dans le troisième tome de notre saga !

Merci du fond du cœur aux équipes géniales de Michael Joseph et Penguin Random House Children's Books, assez soudées pour avoir réussi à porter à bout de bras un livre coécrit par deux auteurs aussi pris l'un que l'autre. Nos remerciements à Tom Weldon, Francesca Dow et Louise Moore, incroyable troupe de talents ; à Rebecca Hilsdon, Maxine Hitchcock, Natalie Doherty et Amanda Punter pour leurs brillantes interventions éditoriales ; à Hazel Orme pour être parvenue à nous faire tenir les délais de relecture ; à Emma Henderson pour le suivi des épreuves ; à Lee Motley et Jacqui McDonough pour la conception de la couverture ; à Ellie Hughes, Ella Watkins, Harriet Venn et Sophia Dryden pour la visibilité qu'elles donnent à notre livre; à Claire Bush, Jennifer Breslin et Michelle Nathan pour pousser les gens à le lire ; à Christina Ellicott et Geraldine McBride pour avoir gentiment demandé aux libraires de le vendre ; à Chantal Noel, Zosia Knopp et leurs équipes pour l'avoir fait connaître et traduire dans de nombreux pays ; à Alice Mottram pour avoir fait de notre histoire un objet en trois dimensions;

et à tous leurs collègues qui les entendent parler de cette série depuis quatre ans et demi… Plus qu'un titre !

Un grand merci à nos super-agents Stephanie Thwaites et Hannah Ferguson, à nos managers chez Fletcher et Happy Entertainment, à Rebecca Burton, Claire Dundas, Angela Walter et à toute l'équipe de YM&U, ainsi qu'à Kaz Gill.

Toute notre reconnaissance à nos deux familles qui n'ont pas arrêté de nous demander quand sortait ce livre pour pouvoir découvrir la suite. Ils nous ont vraiment mis la pression ! Nous n'y arriverions pas sans leur soutien, leur amour et leurs rires.

Enfin, merci à nos fils, Buzz, Buddy et Max. On a une chance incroyable de vous avoir.

Ce livre a été imprimé sur du papier issu
de forêts gérées durablement.

Plus d'informations sur la fabrication de nos livres :
editionsmilan.com/comment-fabriquons-nous-nos-livres

Achevé d'imprimer au 1er trimestre 2021
en Espagne par Rodesa